La noche de los aprendices

,

La noche de los aprendices

MAURO BAREA

FINALISTA DEL PREMIO ALEXIS RAVELO 2024

BARCELONA-2025

Primera edición: septiembre de 2025

Para Josep Forment, siempre con nosotros

Publicado por:
EDITORIAL ALREVÉS, S.L.
C/ de la Perla, 22
08012 Barcelona
info@alreveseditorial.com
www.alreveseditorial.com

Printed in Spain
ISBN: 978-84-10455-15-3
DL B 13138-2025

Impresión:
QPprint

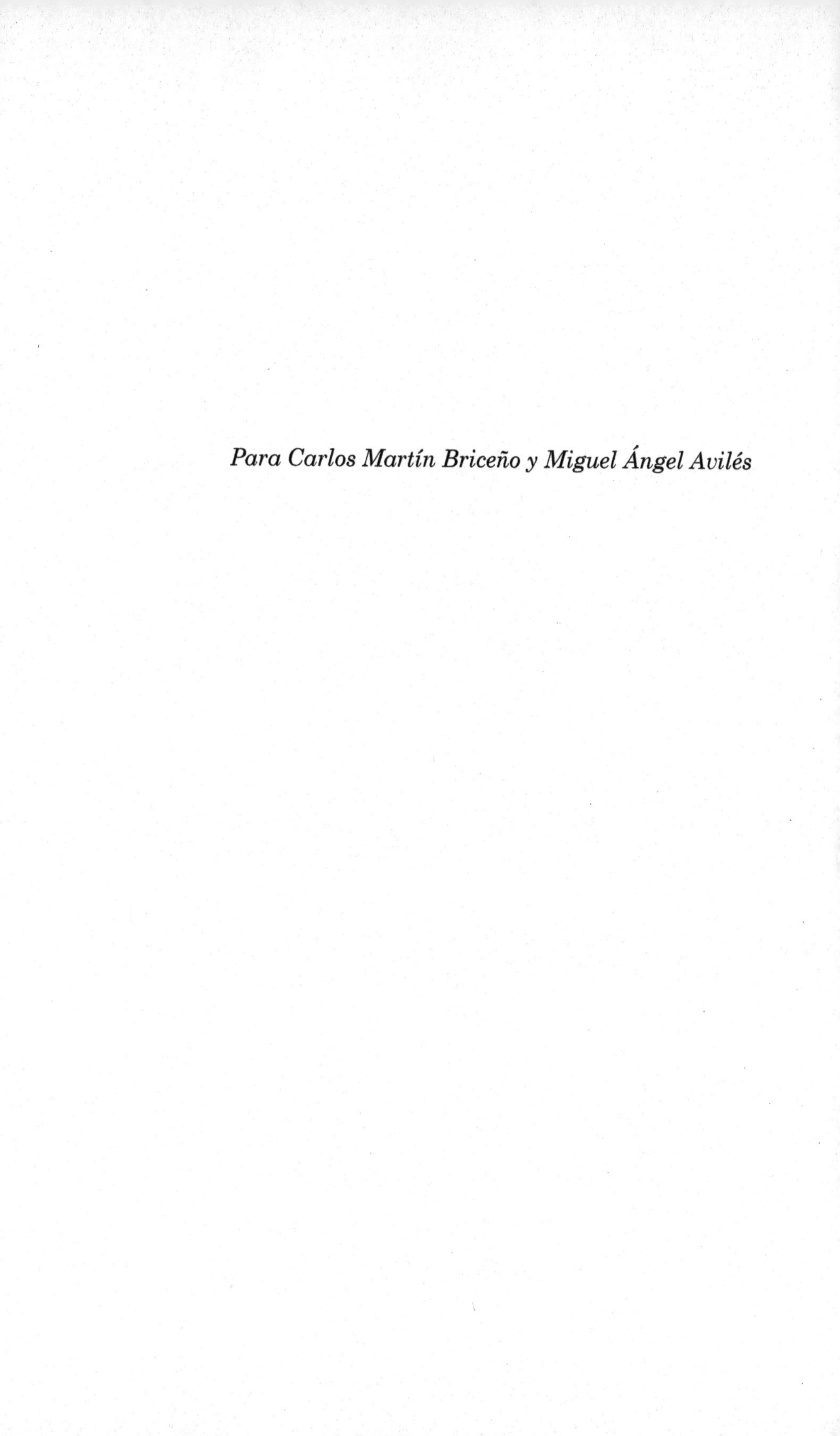

Para Carlos Martín Briceño y Miguel Ángel Avilés

Quienes organizan este festival —bien, es el espíritu del mexicano— han perdido el sentido de las proporciones del horror. Creo que para nosotros, los mexicanos, no existe el horror: de tal modo estamos acostumbrados a él. Nos fascina Coatlicue. Los niños, para jugar, se ponen esas horribles máscaras de hule que, ahora me doy cuenta, no son sino de leprosos. ¿Dónde se puede ver que esto sea un juego y una diversión? Solo entre nosotros. Somos un país increíble. De demonios.

José Revueltas,
Los muros de agua

Supe entonces, con humildad, con perplejidad, en un arranque de mexicanidad absoluta, que estábamos gobernados por el azar y que en esta tormenta todos nos ahogaríamos, y supe que solo los más astutos, no yo ciertamente, iban a mantenerse a flote un poco más de tiempo.

Roberto Bolaño,
Los detectives salvajes

(3:57) Los aprendices atacan de nuevo

1

En las palabras de Yogurt, en sus pausas, en sus titubeos, ahí descubrió que todo el negocio se había torcido. Hasta esa noche la tranquilidad había sido la norma. Hasta esa noche la empresa había avanzado implacable, como una maquinaria perfecta. Rufo recapituló el minucioso cuidado puesto en los puntos ciegos, en la planificación, detalles previstos, analizados y normalmente sorteados. Ahora nada de eso servía porque esa noche alguien tenía que morir. Pensarlo hizo que le retumbara el estómago.

—No podemos dejarlo ir —dijo Yogurt. Lo tenía a un costado, pero su voz le parecía provenir de muy lejos. El tono cargado de sentencia y de lógica le revolvía las tripas. Cuando Yogurt hablaba así rara vez se equivocaba. Iba a callarlo cuando en ese momento un viento cargado de sal invadió el porche infestado de trepadoras. La corriente creció y meció los dos cocoteros cuyos troncos inclinados formaban una enorme equis en el fondo del patio. Rufo escuchó sus frondas agitarse en la oscuridad y le vino a la mente aquella canción de *La isla del tesoro* que Yogurt solía tararear cuando se acercaban con las palas a esa equis gigantesca: «Tres hombres con el cofre del muerto, yo, jo, jo, y una botella de ron. El diablo y el alcohol se llevaron al resto, yo, jo, jo, y una botella de ron».

Yogurt seguía con su letanía, razones clavándose en su estómago.

—Sabe quiénes somos, Rufo. Este sabe quiénes somos.

«Nuestra equis. Nuestro tesoro. Y yo soy el capitán. Alguien podría morir hoy. Pero no sucederá. No mientras yo esté al mando». Cambiar un hecho por una probabilidad le sentó mejor, pero el estómago le seguía rugiendo. Rufo miró la calle de tierra, una oscura pendiente que subía hasta una cresta rocosa plagada de matorrales. Ahí, débiles luces titilaban gracias al irregular flujo eléctrico que llegaba a las casas. Y más allá, la ciudad era una colmena de reflejos rojos, azules y amarillos, como un espejismo. Cuando la brisa pasó a través del porche y se hizo una breve calma, Rufo habló:

—¿Ya confirmó la vieja lo del dinero?

Yogurt no contestó a la pregunta. Por un momento, Rufo se sintió agobiado por el silencio de aquella casa, de las luces lejanas de la ciudad, de la equis en el fondo del patio. Vio sombras deslizarse en las ventanas de las casuchas contiguas. La corriente eléctrica dejó de fluir y una de esas ventanas quedó completamente a oscuras. Instantes después la luz regresó, para irse de nuevo y volver, sin decidirse. En ese absurdo juego lumínico descubrió una sombra de perfil alargado que, sin moverse de la ventana, parecía que lo miraba a él en exclusiva. Un escalofrío le atizó la espalda.

—Ya confirmó.

La voz de Yogurt le seguía pareciendo lejana. Rufo hizo a un lado la cortina de cabello que le cubría los ojos afiebrados, de leves rasgos orientales. Giró un cigarro en el aire y lo atrapó al vuelo. Se escuchó un clic y el rápido chocar de sus labios sorbiendo con fruición. El fuego consumió el papel arroz, «la muerte en gramos dosificados, habría dicho Yogurt». La pepita de magma ardía y bailaba entre las dos figuras.

—¿Sabías que una gota de nicotina pura puede matar a un hombre? —preguntó Yogurt, como si le adivinara el pensamiento.

—¿Sabías que me valen madres tus comentarios de ñoño pendejo? —dijo Rufo con voz ronca, escupiendo los vahos del cigarro en cada palabra—. ¿Dónde acordaron la entrega?

—En el parque del Ayuntamiento. Tres y media de la mañana, bolsa negra, junto a la banca que está al lado de la estatua de Echeverría.

—Chingón. Te vas con Galleta a recogerlo.

—¿Y qué hacemos con el Roger?

—Lo de siempre.

—Estoy seguro de que ya nos escuchó. De verdad, Rufo. Nos va a denunciar a la policía y es botellón esta madre, muchos años. Ya tengo, *tenemos* dieciséis, y no me quiero arriesgar. Si lo hacen los cárteles, ¿por qué nosotros no?

—¿Entonces quieres ser un narco? —Rufo escrutó a Yogurt entre las volutas grisáceas. El humo del cigarro flotó al despecho de la brisa, que volvía cargada de mar. Le gustaba ese aroma, una permanente ilusión que hacía su patio colindante con la playa. En realidad, el mar distaba uno o dos kilómetros de ahí.

—No, pero yo creo que sería más fácil así. No sufre y nosotros nos libramos de broncas.

—Me cae que eres pendejo, Yogurt. Escúchame. Recogen el dinero, y los espero aquí para tirar a ese a la playa. Unos putazos, y con eso tiene.

Yogurt lo miró negando con la cabeza. Su rechoncho cuerpo emergió de las sombras. Se palpaba un bolsillo del pantalón. Como una señal de que Rufo no aceptaría más razones, este tiró la colilla al piso. El punto rojo desapareció bajo la suela de su zapato. Miró hacia la ventana, donde las luces seguían fluctuando. La sombra ya no estaba.

—Las dos y media. Vámonos yendo.

La madrugada era fresca. El parque adyacente al palacio municipal permanecía silencioso a excepción de los grillos y el ruido de autos circulando por las calles aledañas. Yogurt esperaba oculto entre unos matorrales cercanos al quiosco, donde solían tocar bandas de música norteña los días feriados.

En otro punto del parque, Galleta también aguardaba. Apoyada en una motoneta, chupaba una paleta de caramelo. Comprobó el reloj de su muñeca y lo comparó con el del palacio municipal. Aunque sabía que solo era el viento meciendo los flamboyanes, juraba que podía escuchar las olas estrellarse contra el farallón del Corsario. Sabía que era una ilusión, algo que solo podrían interpretar los poetas. El farallón estaba lejos y las olas no podían escucharse ahí, en el centro de Tamul. Alguna vez leyó en una novela que no se sabe escuchar al mar porque se le cree monótono y repetido, siempre con iguales voces y palabras. Galleta no creía que existiera un mar más monótono y aburrido que el de Tamul. «Pero lo sigo escuchando», pensó.

El ruido de un motor aproximándose los puso en alerta. Pertenecía a un taxi con el chasis oxidado y que tosía gases negros por el escape. Se detuvo en la esquina norte, la más apartada al quiosco. A través de los prismáticos, Yogurt vio a una mujer embozada apearse del coche. Supo que era una mujer porque sus manos —ahí solía reconocer de inmediato a los travestis y transexuales— se revelaban delgadas y finas: manos de mujer, sin duda. El vehículo no se movió, pero quedó al ralentí. La mujer caminó con tiento hasta alcanzar los primeros árboles de la placita, donde las farolas en forma de globo proyectaron sus sombras amorfas. Tras vacilar un momento, dejó una bolsa negra al pie de la banca. Se quedó mirando la estatua frente a ella, como si esperara que esta pudiera moverse de un momento a otro. Estaba muerta de miedo, Yogurt lo podía ver en sus ojos. Empezó a dar pasos hacia atrás, sin volver la espalda a la bolsa y a la estatua. Entonces se acomodó el rebozo y caminó deprisa, encorvada, como protegiéndose de una lluvia inexistente. Subió de nuevo al taxi, dijo algo al conductor y el coche avanzó en un brusco arrancón. Dio vuelta en una calle y se perdió en las sombras de la ciudad.

Yogurt salió de su escondite. Su *walkie-talkie* no crepitó con alguna alarma de Galleta, por lo que se dio el lujo de acercarse caminando a la estatua del señor presidente Luis Echeverría Álvarez, dueño del parque y de sus aceras cuarteadas. Le acometió un súbito acceso de euforia.

Era dueño de una vida, y el momento le pertenecía.

Desató el nudo de la bolsa. Sacó el celular y con la linterna comprobó el contenido. Palpó los billetes, revolviéndolos al azar. Sonrió. Anudó la bolsa de nuevo y habló por el *walkie*:

—En el nido.

Sabía que a Galleta no le hacía ninguna gracia que usara esa terminología en claves, de película barata. «¿Y si la policía intercepta la señal?», les dijo aquella vez que Rufo y ella se burlaron de él. Rufo dejó escapar una risa nasal: «Solo me van a interceptar esta, Yogurt», dijo, masajeándose la entrepierna. Galleta se encogió de hombros: «Pues si a ti te hacen más hombre, úsalas».

Galleta no contestó. Yogurt la vio doblar la esquina. Salió disparada como un demonio por el lado del palacio municipal y frenó la motoneta casi sobre los pies de

Yogurt, que apenas se inmutó. El muchacho montó y se alejaron del parque a toda velocidad.

Galleta pensó que moriría allí mismo. Aunque lo vio venir de lejos, no terminaba de creerlo: era un bólido que iba por lo menos a ciento cuarenta e invadía ocasionalmente su carril. Por un instante tuvo al parachoques y sus luces de frente, a solo unos metros de ella. Era un Spark azul. Sujetó con fuerza el manillar y apretó los ojos. Yogurt hundió las manos en su cintura y gritó algo. El Spark regresó a su carril y pasó a unos centímetros de ellos. Las risas de la conductora y de sus acompañantes llegaron con la bofetada del efecto Doppler y creyó que esos aullidos informes se quedarían grabados para siempre en sus tímpanos. Galleta pensó que el aire desplazado los tiraría al pavimento, pero al final su pericia triunfó y evitó que la motoneta saliera propulsada al arcén. Los gritos y alaridos y la música estridente se perdieron en la oscuridad de la calzada tras ellos.

—¿Qué rayos fue eso, María? ¡Ten más cuidado, quiero vivir!

Galleta tenía la boca seca y el corazón retumbaba en sus sienes. No pudo ni replicarle a Yogurt. Cuando se recuperó del susto, le sorprendió su voz enronquecida:

—Ojalá se maten.

—¿Por qué me hacen esto, Rufo? ¿Por qué?

Rufo contuvo la respiración y crispó el entrecejo. Las olas rompían en la playa iluminada por las estrellas. La línea de costa terminaba en la oscuridad de los manglares, a unos metros a su espalda. Roger jadeaba y suplicaba. La venda mugrosa que le cubría los ojos se había manchado de sangre y lágrimas. La arena se adhería a su piel sudorosa.

—¿Qué dijiste?

—Lo sabía, sabía que eras tú. ¡Galleta y el Yogurt! Por su mamacita, Rufito, no se pasen conmigo. ¡No les he hecho nada, carnalitos!

Rufo miró a Yogurt buscando una respuesta. Este se encogió de hombros, y señaló su bolsillo derecho del pantalón. Rufo descargó una patada en la mejilla de Roger y este rodó hasta quedar boca arriba; sus gemidos se confundían con la respiración agitada y las súplicas.

—¡Puta madre! —Rufo escupió a la arena y pateó una piedra con tal fuerza que se hizo daño. Galleta se entretenía a la distancia, tirando conchas a las bocas informes de las olas.

—¡Por su mamacita...!

Rufo se acercó al muchacho robusto. Este mantenía la mano dentro del bolsillo del pantalón.

«Estoy al mando, y Yogurt espera mi orden».

El pie le latía de dolor. Sintió un mareo repentino. Sus piernas le parecían hechas de goma. ¿Qué *era* Roger a final de cuentas? Mucha gente moría en esta ciudad y nada ni nadie podía evitarlo. A tiros, decapitada, embolsada, disuelta en ácidos y desaparecida sin rastro alguno de la faz de la Tierra. Números y estadísticas. Y ni él ni Yogurt ni Galleta tenían la culpa. La gente como Roger moría por no poner de su parte. Eso era lo que escapaba a las estadísticas.

«Pinche Roger, ¿qué te costaba representar tu papel en esto, hacerte el loco y todos contentos? Pinche Roger, coño, ni pareces de Tamul. La cagaste, *tú* la cagaste y no nosotros. Todo iba de huevos hasta que hablaste. Nosotros no tenemos la culpa de tu estupidez».

«¿Entonces? ¿Quieres ser un narco, Rufo? ¿Lo quieres?». El eco de su propia pregunta resonó como un trueno en su cabeza.

«Tengo dieciséis. *Tenemos* dieciséis. Si lo dejamos ir, iríamos al tambo a compartir celda con asesinos, violadores y gente de la peor calaña. No puedo hacerle eso a Galleta».

Cuando dio la orden se sintió extraño, como si se moviera en un plano virtual: su realidad ya se mezclaba con la de un juego de video. A pesar de sus deseos, de que no debía morir nadie esa noche, resultaba que Yogurt tenía la razón una vez más. ¿Qué haría sin él? Era como si tuviese el control de ese videojuego, de esa noche y del desgraciado que se debatía en la arena.

«Tres hombres con el cofre del muerto…».

—Dale.

A Yogurt se le iluminó el rostro, y Rufo se asustó: le pareció ver a un Yogurt de siete u ocho años tras esa sonrisa pueril. Con teatralidad, sacó del bolsillo una pistola del calibre veintidós, una triste imitación de arma que más bien parecía haber ganado en la feria por jugar a las canicas. Rufo jaloneó del brazo a Galleta, que seguía tirando conchas al agua, y esta se dejó guiar como un dócil potrillo. Mientras se alejaban caminando por la playa la marea deformaba y borraba sus pisadas. Galleta pensó otra vez en el mar monótono de Tamul, el más aburrido del mundo, con sus mismos colores y el mismo farallón que resguardaba la costa desde el pleistoceno.

De repente, la brisa caribeña le puso los pelos de punta. A su espalda escuchó un «¡No, por favor! ¡No! ¡No!».

Las bocas espumeantes y sin forma de las olas se tragaron el eco de un estallido. Galleta se aferró al brazo de Rufo, sin detenerse. La arena tras ellos bebió sangre y reflejó el primer atisbo del amanecer.

Hubo otra detonación.

Y otra.

2

—¿Me permiten su atención, por favor? En estos momentos comenzaremos el embarque del vuelo American Airlines 357 con destino a la ciudad de Madrid, conexión con Atlanta. Pasajeros con boletos de primera clase, favor de formar una fila con su pasaporte y pase de abordar en mano.

Carlo sonrió a los viajeros que empezaron a levantarse, adormilados algunos; otros reaccionaban gradualmente ante su voz que todavía resonaba en la sala por la mala acústica. Le gustaba pensar que los americanos sabían viajar en avión, a diferencia de sus paisanos. Había cierta fascinación en cómo obedecían cuando los supervisores comprobaban sus documentos y conducían a los pasajeros *selectees* a la mesa de seguridad. Ahí, una morena uniformada y con lentillas de un verde subido cacheaba, revisaba y palpaba los cuerpos lánguidos con sus manos enguantadas.

Repitió el anuncio, esta vez en inglés. Mientras soltaba las últimas frases, lo descubrió entre la multitud. Se vieron las caras. Alejó de sus labios el micrófono desdentado. De inmediato notó un ligero tic en el ojo derecho. Intentó sostenerle la mirada, pero terminó estrellándose en sus lentes ahumados cubriéndole medio rostro. La fila de pasajeros continuaba su andar hacia el avión, semejando el ritmo de un animal torpe.

Ya lo tenía frente a frente.

—Te queda bien el uniforme de esclavo —dijo aquello que una vez fue su hermano—. Agente de tráfico mis huevos, Carlito.

Carlo no respondió a las ofensas. Cortó su pase de abordar y comprobó su foto de la visa. El aroma a colonia Carolina Herrera y unas trazas de alcohol impregnadas en el costoso traje a medida dieron forma a sus palabras hirientes mientras chasqueaba la lengua, justo como acostumbraba hacer desde niño. Carlo le ofreció una sonrisa mecánica y se concentró en el siguiente pasajero. Apretó los puños en una fracción de segundo, para evitar que el tic en el ojo se hiciera evidente. Una vez que entró al túnel del gusano metálico que comunicaba a la aeronave, Alec lo miró arriba del hombro mientras se alejaba entre el torrente de pasajeros, dedicándole una sonrisa curva como una afilada hoz.

Carlo no pudo terminar el conteo en el sistema. Los pases de abordar se le revolvían en las entrañas como aleteos de pájaros raídos. Entonces le trajeron las listas que enviaba la tripulación del vuelo y que se tenían que sellar en Migración. Le pidió al compañero supervisor que las llevara. Se sentó en una de las sillas de la ya vacía sala de espera mientras observaba el Boeing 767 a través de los enormes ventanales. El gusano se retrajo con un ronroneo de engranes, despejando la pista. Las enormes turbinas silbaron y giraron formando remolinos metálicos. El carrito auxiliar empujó al avión en reversa hacia la pista.

Se sintió viejo, cansado. Comprobó que amanecía. El sol empezó a reflejarse en los ventanales de la torre de control, una torre que se sacudía en movimientos trepidatorios hasta casi emborronarse, como brochazos sin sentido en una pintura. Maldijo su ojo tembloroso y trató de concentrarse en los vuelos que le quedaban.

El cielo limpísimo, herido por algunas nubes rojas, le evocaba aquellos días en los que Alec y él tenían la juventud en los puños. Niños jugando a ser hombres, mirando el Caribe y sus incontables azules. Desde el azul cristalino de la orilla hasta el azul violeta del horizonte. El arrecife asomaba en intervalos de la bajamar, y la arena de conchas trituradas crujía bajo sus pies. Alec pintaba sus primeros cuadros tratando de alcanzar tonos imposibles en lienzos que se deshojaban con los días del calendario. Le gustaba recordarlo como un Mowgli desgarbado con bañador. Su pelo larguísimo bailaba con la brisa y sus muecas y el torso tostado completaban las fantasías de las encandiladas chiquillas que lo seguían a la playa. Carlo lo admiraba tanto como las chicas que se llevaba a coger a los acantilados del malecón y al farallón del Corsario. «Son mis grupis, Carlito, a ellas les gusta que las trate así, de la chingada, qué se le va a hacer». A menudo reflexionaba con aire de grandísima sabiduría, siempre con mapas de colores que rehusaban a desaparecer en sus brazos. Levantaba su cerveza como un cetro turbio, y apuntando con ella al horizonte configuraba futuros. «El Caribe de Tamul jamás podrá pintarse, no hay gamas ni combinaciones que alcancen en una paleta para acercarse a retratarlo, pero yo me acercaré más que nadie». Carlo miraba embelesado al Mowgli arrogante y a su cerveza. Le gustaba contemplarlo así, con su sombra amoldada en la arena. A veces, mientras Alec perdía la tarde en sus intentos de alcanzar el Caribe y sus espectros de color, los juegos de luz transformaban su cerveza en una lanza venenosa que reflejaba destellos afilados de sol.

«Desde ahí debí darme cuenta en qué se estaba convirtiendo mi hermano. Pero también fui su grupi, un seguidor más».

Carlo miró su atuendo hecho con la tela más corriente que proveía la empresa de Servicios Terrestres, su uniforme de esclavo. Se rio por dentro. Ni siquiera trabajaba directamente para American Airlines. El uniforme hacía evidente el desprecio invisible de un corporativo alojado en un rascacielos de alguna metrópolis remota, en un mundo ajeno. Le parecía increíble que ese desdén recorriera miles de kilómetros y llegara hacia ellos en forma de camisas y pantalones que parecían cartón y picaban entrepiernas y axilas.

El avión tomó la pista y aumentó la velocidad. Carlo permaneció sentado en la sala hasta que el aparato despegó las ruedas del suelo y se perdió en aquel amanecer gradual, un mar cóncavo e invertido, dueño de una gama de azules y explosiones de rojos que, como los brochazos de su hermano, no tenían sentido en esa batería de espasmos; pensó que el ojo brincaría definitivamente, saliéndose de la cuenca.

Los azules terminaron por absorber a Alec en su apacible infinidad.

*

Llenó los reportes de maletas extraviadas y entregó el manifiesto de pasajeros a Migración de camino a la salida. Pasó su pulgar por el lector de asistencia de la empresa y una luz verde le indicó que todo estaba correcto. Cruzó por el arco de seguridad tras el ritual de quitarse zapatos, cinturón y objetos metálicos, no sin antes pasar por la revisión de su mochila en rayos equis. Por fin se deslizó por la terminal tres, donde pervivía el habitual bullicio de taxistas, transportistas, *reps* de agencias de viajes y tiempos compartidos. Salió de la terminal cuando el sol ya iluminaba las copas de los árboles más altos, donde los zanates graznaban por todo lo alto. El tic había remitido, por fortuna.

Alcanzó a subir al transporte de empleados, que iba repleto y hediendo a sudores secos y nuevos, inútilmente disimulados por desodorantes que olían a insecticida. El camión estaba lleno de *ramperos*, esos desgraciados que cargaban como mulos las valijas de las bandas de equipaje hacia los aviones y viceversa. Se abrían a codazo limpio, sin importar si había mujeres o ancianos, y hacían lo imposible por alcanzar los últimos lugares libres. De cualquier forma, los asientos siempre resultaban insuficientes. Carlo tuvo que aferrarse a un tubo para no caer por los frenazos y maniobras temerarias del chofer. Ahí dentro siempre se sentía observado desde las sombras de aquella masa informe de brazos, piernas y torsos de todos los tamaños.

Salieron del aeropuerto y enfilaron a San Miguel Tamul, «la ciudad blanca». Eran treinta kilómetros desde el aeropuerto hasta su Zona Fundacional o centro (última parada de su camión), trayecto que se hacía en unos cuarenta minutos dependiendo del tráfico y de los ánimos del chafirete en turno. Ese día iba uno muy verbenero escuchando cumbias colombianas a todo volumen, tarareando los coros y manejando la palanca de cambios con ritmo saleroso. Carlo trató de abstraerse mirando el paisaje. Desde la carretera podía ver parte del inmenso malecón y las playas que empezaban a brillar como una constelación de perlas con las luces del día. Allí se escondían los espigones de roca cómplices de las correrías con Alec. Allí había dado sus primeras pinceladas, de frente al farallón del Corsario, donde se decía que un desalmado pirata había escondido sus tesoros hacía siglos, pero hasta la fecha nadie los había encontrado. Los hoteles se desplegaban como abanicos sobre las playas de dunas doradas.

La visión de la costa y del malecón desapareció, y en su lugar se alzaron edificios de lujosos condominios. Interminables hileras de palmeras gigantescas, como visibles marcas de una frontera natural, custodiaban la zona de hoteles y franqueaban el bulevar. Los carteles indicaban la proximidad de una ciudad de playas y balnearios «que te hacían sentir en el paraíso terrenal» según la publicidad del Gobierno. Carlo sabía que sus propinas solían depender de ese paraíso terrenal y de la información interesante que podía ofrecer a los viajeros. Tamul era más que reconocido como destino mundial, y las zonas arqueológicas cercanas y lugares de aventura ecoturística para los norteamericanos completaban un paquete todo incluido que les salía baratísimo. Tras el éxito de las ciudades concebidas «de la nada», Tamul resultó de una inversión a lo seguro, creación de los hombres más ricos e influyentes de México y con anuencia de un presidente que ya nadie recordaba y que había dado el nombre a la ciudad.

Carlo arrugó el ceño mientras miraba la pantalla del celular. Un frenazo del autobús casi le hace perder el equilibrio. Un rampero gordo y con la playera mojada de sudor avinagrado le embarró su enorme barriga en la cara. Un guardia de seguridad le increpó al chofer algo sobre su madre y un coro de mozalbetes lo secundó con risas y chiflidos. Apartó aquella barriga maloliente de un codazo y guardó el celular en el bolsillo. Era imposible moverse ahí.

Al fin, el lastimoso camión llegó al centro y dejó su carga humana. Carlo comprobó que la ciudad llevaba el mismo ritmo de su estado de ánimo, moviéndose semilenta, reptando presa de la pesadez de una digestión extraña y de la que todos sus habitantes formaban parte. El sol lo golpeó con su violencia acostumbrada. Su combi hizo parada y aprovechó para tomarla. Sopesó las monedas que le quedaban en el bolsillo y pagó al operador.

Con más espacio y aprovechando que la combi no iba repleta, regresó al celular. Tenía que asegurarse de lo que había visto. ¿Qué era? El destello de un recuerdo borroso que su mente se rehusaba a enfocar. Un borrón que se transformaba en un nombre dentro de una nota roja del periódico digital que seguía en Facebook.

Joana Méndez.

Ese nombre venía a él en olas que se hacían cada vez más grandes. Vio el primer comentario de la noticia, y palideció. Ahí fue consciente de la completa desconexión con esa Joana Méndez a través de los años y el distanciamiento silencioso.

> No lo puedo creer, no puedo creer que ya no estés con nosotras, Joana. Me cuesta trabajo creer que en un suspiro te hayas ido, es increíble lo que pasó y cómo pasó. Apenas ayer estábamos planeando el viaje a Orlando, apenas te vi hace horas y reímos…

Los comentarios en el *post* de la noticia se arremolinaron y cayeron como un alud de piedras sobre su pecho. La combi dio un salto al pasar sobre un bache y aquella sacudida le hizo entrar en razón: aquello no era una broma, su exmujer había perdido la vida de manera instantánea apenas horas antes, en un aparatoso accidente. *El Noticioso* de Tamul aseguraba que «ni siquiera había sentido el ramalazo» y la nota roja se reprodujo en los periódicos baratos, esos de portadas plagadas de mujeres voluptuosas con senos enormes que en los *collages* se salían de las fotos y acariciaban con ellos a los muertos salpicados de sangre y tripas. Y en ese cúmulo de chismes, entre borrachines ladrones sometidos en las patrullas, ahí estaba ella, en una fotografía a todo color, en primera plana:

sus ojos abiertos y vidriosos,

el brazo con una mariposa tatuada colgando fuera del parabrisas trasero,

y una botella de whisky sobre la acera, intacta.

Carlo miró los periódicos web uno a uno como para asegurarse de que habían equivocado el nombre, que aquella muerta era otra Joana. Como a algunos famosos, le habían inventado la muerte y la verdadera Joana debía de estar justo ahora trabajando en la agencia de viajes donde la dejó hace ¿catorce, quince años? Ya debía de ser una gerente de operaciones, mujer exitosa, empoderada y realizada. Pero el detalle del tatuaje despejaba toda duda. Era la misma mariposa que había besado y acariciado, esa mariposa que parecía aletear en sus paseos en el malecón urdiendo planes, dando forma a los sueños…

«Joana… ¿Qué chingados estabas haciendo?».

«Joana, ¿con quién te juntabas?».

«El destino no está hecho para todos». ¿Dónde había leído aquello? Una máxima extraña y que podría explicar lo que le había pasado a Joana. Expertos matemáticos consideran al cáncer como algo que depende de la suerte. Un concurso, un sorteo. El azar suele ser algo increíblemente justo, no importa que hagas *crossfit*, que seas un devoto vegano, presidente de Apple o que comas sopas instantáneas en la soledad de tu casa. Tu boleto sigue jugando, y si te toca, te toca. Vaya estupidez. Tanta hipocondría mundial, tantos estudios, seguros médicos y oncología de primer nivel, todo para reducirse a un factor de las probabilidades. Pues algo así había pasado con su exmujer y eso era lo que más le impresionaba: ella viajaba en la parte trasera del auto, un Spark azul que se había encontrado con un paso peatonal, un badén inclinado, a más de ciento sesenta por hora. El coche, propulsado como un cohete fallido, terminó su demencial vuelo estrellándose con dos postes, uno de concreto y otro de acero. Fue como estrujar una lata de cerveza. El primer impacto, «brutal» según los diarios, «dio justo en la puerta lateral trasera derecha». A esas velocidades, el cinturón de seguridad no sirve de mucho. Joana estrelló la cabeza contra el parabrisas trasero. El coche hizo una suerte de acrobacia y acabó incrustado en un poste que sostenía el anuncio luminoso de un minisúper Oxxo. La conductora «pedísima» y el copiloto también «alcoholizado en sumo grado» salieron ilesos. Rasguños, alguna contusión, pero que por la magnitud de la tragedia era considerado un milagro.

Ilesos.

Y Joana Méndez muerta en la parte trasera, con el cinturón de seguridad bien abrochado, en uno de los sitios donde la probabilidad y la estadística —materias que Carlo había aprobado con diez en la universidad— suelen decir que no mueres en un choque. Esa era la suerte del billete que le había tocado. El azar demostraba su magnanimidad. «Una mariposa batió sus alas en algún extremo del mundo, y terminó matando a la mariposa de Joana». Carlo se mesó los cabellos.

De la hora del accidente (3:57 de la mañana según los peritos) hasta ver la noticia en Facebook ya habían transcurrido unas seis horas. 3:57. La hora de la salida del vuelo a Atlanta, donde se había encontrado con su hermano. Vaya día el que empezaba.

Con el aturdimiento se había pasado su parada y pidió al chofer que parara cuando pudiera. Carlo bajó de la combi para llegar a su departamento, y su semblante era el de un espectro sin sangre en las venas. Mientras caminaba quemándose al sol, recorría ahora con la mirada perdida el laberinto enmarañado de edificios departamentales, todos idénticos, cuarteados y manchados por la humedad. Subió por las escaleras despintadas hasta llegar al tercer nivel. Abrió la puerta y el silencio lo recibió, imperturbable. Lo agradeció. Se liberó del uniforme y los zapatos y quedó en calzoncillos. Se lavó la cara y los brazos llenos de sudores y olores propios y ajenos. Puso agua a hervir en el microondas. Mientras el horno hacía lo suyo, sin soltar el teléfono se tiró un momento a la cama, un colchón matrimonial desprovisto de una base que lo soportara. Cerró los ojos.

Casi al momento, varios timbrazos del celular le sacudieron la mano. Eran solicitudes de mensajes del Facebook. Al ver el nombre del remitente, Carlo frunció el ceño.

Eran solicitudes de mensajes de Mayo Méndez. En su indecisión de contactar a la familia de la difunta, Mayo se le había adelantado en el chat de Facebook. Con todo su pesar aceptó la solicitud. Le dio su número y esperó su llamada, que llegó en menos de un minuto. Contestó, y por un momento creyó que su excuñada lo insultaría como mínimo. Pero su voz se oía apagada, constipada. «Ah, pues sí eres tú», dijo como saludo. «Espero de verdad que puedas venir al entierro», remató para sorpresa de Carlo. Con parcas palabras le indicó la hora, pero la velación sería privada y él claramente no estaba contemplado. Con todo, Carlo agradeció no ir al velorio.

Colgó y en seguida habló con la oficina de Servicios Terrestres para indicarles que no iría al día siguiente. Se sintió extraño: nunca antes había pedido ningún día libre a la empresa.

*

En el entierro, Carlo era un desconocido que no merecía una mirada. Ahí vio a Mayo, toda vestida de negro y con un escote que le pareció un poco atrevido para la ocasión. La mujer lo reconoció entrecerrando los ojos. Carlo fingió demencia al principio, pero no tuvo más remedio que acercarse mientras depositaban el féretro en el nicho, una cavidad hecha de bloques y cemento unida a muchas otras tumbas que se sostenían de milagro. El panteón municipal era un dolor extra a la pena de los dolientes: moscas por doquier, el palpable olor a muerte mezclándose con el de las innumerables coronas, y las tumbas rotas donde asomaban huesos amarillentos por el sol y el olvido. Tenía unas ganas inmensas de vomitar.

Mayo permaneció un momento a su lado, sin hablarle. Con un abanico espantaba las moscas y otros insectos diminutos que se pegaban a las flores y a los nichos desnudos, sin cruces ni dedicatorias. Mayo se volvió a él e hizo una mueca mostrando los dientes. Carlo creyó que su cuñada le iba a golpear o insultar, pero comprendió que trataba de sonreírle.

—Creí que no vendrías —dijo en el mismo tono atiplado que le escuchó por teléfono—. Creí que te habías ido lejos. Fue tan repentino...

—Sí, yo... —Carlo quiso decir algo más, pero la frase quedó suspendida en el aire viciado por la muerte.

—Te lo agradezco, Carlo. De verdad.

Mayo siguió enjugándose las lágrimas. Por un momento creyó que se burlaba abiertamente de él y las mejillas se le encendieron. Mayo no dijo nada más de momento. Los asistentes empezaron a cantar himnos bautistas mientras los empleados del camposanto, sudorosos y con caras crispadas por el esfuerzo, acomodaban el ataúd. Un grupo de viejas plañideras coreaba aleluyas y glorias al Señor en arranques furiosos cada vez que terminaba la entonación de los himnos. Carlo no derramó una sola lágrima. No tenía la mínima intención de llorar. Detestaba todo lo que tuviera que ver con velorios y entierros. El féretro empezó a vibrar: el tic del ojo parecía reactivarse por momentos.

Con Mayo en escena las cosas se torcían en caminos impredecibles. Jamás fue el santo de su devoción. Quince años atrás ella había sido la primera en apoyar la separación después de la respectiva ración de insultos y de rebajarlo a un pobre miserable que no merecía las lágrimas de su hermana.

«Qué curioso, hoy tú no mereces mis lágrimas, Joana».

Para su sorpresa, Mayo lo tomó del brazo y lo apartó de la congregación. Ese contacto, eléctrico, puso en guardia a Carlo. Sin embargo, la atmósfera triste del entierro lo tenía sofocado y no opuso resistencia. Solo esperaba que no intentara humillarlo. Entonces Mayo habló. Mientras hablaba y gesticulaba, Carlo empezó a comprender que la muerte de Joana no era el final de aquella historia.

—Ahí está tu hijo, Carlo.

Mayo señaló con un movimiento de cabeza al centro de la procesión. Un chico delgado, de tez morena, aunque pálido y de cabello castaño, depositaba un ramo de flores sobre el ataúd. Los empleados terminaron de bajar la caja de madera en la tumba y colocaron la tapa de concreto. Carlo sintió un escalofrío al mirar a aquel muchacho. El ojo vibró y emborronó a Mayo, al chico y al cementerio. Nuevos brochazos aparecieron con una nueva pintura venida desde lejos, de tintes tan surrealistas como los de su hermano:

Joana en ese supermercado, embarazada.

Alguien que no era él —pero debería haber sido él—, una sombra de un posible futuro abrazándola por detrás, besándola, metiéndole la lengua en el oído.

La vorágine de todo aquello amenazaba con derrumbarlo.

—Tiene dieciséis y te va a necesitar como nunca. —La voz de Mayo lo afianzó a la realidad. El ojo volvió a su sitio. Mientras miraba al chico, Carlo aún revivía el escalofrío que le dio al ver el muro de Facebook de Joana. Su último estatus, «Me siento maravillosamente», hacía que el estómago le diera vueltas cada vez que lo recordaba. Las últimas fotos, subidas a la red social minutos antes del fatal accidente, reflotaban en su memoria. En esas fotos aparecían sus amiguitos sosteniendo una botella de whisky «Etiqueta negra», sentados en unos asientos de vinil color verde chillón, en un antro de tantos que abundaban en el bulevar. Esa misma botella era la que aparecía intacta en las fotos de los periódicos como una señal, un motivo válido del encuentro con la muerte.

Viéndolo llorar y sufrir, el muchacho compartía con Carlo un parecido innegable. Un hijo que, segundos antes, no recordaba haber concebido con aquella mujer descansando dentro del foso que los albañiles terminaban de sellar con cemento.

Cuando finalizó la ceremonia del funeral, Mayo pidió a Carlo que la esperara en la entrada del cementerio. Carlo aún no se creía tanta amabilidad gratuita, pero el dolor inmenso que se sentía en ese lugar y la impresión que le había provocado ver al muchacho por primera vez, nada de eso lo dejaba pensar con claridad. Algo le decía que las cosas en verdad se habían torcido la madrugada anterior y se convencía que haber visto a Alec suponía un mal presagio, como decían sus amigos ramperos mayas que venían de los pueblitos de Yucatán a trabajar a Tamul: «Ver al pájaro *pu'huy* de madrugada puede costarte la vida». Alec era su versión de ese pájaro agorero.

La sorpresa fue total cuando esa nueva Mayo, de la mano del chico, lo invitó a su casa. La Mayo que recordaba jamás le hubiera dicho ni media palabra.

—¿Tienes auto?

Carlo negó con la cabeza. Su cuñada lo barrió con una mirada de desprecio fugaz. Suspiró.

—Pues vamos en el mío.

Tras el sopor inicial, Mayo le ofreció una cerveza y Carlo aceptó solo para dispersar el incómodo silencio. Paseó la mirada por la amplia terraza de la casa que había pertenecido a Joana. Carlo comprobó que vivía bien. El terreno era amplio y rodeado del verdor de los jardines y numerosos árboles, aunque sin piscina. Mayo ordenó al chico que se fuera a su habitación. Obedeció, pero no se le escuchó decir ni una palabra, ni un asentimiento.

Hablaron primero de lo que hacían para vivir y de sus vidas diarias. Entre ojeada y ojeada, Carlo descubrió que sus senos se parecían mucho a los de Joana. Además, ese movimiento gelatinoso y contenido por el sostén era curiosamente similar, como dos serpientes amaestradas. Para salir del paso, Carlo le contó que quería interponer una demanda, porque se había enterado de que la conductora responsable había salido libre pagando una fianza de medio millón de pesos. Como respuesta, Mayo le mostró un video en su celular. Era del accidente, de un peatón que lo había grabado y subido a internet. La jovencísima conductora, enloquecida, sacudía a una Joana sangrante, gritándole «¡Despierta, despierta, Joana, por favor!». La chica tenía los ojos desorbitados y sus alaridos aumentaron cuando los paramédicos la apartaron del cuerpo de Joana. Mayo guardó el teléfono. Le dijo que la familia de la conductora había quedado en la ruina por pagar su fianza. Además, estaba sometida a un tratamiento psiquiátrico con todas las medicinas que se podían usar contra esa culpa que deja un homicidio imprudencial.

—No pisará la cárcel, pero lo va a cargar de por vida, Carlo. Ni te molestes.

Se hizo el silencio. Mayo miró hacia dentro de la casa. Se levantó, dudando. Al final se internó en el pasillo para salir minutos después.

—Duerme profundamente, el pobrecito —dijo en un susurro.

Mayo se sentó como una gallina clueca, acomodando el trasero. Carlo se dio cuenta de que esa mujer iba a tirar sus cartas. Iba a atacar, e intuía que no había defensa posible ante esa lengua de sierpe.

—¿Por qué viniste al entierro?

Al fin lo había soltado. Carlo iba a responder con la verdad, que lo había visto en las noticias, que le había nacido y que lo sentía de veras. Y qué diablos, ella también se había molestado en contactarlo. Como no respondía, una segunda pregunta dejó ver los vestigios de la vieja Mayo, la que no lo sacaba de miserable:

—Viniste por el chavo, ¿verdad? Sé que han pasado años…

«Puta madre», pensó Carlo. Esto no estaba previsto. «¿Por qué diablos mete al chico en esto?». Se cubrió el ojo con la mano para evitar que Mayo se diera cuenta de su ventaja, pero resultaba inútil. Esa duda, esos instantes de silencio le costaban la capitulación. Un hijo. Un niño que jamás pudo ver más que en la barriga de Joana, cuando todo ya se había ido a la mierda.

—Te voy a decir algo, Carlo. El chico no tiene a nadie más, ni abuelos, ni padrinos, ni tíos a excepción de mí. Entiendo que ahora han cambiado las cosas. Quieres involucrarte en la vida de tu hijo y, créeme, lo entiendo y me parece lo mejor.

Las mejillas de su cuñada estaban encendidas y los senos crecían y decrecían con su respiración. Carlo iba a decirle que no se acordaba de nada, que para él ese hijo jamás había existido y que solo contaba con aquellos recuerdos emborronados, de pintura mojada. Pero se contuvo. ¿Por qué? ¿Para que no le volviera a decir miserable? ¿Para lavar una conciencia inexistente? ¿Por qué no le contestaba con la verdad? Esta segunda pausa sin respuesta le costó la estocada final de aquella mujer. Mayo le puso una mano en la rodilla.

—Joel tendría que vivir con su padre biológico por un tiempo.

«Ah, así que se llama Joel».

Mayo debió de ver la palidez de Carlo, por lo que añadió:

—Tranquilo, Carlo. Solo sería una temporada. Verás, mi esposo consiguió un contrato de trabajo en Estados Unidos y tiene que cumplirlo. Él ya está allá. Cuando pasó lo de Joana estaba finalizando mis papeles para reunirme con él y el vuelo estaba comprado. Me voy mañana. Por más que haya pasado esto no puedo cancelar el viaje, y entiendes que esos boletos son carísimos. Iba a dejarlo con una amiga mía, pero me contestaste y todo cambió. Sería un gran favor para la memoria de Joana.

Así era Mayo. Por más muerta que estuviera su hermana, quedaba el detalle de los asuntos terrenales. Su cuñada siguió con su discurso. Joana nunca se casó y solo tenía «conocidos» con los que «salía al cine y al café». Carlo agregó mentalmente «y a empedarse y a ir a ciento sesenta por hora por el bulevar».

Corre corre corre por el bulevar
Corre corre corre te voy a alcanzar.

Otro brochazo de recuerdos, otro torrente de absurdez que lo empujaba a los límites de la razón. La voz de su cuñada logró imponerse a la melodía que atronaba en sus oídos.

—¿Podrás, Carlo?

Había un reto encerrado en aquellas palabras. Una parte de él saltó, la que controlaba aquellas señales de franco reto hacia su dignidad. La misma parte que había rechazado jugosos ofrecimientos de Alec para hacer dinero. «Esta mujer te ha llevado a su terreno, Carlo. ¡Eres un imbécil!», habría dicho su hermano.

«Y si le digo que no, habrá ganado ella, otra vez».

—Si acepto, necesitaría un apoyo económico, Mayo. Mi situación no es precisamente buena.

Su cuñada volvió a ofrecerle aquella mirada que evocaba el pasado con Joana.

Volteaste tu cara, quitaste tus gafas

Tus ojos cafés miré-é-é.

Pero esta vez fue más rápida en su cambio a una sonrisa. Mayo estaba concentrada en su partida.

—Claro, sin problema, entiendo. ¿Con cuánto te apañas?

Carlo le dijo una cantidad que debió de parecerle razonable a la mujer, porque sin titubear sacó una chequera, firmó con parsimonia y le extendió un cheque al portador.

«Entonces va en serio».

Carlo sujetó el talón y se lo guardó en el bolsillo.

—Solo una cosa, Mayo.

—¿Sí? —Su tono era tan cordial que se revelaba insoportablemente falso.

—¿Ese chico sabe quién soy?

Esta vez Mayo lo miró entornando los ojos. No parecía desprecio, más bien una curiosidad que no había visto antes en ella.

—Pues no, no lo sabe. ¿Por qué?

—Vale, quiero que siga así. Al menos por ahora.

—Pues muy bien, como quieras.

Más tarde, cuando Carlo analizaba en su cama aquella conversación, se dijo que en cierto modo no había faltado con su trabajo en el aeropuerto: había actuado como lo hacía al documentar pasajeros y subirlos a un avión, con el movimiento mecánico de luz roja, mal, luz verde, adelante.

Iba a convivir con un hijo que no había criado, y no tenía ni idea de lo que debía hacer con él. El tic parecía una ametralladora y tuvo que cerrarse el párpado con la mano.

3

La presentación del insigne profesor sorprendió a todos: no tanto por el nombre —Rufo no tenía idea de quién era—, pero comprobó que esa mañana toda la prensa de Tamul estaba ahí apuntando con cámaras y micrófonos aquello que debería ser un simple saludo a la bandera. Por un momento se desconcertó, pero Yogurt le devolvió una mirada tranquila. El presidente municipal estaba ahí, junto al representante del gobernador del estado. Los acompañaba la plana mayor de la Secretaría de Educación, viejos rescoldos de administraciones pasadas, supervivientes de épocas priistas de la vieja guardia, hoy disfrazados de diferentes colores partidistas de acuerdo a los tiempos que corrían. En la mesa conversaban viejos grillos y algunas jóvenes promesas políticas. La ocasión era impresionante, y Rufo lo comprobó con el estrado adornado con flores exóticas y manteles de un blanco nuclear, que solo se usaban en aniversarios o visitas de personajes importantes. Las banderas de México, de Quintana Roo y del municipio de Honestidad ondeaban en las astas de la plaza cívica de la preparatoria Ciento nueve. La escolta de chicas empuñaba sus propias insignias tricolores y mantenía el tono marcial, saludando desde uno de los vértices de la plaza.

Terminado el protocolo de himnos y el saludo a la bandera, el director del plantel abrió la ceremonia: «Nunca en la historia de la preparatoria Ciento nueve, quizá en la historia de San Miguel Tamul, se ha celebrado tal acontecimiento, y quiero dejarlo por sentado». Rufo supuso que el directorcillo quería dejar su impronta para la posteridad y dio un sonoro bostezo; uno de los prefectos lo amonestó de inmediato con un chist. Iba dándose cuenta a trompicones, ya que él no era ducho para aquello de la literatura y las poesías, de que el profesor que estaban presentando era una auténtica celebridad. El director fue enunciando sus más grandes logros: el Cervantes, el Princesa de Asturias, el Nacional de Poesía y un extenso currículum de publicaciones para niños entre las que destacaban haikús, redondillas y sonetos que ya se enmarcaban con letras de oro en el estado de Quintana Roo. Como todo esto a Rufo le sonaba a cuentos chinos preguntó a Yogurt qué pasaba.

—Rufo, este señor aspira seriamente al premio Nobel, así te lo pongo —dijo sin más. El gordito estaba embelesado. Sin esconder su emoción (cosa que le asombraba a Rufo), añadió en un susurro, que más bien parecía una plegaria—: Me parece algo increíble que quiera dar clases en esta ciudad y en esta preparatoria. Voy a traer un libro suyo que tengo en la casa para que me lo firme.

Rufo quiso reír a carcajadas, pero el silencio se mantenía absoluto y el prefecto rondaba cerca de ellos. Tras su sentido discurso, el alcalde condecoró con la medalla de la Honestidad, máximo logro para un civil en el municipio, al flamante profesor poeta, que subió al estrado.

—Quiero que este día quede enmarcado en la historia de San Miguel Tamul de Bravo. Y con mi ferviente deseo de que el Nobel de Literatura llegue pronto a estas queridas tierras tropicales, de manos de Rafael Ignacio Servando y Costilla.

Cuando puso la medalla al emocionado poeta hubo un aplauso arrasador que empezó en el estrado hasta contagiar al alumnado, que aún trataba de entender la importancia de quien sería su profesor. El alcalde se dio el lujo de alzar el puño en la explosiva celebración, y tras abrazar al poeta, volvió a su lugar, visiblemente conmovido. El silencio se hizo de nuevo, más espeso que antes. Rafael Servando iba a hablar. Yogurt estiró el cuello, como si así pudiera escucharlo mejor. Rufo lo vio como uno de esos peñascos viejos y resistentes al tiempo, desgastados por las olas y los huracanes. Vestía una camisa de cuadros y un chaleco negro encima que debía de darle un calor terrible. Frisaba los sesenta, y aunque era calvo, sendas matas de pelo plateado cubrían sus sienes y la nuca. Servando se enjugó las discretas lágrimas que se habían adherido a sus ojos y ajustó unas gafas que sacó del bolsillo del chaleco. Extendió una arrugada hoja de papel antes de acercarse al micrófono.

—La poesía respira a través de la vida, de la historia nuestra. Nos acompaña desde nuestro mismo origen, ya despierta en las ínfimas células que decidieron agruparse para crearnos y darnos un nombre. Cada uno de nosotros lleva la poesía consigo desde mucho antes de articular las primeras palabras, aunque aprehender la belleza del mundo con nuestros sentidos todavía se vislumbre lejano. Quiero contarles una breve historia. Hace años, paseando por los jardines de la Universidad de Oxford, uno de mis estudiantes se acercó increíblemente frustrado y me preguntó sin medias tintas dónde estaba la poesía. No la encontraba por más que se esforzaba. No era una metáfora: estaba bloqueado, no conseguía escribir un solo verso.

Servando hizo una pausa y miró hacia la explanada donde estudiantes, profesores y políticos seguían sus palabras en el más absoluto silencio. Esbozó una breve sonrisa y volvió la vista al papel.

—Aunque me pilló desprevenido, miré a mi alrededor, inspiré, y le respondí casi al momento: «La poesía resuena en la música del viento, la verás en el movimiento de una mano delicada al saludar en un día de lluvia. Se deja entrever en esa particular forma de ladear la cabeza cuando escuchamos el secreto que nos confía el amigo, el abuelo o el amante. La poesía está con nosotros, nos acompaña, respira a la vez que nosotros, eso seguro lo sabes», le dije. «Tu bloqueo, tu página en blanco también es poesía, muchacho. Lo que no se ha escrito a veces es más importante que lo ya plasmado en el papel». Mi estudiante se quedó mirándome un momento, perplejo, y al final me sonrió. Hoy, debo decir, ese joven es un gran poeta que representa esta generación actual de grandes talentos. Seguro que han oído hablar de él. Cada vez que coincidimos me recuerda la escena y me agradece por esas palabras. Pero sucede algo curioso. Con el paso del tiempo me he convencido de que esa respuesta no la dio mi intelecto, provino de algo más básico. ¿Es difícil de creer? Quien me conoce sabe que las bromas no son mi campo, mucho menos cuando me dirijo a un público tan joven. El panadero de Neruda jamás escribió verso alguno, pero era un grandísimo poeta, el mejor. Neruda no hizo más que reconocer su existencia y darle el lugar que merece en la inmortalidad. Por eso quiero decirles, sin ningún artificio literario de por medio, que así somos nosotros. Todos nosotros. De ningún modo vengo a proclamar aquí «Yo soy el poeta» porque no lo soy más que ustedes. Por el contrario, desde hoy cuento con su voz, una voz que espero llegue a mí con fuerza, que me muestre su color, sus sueños y esperanzas anclados en ese lugar que se suele llamar Futuro.

»Estudiantes y personal docente de la preparatoria Ciento nueve, quiero ver sus hojas en blanco. Espero, con su inestimable ayuda, llenar esas hojas y configurar cosas bellas aquí, en esta institución que hoy me arropa. Y que ese trabajo permee en Tamul mismo. Sé que podremos lograr cosas importantes, trascendentes. Porque todos somos poetas. Gracias.

Cuando el eco de las palabras de Servando acabó por extinguirse en los altavoces del fondo, se dejó sentir de nuevo el aplauso que resonó en la plaza y en todas las aulas. Rufo no podía entender a Yogurt, sus regordetas manos aplaudiendo sobre su cabeza, su amplia sonrisa y los cachetes arrebolados y susurrando «¡Qué grande!». Por un momento pensó que lloraría ahí mismo.

Más tarde, en el área de las canchas de fútbol, sobre las gradas de cemento, Rufo fumaba y miraba los entrenamientos de la selección de la preparatoria. El portero, un chico altísimo, arengaba a sus jugadores. Desde ahí destacaba con sus uno noventa de estatura; hacía muecas, manoteaba. Había parado toda una tanda de penales. «¡Más fuerza, más fuerza!», le oyó gritar. Recostada en sus piernas, Galleta jugaba al boliche en el celular. A unos metros, Yogurt repasaba una y otra vez los pliegos de *El Noticioso*, el periódico del día.

—Salió algo, ¿verdad? —dijo Rufo, como quien comenta sobre el buen tiempo.

—Sí, salió. Pero lo de Servando nos vino que ni pintado.

—«Que ni pintado». Quién dice eso hoy, Yogurt, por Dios. Parece que me habla mi abuelita cuando dices esas pendejadas.

Yogurt dobló el periódico sobre su regazo y se acercó a Rufo. Depositó su voluminoso trasero rozando a su amigo y habló con el tono lógico que solía usar, al tiempo que le extendía una de las páginas que había doblado:

—Si estás tranquilo aquí fumando es porque nos ha salido bien, ¿no? Mis cálculos resultaron... y la suerte nos ayudó, claro. La llegada del viejo Servando apagó cualquier alarma. Hoy Roger no ha existido. Además, creen que el cártel de Cotoche lo hizo. Es su modus operandi.

Se escucharon gritos autoritarios en el campo; el entrenamiento se tornaba intenso. Rufo apartó los ojos de los jugadores y pasó una lánguida mirada sobre la noticia que le presentaba Yogurt, con la foto de Roger a color con su respectivo marco de DESAPARECIDO y ALERTA AMBER que le eran tan familiares. Hizo a un lado a Galleta, que seguía taciturna jugando con el celular. Al impulso de las piernas de Rufo, la chica se incorporó.

—¿El cártel de Cotoche? Esa sí que es buena.

—No hicieron más olas. Ni la poli ni el Gobierno. Como de costumbre, lo tomarán como una cosa más que pasa en esta ciudad, Rufo. Y no encontrarán el cuerpo. Por eso digo «que ni pintado». A ver si lees un poco más y aprendes con Servando. Te he visto escribir con unas faltas...

—Ya basta, cabrón. Ya.

—¿Haremos algo pronto?

Los chicos respingaron ante las palabras de Galleta. Rufo dio una última calada al cigarro y lo tiró al baldío tras las gradas. Su mirada regresó al entrenamiento de fútbol, donde se había hecho un corro de espectadores. Yogurt trató de encontrar al objetivo de aquellos ojos rasgados que, aunque carecían de su inteligencia, lo emocionaban cada vez que se concentraba de aquella forma.

—Sí, he pensado en alguien. Sé que tiene dinero, el papá es ingeniero o algo así. Lo tenemos aquí enfrente, entrenando.

Yogurt miró al área chica, justo cuando el gigantesco portero salía a gran velocidad y arrebataba el balón de los pies al delantero rival en una suerte de acrobacia. Con el balón entre los brazos el guardameta dio una voltereta, y dando una muestra de admirable elasticidad se incorporó y despejó el balón.

—¿Él? ¿El portero? ¿En serio?

Rufo sonrió.

4

Los temblores llegaron acentuados por el intenso calor y la espera.

El sudor corría en gélidas gotas que bajaban por sus sienes.

«¿Por qué?».

Se había preparado para esto.

Pero la mente y el cuerpo eran cosas lastimosas, alienadas ahí, en esa terminal de pueblo, en medio de una multitud igual de acalorada y harta de esperar.

Podía sentir las gotas evaporarse. Podía sentir cada poro de su piel intentando refrigerar aquel horno a su alrededor.

Lo sabía: el monstruo se había soltado de la correa, siempre lo hacía cuando creía que sus progresos iban sobre ruedas.

«¿El regreso me provoca esto?».

La espera, el ansia. El calor. El calor que asfixia.

Pero Tamul estaba solo a un envión de distancia.

«Tamul, tan cerca. Y tengo mis progresos. Lo único que me queda de orgullo está en mis progresos».

El autobús no llegaba, y el monstruo se meaba en sus progresos.

«Míralos y cuéntalos. Respira. Míralos, empieza el conteo y confía en lo que has logrado llegando hasta aquí». David obedeció a su propio mantra y se miró los brazos llenos de cicatrices: pinchazos, pinchacitos, cráteres lunares, recuerdos imborrables de la *buena época*.

No funcionaba el conteo.

Martilleo in crescendo en un violento batir de tambores.

Temblores, temblorcitos, terremotos.

Un brazo le hormigueaba, y los pinchacitos parecían moverse, como hormigas. Se agarrotaba: como el Chavo del ocho, venía la garrotera, *churin churin chun flais*. El monstruo iría sin demora por las demás extremidades.

No necesitaba un mantra, necesitaba un cigarro loco, *ahora*. ¿Cuándo había fumado el último? ¿Dónde? ¿En Tuxpan? ¿Villahermosa? Ni de broma podría sacar nada de esas provisiones ahora, entre tanta gente. Ya estaba en medio de la larga fila del autobús que no llegaba.

Si salía a dar una caladita podría perder el maldito transporte, y no saldría otro hasta mañana. Sí, podría pedir que le guardaran el lugar, pero conocía a la gente de la región y no se iba a arriesgar.

Se concentró en las paredes pintarrajeadas, en sus suciedades. Le pareció verla en las grietas, en las telarañas. *Ella*. La otra razón importante.

La terminal estaba atestada de pasajeros y no tenía idea del porqué. Quizá eran vacaciones o algún puente. Y los boletos solo se podían comprar justo al entrar al camión, haciendo cola en aquella antesala del infierno. Pensar en Ella ayudaba, pero el hacinamiento solo empeoraba los temblores. Los ventiladores empotrados en la sala de espera abanicaban aire caliente y pegajoso con olor a meados, distribuyéndolo en una especie de horno.

Un niño pequeño se acercó por la fila dando tumbos, jugando con un robot de plástico y haciendo ruidos con la boca. Imitaba disparos y explosiones que iban a juego con los latidos de sus sienes,

pum-pum, plas-plas, trrrrrr.

Güerito de pelo encrespado, vestía solo un diminuto bañador amarillo. Descubrió que era su viva imagen a esa edad, unos seis años.

No alguien parecido, *su viva imagen*.

Pum-pum.

Incluso sus ojos eran de un verde esmeralda.

Plas-plas.

El niño tropezó con él. Se olvidó del robot y alzó su carita. Le sonrió a David, mirándolo a los ojos. Con su manita le señaló el temblor de sus brazos y el ruido que hacía el castañear de sus dientes, como si todo aquello fuera un nuevo juego del que ahora era parte.

«Lo que faltaba, que mi yo del pasado viniera a saludar».

—Hola, David —dijo el niño sin dejar de sonreír—. No regreses a Tamul, drogadicto loco de mierda. Pero bueno, ya que estás aquí podemos jugar con mamá en la piscina, si quieres. —Plas-plas.

El niño le apuntó con el robot, que llevaba una pistola. Un sobresalto le indicó que el monstruo iba a apoderarse de él sin más. Estaba a las puertas de perder el sentido. Iría de nuevo a jugar a la piscina. Pum-pum.

—Hola, campeón. —David sonrió con dificultad, en una mueca terrible. Parecía que se había quedado sin diafragma, sin pulmones, y la tráquea se cerraba. La mente estaba a punto de separarse del cuerpo.

Entonces todo pareció aumentar de velocidad, y David nunca supo si fue un instante como el soplar una vela o algo más lento. Una señora inmensa e igual de rubia, vistiendo un pareo con figuras de elefantes multicolores, apareció de la nada tras el niño. Lo tironeó con tal violencia del brazo que lo elevó en el aire. El chiquillo gritó. La mujer, no contenta con esto, le asestó una sonora bofetada y le empezó a murmurar algo. Los elefantes parecían bailar una danza extraña entre sus michelines, riéndose a carcajadas. Trrrrrr. La gente prefería mirar al autobús que por fin se acercaba al andén.

—¡NO LE PEGUE! —gritó David con todas sus fuerzas. La gente en la fila se volvió hacia él. En un instante los temblores habían desaparecido.

Los pulmones,
el diafragma y la tráquea
seguían en su sitio.

«¡Increíble, me vuelve el alma al cuerpo!».

Era la primera vez que le daba la vuelta al monstruo de la abstinencia y la urgente necesidad de los cigarros locos que apremiaba en los peores momentos. La gorda del pareo de elefantes (que ya no se movían ni reían) palideció por un momento, pero se rehízo y le gritó, en inglés:

—¿Qué diantres le importa a usted?

—¡Que no le pegue al niño!

La fila estaba paralizada, a pesar de que ya se había abierto la portezuela de acceso al camión. El cobrador y el guardia de seguridad se habían quedado tumefactos. Con los puños cerrados, David dio dos pasos hacia la madre golpeadora. Lo único que se escuchaba eran los berridos del pequeño aferrado a su madre. La mujer se encaró con David. El guardia de seguridad y el cobrador se acercaron con cautela. El guardia quitó el seguro del garrote que llevaba en la cintura.

—¿Todo bien, señor? —alcanzó a preguntar el cobrador.

David miró las caras angustiadas del niño y el cobrador, la cachiporra que se deslizaba entre los dedos del guardia, y los incontables ojos fijos en él desde un mar de gente. Hasta el chofer se había apeado del camión. Por un momento, todos se habían sacudido el letargo provocado por el agobiante calor estival. David respiró profundamente y regresó a su lugar en la fila, mascullando contra la gorda.

La fila avanzó. La gente pagaba y agradecía entrar a la cabina con aire acondicionado, pero los que abordaban en silencio siguieron atentos a los movimientos del hombre que tenía toda la pinta de gringo borracho. El autobús por fin se movió. El frescor del aire acondicionado lo reanimó y aumentó su dominio sobre el monstruo. «Tengo que llegar a Tamul y no debo perder el control aquí. No hasta llegar. Quizá hasta le dé un abrazo y le suplique. Me lo debe. Como sea, nos lo debemos. Y no, no voy a jugar en la maldita piscina». La euforia iba menguando mientras la temperatura bajaba. Intentó no caer en la modorra deliciosa que conducía al sueño; sabía que si lo hacía el despertar podría ser un infierno como el de hacía un momento. El monstruo regresaría, se alzaría con mayor fuerza y no le daría ni una oportunidad de defenderse. Necesitaba una calada de churro, pero se dijo que aguantaría el resto del viaje hasta Tamul. Algo en su pecho se removió, orgulloso de aquella victoria, pírrica sí, pero que no conocía hasta ahora.

Estaba listo para regresar, enfrentar a Joana y enmendar las cosas.

Miró a su pequeño yo, que había dejado de llorar y proseguía el juego con su robot filas más adelante. Pum-pum, plas-plas. Le ondeó la mano, tratando de recomponer la sonrisa. El niño no le devolvió el saludo y, después de un instante que a David se le antojó como soplar una vela, el niño le mostró una mueca de asco y desapareció tras el asiento.

5

En ese momento pasaba junto a dos Airbus de Iberia que casi podía tocar con la yema de los dedos si lo intentaba.

Carlo pensaba que eran gigantes con vida propia, aves inmensas y nobles que funcionaban como nunca un transporte en la historia había funcionado. A veces hacía comparaciones: por ejemplo, ese gigantesco 747 venía de Madrid y hacía un tiempo de recorrido de diez horas hasta ahí. En siglos pasados esa travesía podía llevar más de treinta días navegando el Atlántico, sorteando cualquier tipo de peligros y penalidades. Le gustaba sumergirse en esos cálculos mentales que en la práctica no servían de nada, más que para mantener arriba su ánimo. Aumentaba su respeto por los pájaros de acero y se decía que su trabajo era, a final de cuentas, importante.

Le parecía extraño, pero salir del aeropuerto a medianoche era como regresar a una realidad que le asustaba. Desde la muerte de Joana los días se expandían como goma derretida en el calor de Tamul. No quería aceptar que su cuñada le había apostado todo a una última carta. Esa reina de picas se había adelantado a sus pensamientos, aprovechándose de su conciencia y de sus dudas.

«Y de que eres un verdadero pendejo», tuvo que admitir.

¿Qué haría ahora? El dinero de ese cheque iba acabándose y...

Joel era su hijo biológico.

Siempre llegaba a ese callejón sin salida. Biológico. Vaya risa. Los grandes filósofos de la autoayuda proclamaban que «el verdadero padre es el que cría», ¿no? Él no había criado a nadie y hasta dudaba poder cuidar de sí mismo.

Pensó en Alec. Si aceptara su ofrecimiento de trabajo… No. Además de caduco, ese ofrecimiento venía acompañado de una clara invitación a olvidarse de su precaria conciencia. Si aceptaba descendería a los infiernos y ardería allí con pinturas baratas, con niños UNICEF rindiendo pleitesía a esas pinturas y ancianas millonarias grupis abiertas de piernas ante Alec y su cetro dorado.

Porque eso era lo que Alec hacía. En resumen, «*coaching*, asesoría para incautos». Así se había hecho de dinero, de un nombre: a base de pinturas horrorosas —su periodo Índigo, que no tenía nada que ver con sus intentos de pintar al Caribe— que les colocaba a los músicos de moda, al senado, *influencers*…, la cultura lucrativa lo mantenía como uno de los máximos tamulenses ilustres.

«Mira, Carlo, el arte por sí solo no vende si no hay una buena razón para generar el billete. Te voy a contar un secreto: Tamul está llena de viejas arpías, hoteleritas, esposas de políticos, adornos cuya única utilidad es posar en las fotos. A estas mujercitas les encanta desayunar, comer y cenar "con causa", derramar una lagrimita por los sordomudos y regalar balones de baloncesto a los indios triquis descalzos que jamás conocerán ni por error. Dan *likes*, así se sienten "culturales", "filántropas". Hoy vender arte es vender tiempo compartido patrocinado por la UNICEF. ¿Y qué hago yo? Les ofrezco sueños, genero ilusiones. Así, su dinero —de sus mariditos— se invierte para un bien mayor, para el reposo de su alma.

»Y con las momias en la palma de la mano, ahí tenemos a los contactos. Y esos contactos derivan a otros, hasta llegar a la cima, a los verdaderos pesos pesados.

Ahí me ando moviendo, Carlito, y necesito que alguien como tú me vigile las espaldas, que me aconseje. Que el *coach* tenga una mente extra, tu mente».

Hacía un tiempo de ese ofrecimiento que rechazó incontables veces, hasta la ruptura definitiva con su hermano. Ahora que lo pensaba, esa ruptura no difería mucho de la que había tenido con Joana. Ese era su destino, la ruptura violenta de la realidad, para que todo quedara en brochazos, en brincoteos de pupila que derivaban en esos recuerdos.

Una semana había pasado desde que vio a Mayo en el umbral de su departamento. Tenía unas cuantas preguntas preparadas para su cuñada. Pero Mayo iba con prisas. Dejaba al chico en el rellano con un alud de maletas mientras el taxi esperaba fuera. Le ordenó a Joel que se instalara, manoteando al aire, exagerando el tono cuando se dirigía a su sobrino. Mientras bajaban por el cubo de las escaleras, a cada intento de hablarle Mayo se volvía y ofrecía sus tetas bajo otro cortísimo escote que interfería con su escasa concentración.

—¿Cuánto tiempo, Mayo?

—Cosa de semanas, Carlo. Yo te iré avisando.

—¿Y después, con quién se quedará el chico? ¿Contigo?

—Eso lo veré al regresar y será problema mío. Creo que ya lo hemos hablado todo. Cobraste el dinero que te di, ¿no?

Asintió. Y no hubo más. Antes de subir al taxi que la llevaría al aeropuerto dejó un número telefónico, y desapareció.

Joel odió a Carlo desde el momento en que los presentaron. Aunque había acordado con Mayo no decir nada sobre paternidades, Carlo sentía que el chavo lo detestaba por el simple hecho de poder contemplarse en él como si fuese un espejo con vista a su futuro lejano: un ser amorfo con arrugas, patas de gallo y múltiples canas matizando la cabellera. De momento, el chico actuó dejándose llevar mansamente y terminó por acomodarse en el departamento. Carlo no sabía cómo hablarle, y a lo sumo consiguió sacarle elementales «sí, simón, como quieras, ajá, vale».

Esa tarde, cuando se despidió de él para ir a trabajar, Carlo escuchó tras la puerta tenues sollozos de cara al colchón y las almohadas. No pudo más que aceptar con amargura que Joana se la había jugado muy bien al dejar este mundo. Esa era su respuesta a la pregunta que le había formulado (bastante) tiempo atrás:

«¿Y qué vas a hacer?».

La pregunta que había desencadenado todo.

Eso fue lo primero que salió de Carlo cuando Joana le dijo que estaba encinta.

Todo vino sin control, miré el retrovisor
La avenida era toda mía.

Antes de que él hablara —y ahora lo recordaba—, Joana esperaba su reacción con un brillo en los ojos, el brillo que dice ver la gente en las embarazadas, con su sonrisa que formaba hoyuelos en las comisuras y que tanto le gustaba.

Pero llegó ese «¿Y qué vas a hacer?» y se le diluyeron la sonrisa y los hoyuelos. Una sonora bofetada resonó en medio de aquel restaurante de lujosas mesas y manteles italianos. Los comensales voltearon a verlos, unos arrugando la nariz y otros con sonrisas torcidas. Joana casi le tira la mesa encima. ¿Lloró? No le dio tiempo a comprobarlo, porque salió del restaurante hecha una furia. Carlo se había quedado en la mesa, con el bofetón latiendo en la mejilla y preguntándose qué había pasado.

Dos años de novios, saliendo con regularidad. Ya vivían juntos en un bonito departamento desde hacía un año.

Esa era una noche más de paraíso caribeño. Trabajaban y ganaban el dinero que querían. Creía que la conocía. Creía que todo iba sobre ruedas.

Corre, corre, corre, sin mirar atrás
Corre, corre, corre, ya no puedo más.

«¡Pero si ella se cuidaba!».

Con el vino a medio terminar, Carlo pagó la cuenta y salió a dar una vuelta por el malecón para dejar que las aguas se tranquilizaran. Aunque paseó la mirada por el bulevar, no hizo el intento de buscarla; así funcionaban las cosas cuando pasaba algo parecido. El *hostess* del restaurante le salió al paso: «Su señora agarró un taxi. Quiere que le dé el número?». Le aceptó el número, le dio una propina y continuó.

La brisa del Caribe le despejó la cabeza y poco a poco se fue haciendo a la idea del bebé y sus consecuencias. Un cambio grande. Se convenció de que realmente su duda no era si tenerlo o no, dudaba de su propia capacidad de llegar a la meta en esa enorme carrera de resistencia, de años. Pensaba en sus conocidos que ya iban en esa carrera: divorcios, disputas, hijos desperdigados. Siempre se llegaba a lo mismo. No quería vivir con esas incertidumbres, pero si Joana quería tenerlo...

Regresó al departamento y descubrió que parte de la ropa de Joana había desaparecido. Ni una nota, nada. Después se enteró de que había ido con Mayo.

Se vieron dos veces más. En la siguiente, días después, Carlo no recordaba haber utilizado en su vida tantas ofensas, insultos y ademanes violentos. Joana era un torbellino colérico aventando sus cosas a la calle. Por consejo de Mayo, había ido a «recuperar el departamento» y «mandarlo a chingar a su madre de una vez», en sus palabras. Ante la ley, el piso estaba a nombre de Joana, pero la hipoteca, los muebles, todo era mancomunado.

Ver su ropa desparramada y sus cosas en el rellano le nublaron la cordura. Olvidó las disculpas que tenía preparadas y gritó hasta desgarrarse la garganta, mientras ella y su hermana aullaban como lobas heridas, todos escupiendo consignas avinagradas, acumuladas en todo el tiempo que habían pasado juntos. Carlo salió prácticamente con lo puesto de aquel nido que habían procurado. A pesar de todos los consejos de Alec sobre demandarla y hacerle la vida imposible, Carlo declinó todo contacto con Joana.

Y la última vez que la vio con vida —qué raro se le hacía usar esas palabras, «con vida»— era, curiosamente, el recuerdo que más cuerpo tenía ahora, de una vastedad de colores precisos y cuyos relieves ahora lo acompañaban desde que se había enterado del accidente. Los matices, las luces y reflejos de esa pintura indicaban claramente el pasillo de lácteos de un Walmart: ella abriéndose paso con un vientre descomunal, y él comprando algo instantáneo para la cena. Al reconocerla entre las cajas apiladas en los estantes le impresionó su barriga, cubierta con uno de esos vestidos de maternidad adornado con lazos y encajes, como un globo de Cantolla angelical. Se veía hermosa y le dolió aceptarlo. Carlo sintió el impulso de un niño intentando tomar un caramelo. Un calambre atizó su estómago cuando, a punto de saludarla, un tipo mucho más alto que él se acercó a Joana por la espalda y la rodeó con sus brazos. Empezó a besarle el cuello, la oreja, hasta meter la lengua por su oído. Ella chilló como una adolescente y le acarició la mejilla, entrecerrando los ojos. Carlo dejó su carrito de compra y se alejó, buscando la salida. Aquella escena lo torturó en los sueños y en la vigilia por algún tiempo, hasta que la pintura se emborronó y quedó sepultada, en definitiva, entre los cortinajes sucios del tiempo. No obstante, después del accidente resurgió con matices nuevos, sombras que quedaban ahí marcadas, como el tipo alto y su lengua en el oído de Joana.

Llegó a casa y vio la puerta del cuarto de Joel: cerrada a cal y canto. Tras el diario ritual de desvestirse y lavarse, decidió fumarse un cigarro. Mirando el parque desde su ventana, Carlo pensaba en sus treinta y seis años y en el tiempo transcurrido, como si fueran mosaicos superpuestos a su vida actual. Le impresionaba lo separado de sus caminos: Joana criando a su hijo y trabajando sin descanso; él, dedicado al aeropuerto, alimentando la soledad en el departamento de soltero con el microondas, el futón y una televisión digital que le había regalado el Gobierno por el apagón analógico del país. Caminos separados en una misma ciudad. Casi podía entender el odio inmediato de Joel. Algún día tendría que hacerle ver que al final su madre había tomado una decisión y él solamente se había apartado. Todos felices y contentos.

«Sí, pero a ver cómo le explicas que tú hiciste la *pregunta*, animal. Eres el que oprimió el botón rojo, el que soltó la atómica, el que barrió todo con una sola frase».

Recordó las palabras de su hermano disparadas aquella mañana, «Te sienta bien el uniforme de esclavo». Eso era, un esclavo llevado por la inercia de un empleo que le permitía estar muy cerca del milagro de volar, de poder sostenerse en el aire y viajar en un santiamén a cualquier parte del mundo. Si le hubiera hecho caso a Alec hace tiempo seguro ya estaría como él, viajando por ese mundo fuera de Tamul, tomando copas y disfrutando de una fama fácil y con la compañía y protección de un artista exitoso. Pero, como Joana, había tomado una decisión y esa decisión lo llevaba hacia vuelos interminables, horarios absurdos, yendo en el mismo transporte de esclavos entre las brumas tropicales y olores agrios.

En el piso de arriba, los vecinos, un matrimonio joven, empezaron a discutir. Le parecía increíble cómo esa pareja, que solo conocía a través de la mirilla o cuando se topaban en el vestíbulo o el cubo de las escaleras, podía llevar un horario cumplido a rajatabla de insultos, golpes en la pared, trastos y muebles resonando por todas partes. Tenían un niño de seis o siete años que por lo general se unía a esas discusiones alzando la voz chillona a veces mucho más que ellos. «¡Eres su padre, cabrón, ERES SU PADRE!», dijo la mujer cuya voz traspasaba las paredes. A Carlo esas palabras le oprimieron el corazón, como si fuesen dirigidas a él y no al vecino. El marido replicaba algo que parecía un rezo y no alcanzó a descifrar, y la mujer repitió a voces lo de «eres su padre, cabrón», como un intento de exorcismo. Sonó un fuerte golpe en el piso, y se hizo el silencio.

El pensamiento le repetía, burlón: «¿Cuánto tiempo? Solo somos dos monos en una jaula y un cheque que no durará mucho. Ea, tomaste tu decisión, querido esclavo, vive con ella».

6

En un momento, uno de los vestíbulos de la plaza Solares, punto de reunión popular entre los tamulenses, se había convertido en un hervidero de gente alborotada que había reconocido a alguien:

—¡Mamá, es él!

—¡Sí, es él!

—¿Quién?

No era infrecuente, en Tamul solían vacacionar famosos, actores de telenovelas y futbolistas internacionales. Lo infrecuente era que esos famosos *top* bajaran de la zona de hoteles lujosos (que tenían sus propias plazas exclusivas) a la ciudad propiamente dicha.

Para los que residían en Tamul de Bravo, su ciudad se podía dividir en dos: la Tamul que conocía todo el mundo, el destino de resorts y hoteles de lujo, campos de golf y playas con el insigne malecón y el farallón del Corsario que solían aparecer en las postales que se vendían en los puestos de artesanías. Arena blanca de concha triturada, restaurantes con nombres gringos, marinas con toda la gama de deportes acuáticos a lo largo de la costa y un bulevar custodiado por altísimas palmeras, eso era lo que recibía al visitante que llegaba desde el aeropuerto. La segunda Tamul, la menos conocida, en un principio sirvió de campamento a los trabajadores que empezaron a llegar buscando un futuro mejor. Esto había sido cincuenta años atrás, cuando el Gobierno decidió crear una ciudad turística de la nada. Todo fue improvisado al principio. Los primeros habitantes trabajaban rodeados por el lujo y dormían próximos a la selva con mosquitos y fieras que aún pululaban en las cercanías, en campamentos donde apenas se levantarían casas de concreto. Palapas con techos de zacate y piso de tierra fueron las primeras viviendas para los empleados de los hoteles que empezaban a recibir turistas deslumbrados por la belleza de las playas y el entorno natural, además del atractivo histórico de piratas y corsarios y la cercanía de pirámides mayas. Esto último no había cambiado en cincuenta años. La mayor parte de la base laboral de los lujosos hoteles se componía de gente que dormía rodeada de miseria.

A quien la gente señalaba y cercaba era a Abel Marín.

Sin duda, aquel era el año de la preparatoria Ciento nueve. Aunque se había manejado el asunto con discreción hasta ese momento, el plantel ya no podía ignorar que tenía entre sus filas no solo a una celebridad de las letras como el *Prócer* Servando. Decían que su padre lo había manejado con mucho tacto tratándose de un deporte que prometía mucho, y raras veces daba resultados a largo plazo. Pero Abel Marín se perfilaba hacia la grandeza, iba directo a las grandes ligas y lo acababa de demostrar. Hasta hacía unos días, en Tamul no se le conocía como a un *Chicharito* Hernández o un Jorge Campos porque en la ciudad, incluso los futboleros de corazón, solo sabían lo que ocurría de Primera División nacional para arriba, y Abel aún estaba lejos de probar suerte en esas ligas.

Pero en días pasados Tamul había descubierto que *su* Abel había sido ni más ni menos que campeón del mundo con la Selección Mexicana en el mundialito de Ucrania sub-15. De eso solo se acordaba su familia, allegados, y por supuesto el director que le otorgó un diploma y la medalla de la Promesa Juvenil en su momento. Para esos niveles no existía ni la televisión ni los medios y su llegada al aeropuerto internacional fue poco menos que un día normal para Tamul. Habían pasado dos años desde el campeonato, y el muchacho seguía creciendo en todos los sentidos. En la selección de la preparatoria ya destacaba: era un portero que paraba casi todo con espectaculares atajadas. Y no solo parecía un muro en su portería —tenía en su palmarés amateur unas cuantas decenas de partidos en cero—, también dirigía y azuzaba a sus compañeros como si en cada encuentro se jugaran la vida. El chico tenía el carácter de un viejo lobo profesional, un Oliver Kahn o un Chilavert.

Abel Marín acababa de firmar para el Real Madrid. Para quienes solo leían los encabezados de las noticias, que también era una tradición entre los tamulenses, esto había caído como un auténtico bombazo, ahora sí, en todos los medios. Había venido ESPN, Fox Sports y las televisoras nacionales. En menos de veinticuatro horas Tamul y el país descubrieron a Abel Marín, y los analistas ya hablaban maravillas de su campeonato (del que solo se tenían videos caseros de las familias) y del promisorio futuro que se abría a sus pies.

Para los poquísimos que leían más allá de los encabezados, se especificaba que Marín había firmado, en efecto, para el mítico equipo, pero en las Fuerzas de Formación (FF) que le prometían, si todo iba bien, llegar al Santiago Bernabéu en un futuro próximo; había cláusulas, tenía que sortear un sinnúmero de filtros y pruebas en los siguientes años. Todo dependía de su crecimiento, adaptación y habilidad bajo los palos en su camino hacia el coloso de la Castellana. De momento terminaría el bachillerato en su actual institución y seguiría jugando para la preparatoria como hasta ahora, todo bajo la supervisión de visores y un entrenador de las fuerzas inferiores que viajarían constantemente a la ciudad gracias a la conexión aérea directa Madrid-Tamul. Estos reportarían los progresos y darían luz verde para su traslado a Madrid cuando «estuviera listo».

«Es un honor representar a mi ciudad y a mi generación en el Real Madrid. Espero que esto sirva de inspiración para muchos otros, ya ven que lo que se quiere se puede», dijo con los ojos brillantes y las mejillas encendidas en la conferencia de prensa en uno de los lujosos hoteles de la zona hotelera.

Abel Marín había subestimado la potencia de su noticia y la conferencia de prensa. Había subestimado el hambre de su ciudad por tener héroes y adorarlos. En menos de veinticuatro horas ya era un héroe del pueblo y un tamulense ilustre, tomado su fichaje como un hecho consumado y dando por hecho que sería uno más en el once titular donde habían jugado astros como Hugo Sánchez, Cristiano Ronaldo y Zidane.

Cuando entró a la plaza Solares y lo reconoció el primer niño, la voz con su nombre se corrió a una gran velocidad hasta formar una fila improvisada que pedía autógrafos y fotos con el celular. La fila se convirtió en un corro voluminoso que lo cercó. Abel iba con dos amigos de la prepa, uno de sus defensas y una chica pelirroja que llamaba aún más la atención con su atuendo de cortos pantaloncillos de mezclilla. Abel sintió que la tierra se movía a sus pies, rodeado de gigantescos titanes que exigían su sangre. Era más alto que la mayoría con sus uno noventa de estatura, pero se vio como una hormiga rodeada de elefantes. Por un momento no supo qué hacer ni cómo reaccionar. Podía parar trallazos, tiros con chanfle y jugarse el pellejo en los saques de esquina, pero esto era nuevo. ¿Cómo firmaría tantísimos autógrafos? Inopinadamente, un hombre con playera del América FC lo asió de un hombro y extendió el brazo para tomarse una *selfie* con él. Otro le arrimó a un niño pequeño que gritaba como un poseído y que le jaló la pernera del pantalón. El padre disparó una andanada de flashes que lo deslumbraron. El amigo defensa y la chica trataban por su lado calmar a la gente que seguía rindiendo pleitesía al ídolo, «¡Uno por uno, con calma, por favor!». Pero el bullicio y la sorpresa los habían desarmado. Una porra de apoyo con su nombre retumbó en las paredes de la plaza con fuerza estremecedora:

—¡CHIQUITIBUMALABIMBOMBAM, CHIQUITIBUMALABIMBOMBAM!

Y respondía el coro:

—¡ALABÍO, ALABAO, A LA BIMBOMBAM!

Otro grupo unió los cánticos con un «¡HALA MADRID!» y la algarabía contagió a los que entraban por los vestíbulos. En cuestión de segundos se había armado un carnaval y desfile dignos de un campeón del mundo. El paroxismo llegó cuando agarraron de los brazos y piernas a Abel y lo empezaron a arrojar por los aires. La chica y el amigo palidecieron cuando vieron que la turba había tomado el control y el festejo se había ido de las manos.

*

El portazo resonó por toda la casa. Como una tromba, Abel dio largos pasos a través del enorme salón. Le pareció escuchar voces que venían del comedor. No veía más que borrones de colores rodeándolo, justo como las tribunas vistas desde la portería una vez que sonaba el silbatazo inicial. Pero los borrones adquirieron instantánea forma al pasar por el comedor, donde sus padres conversaban. A pesar de la peligrosa mixtura de furia y humillación que sentía hervir en sus venas, se quedó de piedra en el vestíbulo. Esa era una de las raras ocasiones en que sus padres coincidían ahí. Y no solo coincidían, cruzaban palabras. Sus padres conversaban, y eso no podía ser algo bueno.

—Pero, ¿qué te pasó, hijo? —dijo su madre, que se levantó de su silla, alarmada. Su padre le clavó una mirada fría, un recorrido omnisciente que siempre le hacía pensar a Abel que leía mentes. No pudo contestar. Lágrimas ardientes le escocían los párpados. Odió la maldita guayabera blanca que siempre llevaba su padre como uniforme, los pines con los escudos del estado de Quintana Roo y el municipio de Honestidad en la solapa brillando siempre, sin ninguna mácula, y el peinado perpetuo sin gomina y que parecía no moverse ni crecer nunca.

—Contesta a tu madre. —El tono de su padre era el mismo, aburrido de siempre, como si ya supiera la respuesta de antemano.

—¡Abel, por Dios!

—En, en... Plaza...

Su madre llegó hasta él y lo sujetó de los hombros. Le palpó la cara, los brazos, la camisa rota casi hecha jirones. Le faltaba un tenis, y en el brazo izquierdo aparecían leves arañazos sobre su piel blanca.

—¿Te asaltaron? ¿Te peleaste otra vez? ¡Dímelo, por favor!

—Me pidieron autógrafos...

—¿Qué? —Su madre se detuvo en seco—. ¿Qué autógrafos?, ¿de qué hablas?

—La... la gente. La gente se me abalanzó..., gritó mi nombre como si fuera Cristiano Ronaldo, o Messi...

—¡Messi! Se veía venir —dijo el padre con una leve risa nasal. Abel cerró los puños.

—Esto es por la conferencia de prensa, ¿verdad? Es lo que has provocado, Rogelio. ¡Es lo que has provocado! —Su madre subía el tono en cada inspiración. El viejo Marín sonrió abiertamente.

—¿Qué he provocado, mujer?

—¡Lo has hecho un ídolo de barro! ¡Tan joven, y ya lo ven como una estrella! ¡Te dije que hacer eso nos iba a costar muy caro! ¡Ya puedo ver a la gente en la puerta, los periodistas, los *paparazzis*!

—Sube a tu cuarto, Abel. —Su padre lo miró fijamente. No se había movido un milímetro de su silla. El muchacho respingó. Esa voz suave pero autoritaria, la de los discursos que nunca admitía oposición de los otros partidos políticos, ahora no tenía influencia en él. La ira y la humillación regresaron en un subidón de adrenalina. No se iba a mover de ahí hasta decir lo que sentía.

—Mamá... mamá tiene razón. ¡Yo no quiero la fama! ¡Quiero jugar fútbol y nada más!

A pesar de la furia, Abel tembló al hablarle así a su padre. Por toda respuesta, Rogelio Marín Villavicencio se levantó de la silla. Abrió uno de los estantes, tomó dos vasos de cristal sueco y extrajo una caja de madera bruñida. Trasteó en el congelador y con sumo cuidado depositó un cubo de hielo en cada uno de los vasos. Deslizó la tapa de la caja y, como un cantinero profesional, sacó y tomó al vuelo una botella, nueva; madre e hijo lo miraban pasmados, como quien mira a un mago hacer un truco jamás visto. La botella era del whisky más caro que le había visto comprar su mujer en uno de sus viajes al extranjero, un Macallan 25 años. Con la misma habilidad removió los sellos de garantía y desenroscó la tapa. El aire se impregnó del preciado licor casi de inmediato. Sirvió dos dedos en cada vaso y se acercó a su hijo, que instintivamente deshizo el nudo de puños que traía hacía un instante. Lo miró a los ojos y le ofreció un vaso. El hielo tintineó inquieto, solazándose en el líquido color de la miel.

—Vas a brindar conmigo, hijo. Sí, tu vida ha cambiado, la de todos nosotros. Y has cambiado a Tamul. Toma lo de hoy como un accidente sin importancia. Quiero que sepas que estoy orgulloso de ti. Tu carrera está asegurada porque yo la estoy haciendo, y yo no fallo en lo que me propongo. ¡Sí, preocúpate por el fútbol y por hacer bien todo dentro de la cancha! Yo me ocupo de lo que hay fuera.

—Pa… papá, yo nunca he tomado…

—¡Rogelio! ¿Cómo le pides que tome…?

Rogelio se volvió a su mujer, todavía sujetando los dos vasos.

—Tú cállate, Lidia. Esto es entre mi hijo y yo.

Le extendió el vaso a su hijo.

—Olvídate de que es alcohol, Abel. Es un brindis muy importante, es tu paso a ser hombre. ¿No quieres ser un hombre?

Abel dudaba. Estaba paralizado. Aunque superaba a su padre en estatura, él veía a un gigante de guayabera blanca, un oráculo que lo controlaba todo con esas insignias enganchadas a la solapa. Y ahora le extendía el elixir del futuro que tenía que beber sin dilación. Rogelio posó su manaza sobre el hombro de su hijo, que le sacaba por lo menos una cabeza de estatura.

—¿No quieres ser un hombre, Abel? El Real Madrid te espera y tienes que creértelo, *chingao*. —Esta vez su padre alzó la voz con la entonación que arrincona al rival, que lo desarma.

Abel tomó el vaso que ya sudaba minúsculas gotas.

—¡Por ti, hijo, por lo que viene, y por tu legado que empieza hoy!

Chocaron los vasos. Rogelio paladeó cada gota del whisky. Abel bebió de un tirón, sin saborearlo. No sirvió de mucho. El alcohol le amargó la lengua, y al deglutir, el fuego se abrió paso por su garganta hasta llegar al estómago. Tosió.

—¡Hijo! ¡Aby!

—¡Deja de decirle así! —Rogelio, esta vez con los ojos chispeantes, azotó el vaso contra la mesa. El hielo brincó y flotó un instante sobre el vaso. Fascinado, Abel vio que por fin lo habían sacado de sus casillas, y eso era más infrecuente que verlo platicar en la mesa con su madre—. Estás viendo nuestro ritual, ¿y le llamas como a un puto perro faldero?

—¡Es mi hijo!

—¿Y qué has hecho por él?

—¡Soy su madre!

Lidia empezaba a derramar lagrimones por las mejillas. Abel se había quedado con el vaso frío adherido a la mano, luchando contra los fuegos del alcohol y la repugnancia que le daba aquella escena. Odiaba ver llorar a su madre, odiaba la debilidad que le provocaba, y súbitamente también odió que le llamara «Aby»; ya no era un mocoso. Estaba harto de beber de sus lágrimas, de apoyarla contra el gigante de la guayabera. Esta vez algo había cambiado. ¿Era el whisky de veinticinco años que corría ya por sus venas? Acababa de dar el paso hacia ser hombre, a ser el dueño de un legado, en un equipo al que podía llegar en poco tiempo si se lo proponía. Lo sucedido en la plaza Solares era un accidente, algo que también tenía que controlar porque ya era un hombre.

—¡Ya, ya, por favor, mamá!

Su madre lo miró, atónita. Entonces, en un festival de cosas que jamás había visto Abel hasta ese día, su madre se levantó y se enfrentó a su padre. Este ni siquiera estaba sorprendido. Al contrario, la miraba con desprecio, desde las alturas de su mente privilegiada. Seguro que «la había visto venir».

—Esto es lo que has provocado, Rogelio, este ídolo de barro. A ver cuánto te dura el gusto, mierda hijo de puta.

Y sin más, Lidia salió de la cocina, taconeando por las escaleras hacia su habitación. Se escuchó un portazo. Abel tuvo un primer impulso de seguirla, pero decidió que no lo haría. Quería que el festival de lo nunca visto continuara. Empezó a sentir un hormigueo placentero en sus miembros. Su padre se sirvió un vaso más de Macallan y se sentó. No sirvió un segundo vaso para él y lo agradeció en sus adentros.

—Siéntate, hijo.

Sí, el festival continuaba. Abel no recordaba la última vez que se había sentado a platicar con él. Siempre era su madre a la que consolaba, escuchando sus interminables sermones contra su padre y su eterno horario laboral (había veces que tardaba días en aparecer) y la vida opulenta y miserable que vivía a diario.

—Tú crees que no he estado aquí para ti. Que no me preocupo, que te he castigado dejándote en una escuela de gobierno a pesar de que sería muy fácil inscribirte en el mejor colegio de paga no solo del país, sino del extranjero.

Dio un sorbo más al whisky y continuó su monólogo:

—Pero ya ves que todo forma parte de algo grande, inmenso. Te envío al gringo a estudiar una carrera, ¿para qué? Lo vi claro cuando fuiste campeón en Ucrania. Tú tenías que ser alguien querido y cercano, no distante; alguien que pudieran ver, incluso tocar.

»Formándote en Europa o en Estados Unidos solo conseguiríamos que la gente te viera como un riquillo hijo de papi, un mamón malinchista más que quiere destacar, y no lo digo yo, así es este pinche país. Pero mi idea siempre fue la correcta. El Real Madrid te fichó y esa es una verdad absoluta que te he regalado como padre, y quiero que te quede claro. Juegas bien, eres un portento de guardameta. Pero sin mis contactos y ese trabajo de años que he hecho contigo no llegarías ni a Primera, y te lo digo sinceramente, porque este país está hecho una mierda. Podrían tener a un nuevo Maradona en sus narices, pero por carecer de contactos, de carisma y de presencia en el medio, ese nuevo dios no llegará ni a jugar a Segunda. Y sabes que tu puesto es el más competido, lo sabes.

—Yo solo quiero jugar…

—No me digas lo que ya sé y no me interrumpas, por favor, hijo. De ahora en adelante serás un poco más cuidadoso, sí, y tomando ciertas precauciones no se repetirá lo de hoy. ¿Quieres jugar en el Real Madrid o no?

Ser alguien querido y cercano. El oráculo de guayabera le había preparado el camino, y hoy se abría ante él. El Madrid no era para cualquiera. El que su padre defendiera su hombría recién adquirida y que al fin le hablara claro y con la verdad lo tenía embelesado. Una risa interna, un cosquilleo, como cuando haces una travesura especialmente divertida y nadie te atrapa, eso fue lo que sintió Abel al responder:

—Sí quiero.

—Entonces te voy a decir lo que vamos a hacer.

7

Reconoció las primeras luces de Tamul emborronándose en la ventanilla.

Era su entrada triunfal, la vuelta del hijo pródigo.

Lo había logrado. El monstruo había quedado al margen.

Pírrica, pero victoria suya, al fin y al cabo.

A pesar de la hora, la gente bullía en el ir y venir de uno de los destinos más importantes del país. David bajó del camión evitando a la señora golpeadora de niños, y salió a zancadas de la estación. Aunque ya era noche avanzada, el calorcillo permanecía en los poros de su piel. Los taxistas, frenéticos, ondeaban sus franelas como si espantaran moscas imaginarias: «¿Hotel, disco, chicas?», era su cantaleta repetitiva. Pasó de largo. Ya sabía que ahí conseguiría precios altísimos, aunque les dijera que solo iba a la esquina. Salió a la avenida del Solar, donde podría tener más suerte en agarrar un «libre».

En efecto, en menos de dos minutos un «libre» se detuvo, aunque llevaba pasaje. David, sin subir como indicaba la tradición, le indicó al chofer adónde iba. El taxista asintió y lo invitó a subir. Antes de hacerlo, preguntó y acordó el precio para evitar la clásica «puñalada trapera» al turista o al incauto. Fue rápido, pero vio con satisfacción que la cara del taxista se relajaba, sabiendo que no tendría como jugársela a pesar de su aspecto de gringo. Le dijo la tarifa. No estaba mal para ser el primer taxi, así que aceptó las condiciones y subió.

Habían pasado años, cierto, y era como regresar a un sitio extraño.

Extraño y defectuoso, parchado con trozos de locura, de piel que el monstruo mudaba seguramente cada cierto tiempo.

Como si los sueños que tuvo durante años, caminando en esas mismas calles y glorietas, tuvieran de repente un sentido diáfano. Bajó la ventanilla y aspiró el aire que olía a flamboyanes, a aceite quemado con regusto a aguas negras. La oscuridad de la noche y el contraste con las farolas daban a Tamul un aspecto de feo corsario, como el que seguro daba nombre al famoso farallón: había lugares tapiados con tablones superpuestos, otros negocios parecían cambiados de lugar y daban la impresión de ciertos enroques entre supermercados y restaurantes que no conocía. Los monumentos eran los mismos a pesar de la herrumbre y las manos de pintura que se escurrían con los aguaceros y el eterno salitre. La Zona Fundacional era la única que parecía resistir el cambio de los tiempos, con el palacio municipal y su plaza de la Reforma Juarista, a la que a primera vista no le veía cambiada ni una piedra. En la plaza distinguió la estatua de Echeverría señalando con uno de sus dedos de bronce hacia el este. El taxista platicaba con el pasajero de delante, por lo que David se permitió, con ayuda de la memoria, saborear el aire fresco y salino, con regusto a fiesta, a noches interminables. Sin embargo, sabía que bajo esos aromas se escondía la incipiente podredumbre de alcantarillas abiertas.

Fosas de donde salían manos putrefactas.

Plas-plas.

Se obligó a permanecer en el presente. Respiró hondo, pero de inmediato regresaron las náuseas, señal de que el monstruo podría emerger en cualquier momento y aplastarle la garganta. Como un imbécil, de nuevo olvidó fumarse un churrito al salir de la estación. Con lo bien que se sentía ni se lo había planteado. Y esta vez no confiaba en otra victoria. No, no valía la pena correr el riesgo.

—Jefe, ¿hay algún problema en que fume aquí? Saco el humo por la ventana.

El taxista sonrió al espejo retrovisor.

—No hay pedo si sacas uno para la banda.

—Sin problema, jefe.

De su bolsa sacó un churro para el chofer y otro para él. Cuando se lo pasó por la mano, el taxista respingó y su sonrisa se ensanchó. Ni miró al pasajero a su lado.

—Usted sí que sabe, maestro. Le picamos para que llegue a su destino.

David sostuvo el cigarrillo entre los labios cuarteados. Ahuecó la mano temblorosa lo mejor que pudo. Lo encendió y caló hondo, como si el alma se le fuera en ello. El monstruo estaba dominado y recluido en su jaula, ahogado gracias al humo sagrado. Se cuidó de sacarlo por la ventanilla, pero seguro que el otro pasajero olería la mota. No le importaba. Estaba en Tamul y el monstruo estaba dominado.

Tamul.

¿Para qué había regresado?

¿Qué habría al final de ese viaje?

Ni él mismo lo sabía. No tenía cómo contactar a Joana, y su muro de Facebook había dejado de emitir estados de ánimo. Cuando se decidió a mandarle un mensaje, este no tuvo ni recepción ni respuesta. Quería decirle que estaba curado, que estaba comprometido a mejorar; tenía incluso medallas de esa recuperación lenta y dolorosa. Ansiaba presumirle lo que le había pasado en la fila del autobús. Le diría que la victoria de hoy solo significaba que todo iría bien a su lado, como siempre debió ser.

Estaba dispuesto a suplicar.

El taxi dejó al pasajero, que pagó y se apeó con rapidez. Como dictaba la tradición, David se pasó al asiento del copiloto con su mochila en el regazo y el último trozo del cigarrillo en la boca. Sin decir nada, el taxista pegó el suyo al último rescoldo de fuego y dio dos caladas.

—¿Está buena o no está buena, jefe?

—Estas sí son chingonadas, no la mierda que ofrecen en el sitio.

Las luces estaban apagadas.

«Mal empezamos».

Se acercó al portón de hierro forjado que conocía de sobra y tocó el timbre. Solía escucharlo desde fuera, pero esta vez no hubo nada. Con los nudillos golpeó el portón que, bien tocado como sabía, hacía un ruido de los mil demonios. Ni un perro ladrando. Ni una luz se encendía dentro. ¿Estaría fuera, de vacaciones? Así como trabajaba, como un maldito robot, lo dudaba. Al menos debería estar su hijo. Pero nada. Tocó otra vez, con los nervios que empezaban a minarle las entrañas mientras el portón retumbaba. Descubrió que tenía la playera adherida a la piel por el sudor. ¿Qué horas eran? Sacó el celular, una antigüedad que solo le permitía llamar y mandar mensajes de texto por su pantalla monocroma. Lo encendió. Iban a dar las doce, la medianoche. Eso en Tamul poco importaba. Tocó otra vez, sabiendo que sería su última oportunidad.

—¿A quién buscaba?

David respingó. Por un instante creyó que se trataba de una de las voces en su cabeza, que el monstruo había regresado de la nada y se vengaría sin piedad de la humillación recibida. Plas-plas.

—¡Joven! ¡Hola! ¿A quién buscaba?

No era una voz en su cabeza. Era una señora de unos cincuenta, de pelo entrecano y mirada brillante. Vestía una bata de seda estilo oriental que ondeaba a la leve brisa. Atisbaba por una reja contigua.

—¡Oh! Buscaba a una persona…

—¿A quién? ¿A la dueña de esa casa?

La pregunta iba impregnada de una viscosidad que a David se le antojó irrespetuosa. Era como si preguntara por un lupanar de mala muerte.

—Sí, a ella busco. A la señorita Méndez.

La cara de la mujer cambió en un momento. Movió uno de sus brazos al pecho. A pesar de las sombras y la reja, pudo ver que se había persignado.

—¿Joana Méndez? —La mujer parecía asegurarse de que se referían a la misma persona.

—Sí.

La mujer le hizo señas para que se acercara. David, extrañado, lo hizo tras echar un nuevo vistazo a la casa que mantenía las ventanas oscuras. Al hacerlo, el corazón le dio un brinco. Tras el velo de las sombras proyectadas por la reja, la mujer tenía un leve parecido a su madre. Muy leve, pero al fin parecido. El monstruo se revolvió en su interior.

Pum-pum.

«No, no vas a salir, ya te he dado un churrito y no me vas a arruinar…».

Pero descubrió que el monstruo realmente no buscaba salir ni retarlo, quería esconderse como un enloquecido, huir de su mismo cuerpo, hacerse aire en la noche tropical. Con el corazón batiendo tambores, David estuvo a punto de echar a correr, presa de aquel terror repentino.

Pero aquella mujer conocía a Joana Méndez.

Y tenía que saber qué le había pasado.

Cuando habló, David descubrió con un sobresalto que la mujer sujetaba en la mano temblorosa un bate de béisbol.

—Veo que no se ha enterado de nada.

8

La clase de literatura universal resultaba aburridísima, tediosa, insufrible. El calor solo aumentaba a medida que la soporífera voz de Servando resonaba en el aula, apelando a las flores y a las mariposas nocturnas, a fuegos infernales que lamían las pieles de sensuales y condenadas criaturas mitológicas.

Joel miraba los ventanales sucios que ofrecían trazas de la ciudad que se quemaba allá afuera. Era la peor fase del verano perpetuo en que vivía Tamul, solo atenuado en enero con los frentes fríos que solían bajar unos grados aquel horno tropical. Y así seguiría septiembre, a menos que algún huracán llegara a mitigar el calor, cosa que no había ocurrido en años ni se esperaba pronto.

Alguien le tocó el hombro con el dedo. Era María. Se topó con su cara de desinterés de siempre; lo miraba con fijeza, y al momento recordó lo mucho que le gustaban esos ojos que a veces parecían cambiar de tono con el sol. Sabía que era novia de uno de los alumnos más misteriosos de la clase, Rufino. Aunque este Rufino no se metía con nadie, se decían cosas —algunas muy fantasiosas— de él: que vendía licor y cigarros al por mayor, que trabajaba con pescadores furtivos más allá del farallón, y que era socio de un burdel en las afueras de Tamul, en la carretera que daba a Chetumal. Había mucha historia detrás de ese Rufino, y él prefería hacerse a un lado. Mucho menos le gustaba el gordo con el que se juntaba, el Yogurt, un sabiondillo que solía pavonearse en las clases de Servando sin importarle el ridículo de llevarle como una grupi un viejo libro para que se lo firmara. Algunos se habían reído de él y lo tildaban de maricón, nenita huele flores y que Servando era su marido. Ahora que María le tocaba el hombro se preguntaba por qué una niña tranquila como ella se juntaba con menudo par.

—¿Qué?

—Vi a tu madre antes de morir.

Joel palideció. En la cara de María no había cabida para burlas, ni siquiera un atisbo de sonrisa.

—El Spark azul. Esa madrugada.

Era como si una médium le hablara. Por un momento creyó que contactaría con su madre y le hablaría a través de María. Joel no podía contestarle, presa de un estupor que lo llevaba a perderse en sus ojos.

—Te veo a la salida en las gradas de fut, ¿va?

No le gustaba nada que implicara verse ellos dos solos, no con lo que sabía de su novio. Y en un sitio tan apartado como las canchas de fútbol…

Pero lo que había dicho de su madre…

Apretó los puños.

—María nos quiere aportar algo a la poesía de Rimbaud. —La voz de Servando llegó desde el frente de la clase. El profesor tenía clavados los ojos en la niña que, contra todo pronóstico, dio un brinco y su cara de desmayo mutó en una de verdadero terror. Fue solo un momento en el que se recomponía en su pupitre, pero Joel creyó que María gritaría—. ¿Algo que agregar a *Los cuervos* de Rimbaud, querida mía?

Los de delante volteaban con sonrisas socarronas. Hubo cuchicheos y risitas que Servando toleró.

—Yo… yo…

—Se queda conmigo al terminar la clase, por favor, María.

Y fue todo. Servando siguió su discurso sobre el poeta maldito y no se dijo más del asunto. Joel trataba de ver de reojo a María. Aunque intentaba ocultar su desazón tras la cara desinteresada que ya conocía, algo había cambiado en su humor y se revolvía incómoda en el asiento. Descubrió con un brinco en el corazón que Rufino no le quitaba el ojo de encima. Pero ¿él qué culpa tenía de que Servando la regañara?

El día y las clases siguieron su curso. María no volvió a dar señales de nada más. Ahora que recordaba, Joel solo se había hablado con ella en un par de ocasiones, todo relacionado con tarea y uno que otro trabajo en grupo dentro de las clases.

Estaban en las gradas, apartados de las aulas. Solo se escuchaban los gritos lejanos de los entrenamientos de fútbol. María lo esperaba sentada, jugando con el celular. Pero mientras se acercaba a ella y se decidía a saludarla, detrás de las tribunas salieron los inseparables Rufino y Yogurt. Joel trató de mantener la calma, pero el corazón se le salía del pecho. Sus sospechas se confirmaban: esos delincuentes le iban a hacer algo y habían usado a María de cebo. Se sentía cada vez más estúpido. Rufo lo miraba a los ojos sin decir nada. Tras unos instantes, los chicos se sentaron junto a María; Rufo le tocó un hombro a la muchacha y, como si fuese una orden silenciosa, esta guardó de inmediato el aparato en su mochila y cruzó las piernas, que sobresalían monísimas bajo la falda marrón de la escuela. Ahora los tres lo miraban desde la fila de cemento que funcionaba como tribuna para los partidos de fútbol.

—Siéntate con nosotros, Joel —dijo Rufo, con un tono sosegado que no le gustó nada.

—Así estoy bien, gracias.

Rufo sonrió, y encendió un cigarro.

—Bueno.

Antes de que el enigmático estudiante hablara, Joel pensó en su madre. Y en Carlo, y en cómo estaba a punto de abandonarlo a su suerte. Con todas las señales que le había lanzado, por cómo vivía, le iba quedando claro que pronto se desharía de él.

—¿Viste a mi mamá? ¿Dónde? —Joel miró directamente a María. Esta enrojeció visiblemente y no respondió.

—La vimos a unos centímetros —dijo Yogurt—. Casi nos matamos esa noche. Galleta y yo íbamos en la moto y nos encontramos de frente con el Spark, en el malecón. Fue un milagro. Aunque ya después nos enteramos de que ella no manejaba. Pero iba ahí, seguro. Lo vimos en los periódicos.

Joel respiró aliviado ante las palabras del muchacho. «Así que era eso».

—Tenemos una propuesta para ti, Joel —dijo Rufo, dándole una honda calada al cigarro, y entrecerrando los ojos—. Nos gustaría que fueras parte de nuestro grupo.

*

Todo transcurrió con pocas palabras en aquel encuentro. Al final, quedaron de verse en uno de los puntos más alejados del malecón, un poco antes de que el sol se pusiera esa misma tarde. Se encogió de hombros. Todo era mejor que la soledad del departamento de Carlo. Y si estaba él, prefería evitarlo.

Los vio llegar en un viejo Jetta cargando con cubetas, pinzas y guantes de carnaza. Yogurt parecía un minero con una linterna afianzada a su frente con unos lazos. Sus rostros reflejando los últimos colores del día hacían más incomprensible aquella estampa.

—Toma, te trajimos esto. —Rufo le extendió a Joel unos guantes, una linterna y una cubeta.

—¿Qué es esto? ¿Qué vamos a hacer?

Rufo miró divertido a Yogurt. Galleta torció la boca en una media sonrisa.

—Eso quiere decir que no lo has hecho nunca —dijo un orgulloso Yogurt.

—No entiendo nada.

—Perfecto. Tú solo síguenos. Nos vamos a meter un poco en el monte que hay frente a la avenida del malecón. Quizá nos ensuciemos un poco.

Joel prefirió no preguntar de momento. ¿Era una prueba para entrar en el dichoso grupo? ¿Una novatada, como hacían las fraternidades en las películas? Daba igual, ya estaba siguiéndolos e internándose en la maleza.

El sol, como era costumbre en Tamul, desapareció tras la selva rápidamente y la noche cayó en minutos. No tardaron en aparecer los mosquitos. Como aviones, empezaron su ataque mostrando lo mejor de su arsenal.

—¡Mierda, si aquí traigo el repelente! —dijo Yogurt, aplicándoselo y pasándolo a los demás. Se untaban la crema como podían, riendo y maldiciendo.

Entonces la luna apareció justo tras el farallón del Corsario, un disco rojo casi perfecto. El embate de las olas y el tráfico constante a lo lejos era todo lo que se escuchaba en ese lugar. Instantes después, para el asombro de Joel, la maleza pareció cobrar vida en la negrura de los árboles y el manglar desperdigado. Crujir de hojas, movimientos de tierra.

—¿Escuchan?

Rufo sonrió. Se veía muy animado.

—¡Son un chingo! —confirmó Yogurt.

—Lo sabía. Vamos a tener trabajo. Que no se les vaya ni uno, Yogurt.

Entonces Joel apuntó la linterna a unos arbustos cercanos. Por un momento contuvo la respiración y el corazón le dio un brinco. Pequeñísimos reflejos plateados y circulares le devolvían el haz de luz, como gotas de agua brillantes. Eran ojos. Decenas de ojos agazapados entre la hierba.

—Ellos se moverán hacia nosotros —dijo Yogurt.

—Pero ¿qué...?

No hubo más tiempo de explicar nada. Sin titubear, Rufo metió la mano enguantada a la maleza y sacó algo del tamaño de una piedra, que depositó con cuidado dentro del cubo. Ahora el ruido de hojas era acompañado por el de un pataleo dentro de la cubeta. Joel tenía los pelos de punta. Se acercó con cautela a descubrir el botín de Rufo.

Dentro, vio a uno de los dueños de aquellos ojillos. Un precioso ejemplar de cangrejo con dos tenazas de buen tamaño peleaba por trepar las empinadas paredes del cubo de plástico. Asombrado, se dio cuenta de que el color del caparazón era de un azul cobalto, casi violeta, al igual que sus patas. Parecía que el animal se había llevado un trocito del mar de Tamul a su espalda. Sus ojos saltones semejaban radares, escrutándolo. A Joel le parecía una criatura de otro mundo.

—A veces hacemos competencias, pero hoy no. Agarra los que puedas y no dejes que crucen la avenida —gruñó Rufo, disponiéndose a atrapar otro.

—¿Ellos van a...?

—No mames, ¿en dónde has vivido, en una cueva? Claro, al mar, siempre al mar. Mañana será la luna llena de septiembre y estos cabroncetes tienen que irse sin bajas, soldado.

Joel trató de unir cabos, y recordó todo. Entonces empezó a buscar, guiándose por los ruidos de la hojarasca.

—¡Me ha mordido, el culero! —gritó Yogurt entre risas. Cuando sacó el brazo de la hierba, en efecto, uno de los cangrejos asía su mano enguantada con fiereza.

—Son chicas. Todas son chicas. —La voz de Galleta llegó como un susurro, y Yogurt respingó. Joel pudo ver un tenue rubor en las mejillas del gordito, que siguió con su tarea sin decir réplica.

Los gritos de júbilo, incluso risas de la inexpresiva Galleta, llenaron el lugar. Joel perdió pronto el temor a agarrarlos con el guante de carnaza. Alguno sí que estrujaba más de lo normal y sentía en aquellos apretones una fuerza viva y agradecida con él.

Fue una tarea titánica. Y no pudo ser perfecta, para desazón de Rufo. Unos cuantos aventajados murieron triturados bajo las llantas de los autos y camiones que pasaban a toda velocidad por el bulevar. Incluso ellos mismos tenían dificultades para cruzar y solo recibían claxonazos y mentadas de madre de los automovilistas, a pesar de que ponían en alto las cubetas con las patas y pinzas sobresaliendo de ellas.

Cuando la luna estaba ya en lo alto y no hallaban más indicios de reflejos entre la hierba, Rufo decretó que habían terminado. Joel vio con naciente orgullo cómo los cangrejos, de tamaños variopintos —Galleta sacó uno tan grande como un balón de baloncesto—, iban sin dudar hacia la playa, sumergiéndose en la negrura de las aguas espumosas y perdiéndose en la inmensidad iluminada tenuemente por la luna. Rufo sacó de una pequeña nevera unos refrescos que repartió al grupo.

—En octubre volveremos, igual, un día antes de la luna llena.

—¿Por qué lo hacen?

—Las hembras tienen que cruzar al mar a desovar. —se adelantó Yogurt.

—No. Ustedes, ¿por qué les ayudan?

—Porque me gustan —dijo Rufo, como si no tuviera importancia—. Me gusta su azul, su presencia aquí. Es un alivio entre toda esta mierda de ciudad. Habría que agradecerles por seguir aquí, no sé si me entiendes.

—Son los espíritus que nos recuerdan lo que ya no puede ser.

Rufo miró a Galleta, que se había mantenido más silenciosa de lo habitual. A Joel le parecía guapísima bajo los fulgores lunares.

—No lo sé, pero me gusta que bichos tan chingones puedan hacer esto que hacen donde vivo —continuó Rufo—. Y el ruido como de lluvia de hojas secas en la hierba también me tranquiliza. Solo quieren cruzar al mar. Nada más. Desde muy chavito me enseñaron a atraparlos, y no he faltado ni un año desde entonces.

—Recuerdo que había campañas...

—Había —dijo Yogurt—. Hoy solo es «participación ciudadana voluntaria», y para que el alcalde se saque la foto con la cubeta y un cangrejo que le dan, seguro comprado en alguna marisquería del centro.

Rufo y Galleta rieron de buena gana. Joel no tuvo más remedio que unirse a las risas. «Qué chavos más raros», pensó.

—¿Entonces seré parte de su grupo?

Rufo, Yogurt y Galleta intercambiaron miradas. Mientras jugueteaba la arena con los pies descalzos, el chico de ojos rasgados habló, en el mismo tono que había usado para referirse a los cangrejos azules.

9

Despertó tras largas pesadillas que empantanaban todos los triunfos que había conseguido. Los fosos. Los olores putrefactos. Las manos huesudas colgando pellejos agusanados. Plas-plas.

—Ya está el café —dijo Dalia desde la cocina.

Aún no asimilaba todo lo que Dalia le había contado la noche anterior. Tras el susto inicial con el bate de béisbol, descubrió que la mujer lo miraba de arriba abajo desde el umbral, tratando de convencerse de que David no era una amenaza. Entonces lo invitó a pasar, sin más. «Discúlpame por el bate, es que ya no sabes en quién confiar en esta ciudad».

Pasaron a la sala. Dalia lo soltó en pausas, pero sin detenerse:

Joana Méndez estaba muerta.

Accidente de coche.

Borracha con sus amigos, ellos también hasta la madre.

Fotos de ella sobre el asfalto, expuestas sin ningún pudor en todos los periódicos.

Se disculpó, no tenía ninguno a la mano, y tampoco tenía internet. No importaba, David la creyó al momento. Cuando la vecina terminó, se sintió extraño: nada de monstruo, ni de sudores. Simplemente la nada, como un inmenso mar sin la más mínima rugosidad en el agua. Solo pudo pensar en aquella vez que habían pasado dos noches en Boca Paila, en un bungaló con piso de arena frente a un mar de playas kilométricas y sin nadie que los molestara. El aroma a sexo mezclado con la cerveza, la sal, el pescado y los ceviches. Aquella vez estaba *limpio*, rebosante de juventud. La barriga de Joana crecía cada día y sentía que podía amarla a ella y al niño en su vientre, aunque no fuera suyo, aunque su vida cambiara radicalmente en unos meses.

Se miró el cuerpo, que parecía el de un perro famélico. «Estoy hecho una piltrafa».

Y Joana estaba muerta.

Tras la larga plática sobre Joana, Dalia le dijo que podía quedarse gracias a la incipiente amistad con la difunta y su hijo, y porque David le parecía «un buen muchacho». Fue todo. El cuarto de los tiliches que le ofreció estaba en completo desorden, así que esa noche dormiría en el sofá de la sala. No puso ningún reparo. David no tenía a dónde llegar en Tamul, aunque conocía uno que otro sitio en la calle donde no se pasaba tan mal.

Dalia lo desconcertaba. El olor a mariguana, su aspecto de gringo borracho; las cicatrices de los pinchazos en su piel pálida eran notorios. Su cara demacrada y el pelo a rape tenían que indicarle algo sobre él. Hasta el momento no le había lanzado ni una pregunta personal. La noche anterior, David no había hablado apenas y contó solo dos o tres nimiedades que le unían a Joana Méndez, y poco más. Esperaba alguna pregunta en breve.

Al menos en el desayuno no la hubo. Comieron en silencio tostadas con mantequilla y un café que se le hizo cargado, pero le cayó excelente a su estado de ánimo. Acabaron, y David preguntó si podía tomar una ducha.

—Para eso no hay que pedir permiso, por favor, David. Ahí tienes el baño, y eso sí, cuidado con la cortina, que está de mírame y no me toques.

Mientras el agua fría caía sobre su cuerpo, pensaba.

¿Qué iba a hacer ahora en Tamul, sin ella?

Era todo lo que tenía en el mundo.

La única que lo podía comprender, que podía *entender* por qué había hecho lo que había hecho.

El café y la ducha lo habían reanimado por completo. Dedicó el día a ordenar el cuarto de los tiliches junto a Dalia, donde surgió una cama individual enterrada bajo el cerro de trastos y estantes de libros viejos. Le asombraba la cantidad de cosas que iban saliendo: un tocadiscos, un proyector de ocho milímetros, cámaras antiguas que funcionaban con rollo de acetato y figurillas de madera de culturas budistas y africanas. Tras hacer el espacio necesario y cambiar la ropa de cama, decidió que el asunto de vivir ahí tenía que ser un poco más claro.

—A ver, David. No tengo que rendir cuentas a nadie. Mi esposo murió hace mucho tiempo, y solo soy yo en Tamul. Es mi casa y hago lo que creo necesario. Estás más preocupado tú que yo.

—Pero de alguna forma tendré que ayudar.

Dalia se encogió de hombros.

—En esta ciudad puedes trabajar de lo que sea. ¿Sabes inglés? ¿Tienes licenciatura?

Contestó que sí sabía inglés, pero no tenía la licenciatura, solo un título de bachillerato doblado y cuarteado en la maleta. Dalia meneó afirmativamente la cabeza, y antes de decir algo hizo un gesto que a David le pareció increíble, como si viera a una actriz de la época del cine de oro en una pose de medio perfil, con la altivez de Dolores del Río o María Félix, un prodigio. Podría jurar que la vecina de Joana había sido una modelo, quizá una actriz en sus juventudes doradas. Deseó con todo su corazón que el momento permaneciera, pero la pose de Dalia se evaporó en un parpadeo de celuloide.

—Conozco gente en el aeropuerto. Es un trabajo un

poco matado, pero peor es nada. Ya que te quieres sentir útil, puedo arreglar algo para ti.

—En lo que veo qué hacer me parece lo mejor, gracias, doña Dalia.

—Chist, a mí nada de doña. Solo Dalia, por favor, o te reviento la cabezota.

Lo dijo con una seriedad que no admitía réplica. Incluso David amagó con dar un paso atrás. Para su desconcierto, descubrió que Dalia se estaba aguantando la risa. Entonces una carcajada, limpia, salió de su boca de arrugas incipientes.

—¡Eres como un lienzo en blanco, David, deberías verte! Como si tu madre te estuviera regañando.

La risa de Dalia se difuminaba.

La respiración empezó a faltarle.

Eso jamás lo esperó.

Y el monstruo se apoderó de su dominio en menos de un segundo. Se lo llevó a las profundidades, a la oscuridad total. Plas-plas.

Entreabrió los ojos y lo primero que vio fue ese perfil de Dolores del Río, que lo miraba con interés. Estaba de espaldas al frío suelo de la cocina, donde lo había sorprendido ese estallido que apagó de golpe todos los circuitos de su cabeza.

—Estás dejándolo, ¿no? —Dalia parecía una estatua cuya belleza peleaba por no abandonar sus ojos y los elegantes pómulos. Al fin sus labios se contrajeron en una mueca.

—¿Dejando… qué?

Descubrió que estaba agitado.

Como si hubiese mantenido la respiración todo ese tiempo.

—Una cosa es que yo te reciba aquí sin preguntas y otra que sea una pendeja, David. No nací ayer.

Joana estaba muerta. Muerta. Tan muerta como su madre.

—¿Puedo abrazarte?

Dolores del Río respingó, y con todo y la pose fría de diva, David descubrió que la había dejado sin palabras. Los pómulos se le encendieron, y a David le impresionó la cantidad de años que desaparecían de su rostro por ese simple gesto.

—Para eso no hay que pedir permiso, David.

10

Lo de Mayo no tenía salida, comprendió que se la había jugado y había que tragárselo sin vaselina. A sus treinta y seis años no esperaba que este tipo de sobresaltos le llegaran así, en forma de un chaval que apenas conocía y que no dejaba que lo conocieran. Los días pasaban entre el trabajo y las cenas intercaladas que tenían. No sabía cómo le iba en la escuela ni quiénes eran sus amigos, si andaba con alguna chica o qué música y películas le gustaban. Cuando le preguntó esto último solo había contestado que la música le aburría y que el cine era para viejos.

«No tengo ni la más mínima idea de lo que hago con este chavo».

Su cabeza era como una máquina que se echa a andar, un algoritmo que devuelve el mismo resultado: *él* era el responsable de que Joel existiera, a final de cuentas.

«Lo único que tengo claro es que no me voy a deshacer de él».

En los sueños se repetía su estúpida pregunta en un bucle absurdo, y la cena en el italiano. El viene-viene, su homólogo de un estacionamiento de restaurante, le decía una y otra vez el número de taxi donde Joana se había ido, el 357.

El número de lotería que Joana se había comprado desde esa noche.

Y si no, ¿qué significaba ese maldito número?

De los pantanos de la memoria incluso resurgieron las notas de la cancioncilla pegadiza que tocaban de fondo en ese restaurante, ese *corre-corre-corre por el bulevar, corre-corre-corre te voy a alcanzar.*

Joel había crecido sin figura paterna gracias a esa pregunta que activó la bomba atómica. Se convenció: dejarlo otra vez a la deriva sería imperdonable. Se rebajaría a ser como su hermano Alec, un ser sin escrúpulos. Alec el artista, Alec el trotamundos, el *coach* mostrando su arte que no valía un peso pero que estaba avalado por los personajes de moda, los políticos e *influencers.*

Y Mayo se la había jugado.

Una semana después de su partida decidió llamarla al número que le había dejado. En el cibercafé de la esquina pidió al dependiente una cabina para llamar a Estados Unidos. Tras una corta espera, el teléfono estuvo disponible. Descolgó y digitó los números. No hubo respuesta. Bueno, sí hubo una que le dejó una losa inmensa en la espalda: era el contestador automático del operador telefónico, una fría voz en inglés que le hizo darse cuenta de aquella pantomima que representaba, «El número ha sido desconectado o dado de baja». Si aquella voz robótica hubiera añadido que ese número no había existido más que en su imaginación hubiera estado mejor. Y esa era la realidad, ese número era imaginario, como el taxi de Joana. Mayo se había esfumado. Como inspector de policía, Carlo Anaya se habría muerto de hambre.

Una llamada de un número desconocido al celular lo sacó de sus pensamientos.

—¿Sí?

—¡Buen día! Soy Jacinto Pool, hablo del Banco Nacional, sucursal de Tamul. ¿Está la señorita Mayo Méndez?

Carlo respingó. Iba a colgar, pero vio su oportunidad y decidió seguir el juego: «El inspector Anaya tiene que llegar al fondo de esto».

—No, pero habla su esposo, dígame.

—¡Ah, perfecto! Habíamos quedado la última vez que recogió el dinero de la cuenta de su hermana que seguiríamos con el trámite para depositarlo en la cuenta de inversiones... como ya le había dicho a su esposa, una cuenta que le generará dividendos a mediano y a largo plazo. Llamé a su número personal, pero me parece que lo ha cambiado. Me dijo que si no contestaba podía llamar a este número. Disculpe la molestia.

—¡Oh, sí que me acuerdo, me lo dijo! No se preocupe.

Carlo pensaba a mil por segundo. Tenía que saber qué quería decir todo aquello. Respiró y se concentró, como si lidiara con un pasajero especialmente difícil. «¿Qué hiciste, Mayito?».

—Solo déjeme recapitular, señor Pool.

—¡Claro! El dinero salió de la cuenta de la señora Joana Méndez, su hermana. Como único familiar, ella dispuso de todo el capital y así quedó —dijo el agente bancario con voz cantarina.

—¿Y con cuánto le gustaría que empezáramos la inversión?

—Veamos..., la señorita Méndez sacó un total de..., y mi consejo es empezar con... Con eso nos haríamos una idea de reinversión efectiva y que aportará generosos dividendos de...

Al escuchar las cantidades, enormes, el ahorro de toda una vida, Carlo pensó que trituraría el teléfono con las manos. Era muchísimo dinero. Dinero que le correspondía a Joel. Carlo usó su don de atención a clientes para fingir interés. Resultó que Mayo, como único familiar directo, había solicitado una autorización al banco y vació las cuentas de su hermana, prometiendo al agente contratar una nueva tarjeta para reinvertir los fondos. Carlo se quedó boquiabierto. «Qué hija de la gran puta resultaste, Mayito».

—Y recuérdeme lo que pasó con la casa de Joana Méndez, la propiedad…

—Oh, claro, como aparece en el contrato, al haber un caso de sucesión intestada, la señorita Mayo, beneficiaria por ley, dispuso de ella e hizo una compraventa de promoción que le ofrecimos…

Prometió pasar por la sucursal en esos días. Colgó, y acto seguido bloqueó el número. El tic en el ojo vino en trallazos y tuvo que cerrárselo con la palma de la mano. Mayo, que tanto lo había criticado, se había llevado el jugoso botín, no solo el dinero de Joel, sino la casa que también le correspondía. Había dejado a su sobrino solo con lo puesto. La reina de picas se la jugó y no había más que hacer.

«Arrieros somos. Que te aproveche en el gringo, zorra».

Tras un rato tratando de aplacar su furia, terminó sopesando la opción que le quedaba: Rogelio Marín. No había más salida que reactivar ese lazo de su pasado antiguo, ir a su despacho y convertirse en un limosnero. No le quedaba otra más que pasar la vergüenza. Si lograba que Marín lo ayudara con un préstamo, habría posibilidades de esperar y presionar a la empresa para ascender a director de tráfico. Se había enterado por los pasillos de que el retiro de su jefe inmediato era inminente y en cualquier momento empezarían las entrevistas para elegir a su sucesor, una completa simulación porque el cargo, como ya sabía, se elegiría por dedazo, a lo mexicano.

A él tenía que señalar ese dedo.

Esto le dio el impulso final de hacer una cita con la secretaria de su lejano padrino de bautizo.

*

Llevaba esperando al político unas tres horas en aquella sala atestada de gente. El ingeniero seguía ocupado. Era la tercera vez en la semana que Carlo pedía audiencia con él, y ni su nombre ni el título que los unía había surtido efecto para que lo recibiera pronto. Rogelio Marín Villavicencio era un viejo priista que, aun con los cambios en la política mexicana, había declinado pasarse a las filas del partido que hoy estaba en el poder del estado y del país. El PRI llevaba muerto en el plano político unos años, pero el caso de Marín resultaba notorio por los tiempos que corrían. La gente lo quería sin importar que siguiera en ese partido popularmente repudiado. Contrario a la mayoría de la bancada priista que abandonó el barco cuando se produjo la hecatombe política, su reticencia a emigrar ocasionó el efecto contrario: su fidelidad a los colores del partido y sus ideales le habían granjeado respeto. Las administraciones del partido oficial lo consideraban para cargos importantes y como una perfecta oposición. En Tamul, Rogelio Marín no era visto como un priista de facto.

Carlo se había preparado a conciencia para el encuentro. Su vestimenta, lo más formal que podía con una americana de colores sobrios y apagados, el pantalón de mezclilla que daba el toque casual y sin faltar al decoro, y los mejores zapatos que solo usaba para contadas ocasiones. Marín, riguroso partidario de las buenas formas, analizaba de un vistazo todo esto y Carlo estaba obligado a pasar esa prueba, o de entrada perdería su oportunidad sin siquiera decir palabra. Sabía cómo abordaría a su padrino: empezando por la verdad, el hijo que había resurgido, la madre muerta y cómo se lo había encasquetado la hermana. Con Rogelio más valía hablar con la verdad y sin titubeos. Se decía que, además de ser un masón y estar iniciado en las artes de la dialéctica y los conocimientos socráticos y aristotélicos, podía captar la más incipiente mentira. A Rogelio Marín se le trataba de frente. Y Carlo sabía que solo tendría esa oportunidad y ni una audiencia más.

La secretaria, una mujer mayor de abundantes rizos encanecidos, se levantó de su escritorio y llegó hasta él con una libretita entre las manos. Dijo su nombre. Por un instante creía que se dirigía a alguien más. La sala estaba llena de gente de todo tipo, desde humildes campesinos hasta personas trajeadas y engominadas con portafolios de piel carísimos y que parecían urgir con asuntos mucho más importantes que el suyo. Repitió su nombre como una pregunta. Carlo respingó y se incorporó diciendo apenas un «Sí, yo».

—Pase usted con el ingeniero.

La mujer abrió el despacho, y sin decir una palabra, lo dejó en el pequeño recibidor y cerró la puerta tras de sí. Carlo dio un vistazo a aquella estancia tapizada de estanterías de roble, todas llenas de libros cuyos lomos de piel reflejaban letras doradas y plateadas. Había reconocimientos enganchados tras el escritorio, diplomas y medallas otorgadas por cualquier institución gubernamental conocida. Estatuas minimalistas, fotografías del ingeniero con expresidentes, artistas y futbolistas rodeaban el escritorio. Aquello lo mareó en un instante, preguntándose cómo Rogelio Marín había llegado a ser su padrino de bautizo.

El ingeniero estaba encorvado sobre su enorme mesa. Leía unos documentos con suma atención. Tras un momento que se le antojó eterno, se quitó las gafas y se dirigió a Carlo. Aunque fue cuestión de un relampagueo de su mirada fija en él, le pareció que le escrutaba el alma.

—Carlo… ¿Anaya? ¿Anaya, de verdad?

—Sí, ingeniero. Soy Carlo. —A toda costa evitó declarar el parentesco. No sabía si al político le chocaría que se lo recalcara. Por toda respuesta, Rogelio soltó una buena carcajada que le heló las venas.

—No mames, ahijado. Nada de ingeniero ni don ni político. Siéntate, carajo, me alegra que vengas a verme.

Antes de sentarse, Carlo le ofreció la mano respetuosamente. Esto debió de darle una buena impresión al viejo, porque se levantó y le ofreció un abrazo, al que accedió sorprendido y algo confundido por la efusividad del ingeniero.

—No te veía desde que eras un chamaquillo, Carlo. Mira cómo pasa el tiempo. Me enteré cuando tus papás fallecieron, y lo siento mucho. Cuéntame qué has hecho de tu vida, ahijado.

—Ahora estoy en el aeropuerto, en Servicios Terrestres. Superviso vuelos para American Airlines y otras aerolíneas.

—¡No me digas! Suena muy interesante, lo que verás ahí en las pistas con el tráfico de ese aeropuerto. ¿Un refresco, un jugo? Brindaría con algo más fuerte, pero aquí no tengo nada. El trabajo es el trabajo.

—Una coca está bien, gracias —dijo apurado. Jamás había que negar la hospitalidad de un político, menos viniendo de él. Brindaron con Coca-Cola en silencio.

—Lamento haberte hecho esperar, pero ha habido mucho trabajo en esta oficina y fuera de ella. Seguro que sabes quién será el nuevo jugador del Real Madrid. Logré que mi hijo Abel fichara por el club donde jugó nuestro Hugol.

Carlo hubiera hecho aspavientos, mostrado sorpresa, exclamado algo, pero el caso era que no tenía mucha idea de fútbol. Sabía que existía el Real Madrid y quién era Hugol, pero no era un deporte que le interesara. Y si cometía el error de lanzar falsas lisonjas a ese hombre podía quedar descalificado para recibir su ayuda por hipócrita.

—He estado desconectado de las noticias, pero algo supe. Hubo un festejo o algo parecido en la plaza Solares hace días..., entonces, era tu hijo. Te felicito de veras, padrino. Seguro que la rompe en el Madrid.

Para su alivio, Marín asintió complacido, y añadió:

—Fíjate que lo de la plaza Solares no fue planeado. Fue algo espontáneo, de la gente del pueblo. A mi hijo lo quieren aquí en su mera ciudad, y no puedo estar más orgulloso, Carlito. Lo alzaron en hombros, y solo por la noticia de su fichaje. Imagínate cuando anunciemos que se va a Madrid.

—Cuando lo vendan, iré a comprar el jersey con su nombre.

El comentario no pudo ser más atinado. El viejo político infló el pecho y le concedió una breve mirada de aprecio. Sonrió y dio un golpecito a la mesa festejando las palabras de su ahijado.

—Será el dorsal «1», ¡de eso no habrá duda! Pero bueno, basta de plática. Tú has venido a verme por asuntos que te tienen mal, que no te dejan dormir, y necesitas mi ayuda. Necesitas dinero, ¿qué otra cosa si no?

Era verdad lo que se decía del viejo masón. Era un iniciado en artes que no estaban al alcance de personas como Carlo. Sus ojos claros, dotados de esa inteligencia que amedrentaba, no se despegaban de él. Carlo enrojeció y bajó la mirada un instante, pero decidió seguir de frente y no quedar como un limosnero.

—El dinero no da la felicidad, pero si falta, la felicidad se evapora con él, ¿verdad? —dijo Marín—. Pero no te daré sermones ni consejos, Carlito. Has venido a verme porque necesitas ayuda y yo puedo dártela. Dime la cantidad y así sabré a qué atenerme.

Carlo no había dicho una sola palabra a la secretaria sobre el asunto que le llevaba a su despacho. Había puesto en la hoja de visita «asuntos personales». Estaba asombrado de ese poder de leer mentes del que se rumoreaba. Comprobaba que no eran rumores, era la pura verdad.

—Padrino, no creas que solo vengo a pedirte caridad o algo así, yo...

El semblante alegre de Marín cambió a uno más neutro. Por un momento le pareció más viejo con aquel movimiento mecánico en aquellas arrugas del entrecejo y la frente.

—Oh, nadie está hablando aquí de caridad, y no te confundas, Carlito. Yo no regalo dinero ni hago beneficencia. Pero veo que eres sincero y que realmente lo necesitas. Cuéntame qué te ha hecho venir a mí.

Carlo se lo contó todo en un resumen, como lo tenía planeado. La conversación futbolera lo había relajado y se concentró al máximo para decir las palabras exactas sobre su situación y de cómo podría regresarle ese dinero. Rogelio también había destensado las arrugas del rostro mientras iba perfilándose el final de la historia.

—¿Y quieres a ese chavo, a Joel?

—No es que lo quiera o no. No tiene a nadie más, que yo sepa. Si lo abandono acabará en cualquier parte, y creo que ya tuve suficiente de ignorar que es mi problema, no solo de la difunta de su madre.

Por toda respuesta, Rogelio Marín abrió un cajón y puso sobre el escritorio un talonario que abrió sin decir nada. Garabateó algo y estampó su firma. Le extendió el talonario a Carlo, mirándolo a los ojos.

—Cuando llegué a Tamul no tenía nada. Tuve que chingarle, ayudar a construir esta ciudad, y así conocí gente. Pero hoy la situación es diferente y lo entiendo, Carlo. Tamul es otra.

»Lo único que me pidieron tus papás fue ser tu padrino, nada más. Nunca me pidieron ni un peso, nada, y eso lo aprecio bastante. He tenido otros «ahijados», y sus padres, como buitres, se me han acercado a conseguir huesos, alitas y piernas, lo que sea. Considera esto un regalo, no necesitas devolvérmelo, Carlo. Te lo digo derecho. Úsalo, salva a ese muchacho. Me gusta cómo piensas, tu sentido del deber y tu sinceridad son encomiables.

Carlo se quedó de piedra al descubrir lo que le había dado su padrino. Era un talonario con números para una rifa. La rifa de una licuadora. ¿Qué estaba pasando? ¿Qué manera tan rebuscada era esa para burlarse de él?

—Pero, padrino, esto…

—Ya te dije, úsalo para salir del hoyo. Con todos esos números a tu disposición sé que lo conseguirás, este es el país de las rifas y las tandas. Y sabes que no lo puedes rechazar. A mí no me hace el feo ni el presidente.

Carlo bajó la mirada un instante, tratando de esconder la vergüenza.

—Perdón, padrino, pero yo hablaba de un préstamo en metálico. Algo inmediato, y que pudiera pagarte con los intereses que quieras.

Rogelio lanzó una risotada.

—A ver, Carlito, esto no es el Monte de Piedad ni una oenegé. ¿Me ves cara de hermanita del Divino Verbo? Ahora mismo ando en aprietos económicos, aunque no lo creas. Si tanto necesitas el dinero, ¿por qué no vas a ver a tu hermano Alec? He sabido que le va muy bien.

Esta vez Carlo sintió que la cara se le incendiaba. Se levantó.

—Gracias, padrino, que tengas buen día.

Y cerró la puerta tras él. A paso largo, salió de aquel vestíbulo atestado de gente. No se volvió a la secretaria, que le dijo algo a su espalda. Cuando llegó a la calle, crispando los puños, se dio cuenta de que aún llevaba en una mano el talonario de la rifa de la licuadora. Arrojó los talones en el primer cubo de basura que encontró.

11

Despertó con un sobresalto al sentir un cosquilleo insistente sobre su espalda. El sol filtraba tenues rayos de luz por la ventana y los zanates hacían un concierto infernal en el jardín. Estaba en el cuarto de los tiliches que ya no parecía tal. Habían hecho un gran trabajo limpiando aquella habitación. Se incorporó y al momento se escuchó un «clap» sobre las sábanas. Descubrió lo que le hacía cosquillas. Era una pequeña lagartija güera, inmóvil sobre la cama, que lo miraba con sus ojillos negros y acuosos. Las patitas terminadas en diminutos globos que se adherían a cualquier superficie le recordaron los buenos tiempos. En Boca Paila, en el bungaló que había rentado con Joana había cientos de esos reptiles que a ella le causaban verdadero asco. Hizo el amago de agarrarla, pero la lagartija fue más ágil, y de un salto cayó haciendo otro «clap» en el suelo. Se perdió bajo uno de los muebles del rincón.

A pesar de la estridencia de los pájaros negros había silencio en la casa. No se escuchaba el habitual trasteo de Dalia haciendo religiosamente el café y el desayuno continental al que ya se estaba acostumbrando. ¿Cuántos días llevaba ahí? ¿Tres, cuatro, una semana? Se acordó que ese día se había propuesto ir al cementerio. Lo había postergado porque no sabía si soportaría ver su tumba. Se hizo una rápida autoevaluación, como una computadora escaneando su sistema a detalle en busca de fallos y posibles virus. Se sentía descansado, tranquilo. La ansiedad estaba, si no ausente, a raya por completo.

Después de aquel abrazo le tomó mucho más aprecio a su casera. Tuvieron largas conversaciones esos días. Dalia resultó una rareza en aquella ciudad de población flotante. En los setenta llegó a Tamul a probar suerte cuando apenas empezaba el boom turístico. Era de Ciudad de México y ahí quiso hacer cine, alguna telenovela quizá, pero su familia era pobre y los estudios de arte dramático quedaban por encima de sus posibilidades. Decidió dejarlo de lado y estudiar inglés (pensó en cruzar la frontera y llegar a Hollywood) en una academia que se pagaba limpiando casas. Al cumplir los diecisiete una amiga le habló de Tamul, un pequeño paraíso con palmeras y playas, donde se necesitaban trabajadores. La idea se gestó en su mente hasta decidirse. Tuvo que huir de casa de sus padres a mitad de la noche hacia los confines del país. Tras casi cuarenta horas de viaje en camión, y con un severo dolor en el culo y los riñones, llegó a la ciudad que descubrió como un campamento de casas de palitos con techos de zacate. Apenas se levantaba el segundo hotel en el malecón. Logró empezar de mesera al poco tiempo de su llegada. Los gerentes no tardaron en reparar en su belleza y su don de gentes, además de su porte juvenil y que aprehendía sin mayores traspiés la conversación hotelera en inglés. En dos semanas la ascendieron a *hostess*, recepcionista del lujoso restaurante del mítico primer hotel Caribeño, un hotel que terminó siendo demolido en los noventa. Ahí logró conocer a las personalidades tamulenses que iban aflorando, y empezó a hacer relaciones públicas con hoteleros y políticos que apreciaban su desenvoltura. Aunque reconocía que su condición de capitalina era una ventaja inestimable en aquellos primeros tiempos. Se lo dijo un gerente sin ningún filtro: «Es grato ver y tener a alguien como tú. Puras mayitas morenas y feas llegan aquí, y son bien pendejas hasta para limpiar».

David se dio cuenta de que su *buena época* era una basura comparada con la que había vivido su Dolores del Río: el apogeo del disco, de la *fiebre* del sábado por la noche, las solapas gigantes y los pantalones acampanados, eso sin contar que Tamul nacía y daba sus primeros pasos a la internacionalización. La policía era apenas ornamental, los propietarios de las primeras casas en la hoy Zona Fundacional no necesitaban poner pestillos ni candados por la noche; las luces se apagaban en los campamentos a las once y los hoteles funcionaban con inmensas plantas de gasolina mientras el tendido eléctrico llegaba con lentitud, abriéndose paso entre las selvas de Yucatán. No había teléfonos móviles ni computadoras, pero sí tortugas paseando a lo largo del malecón y manatíes que se reunían en el farallón del Corsario. Era raro no conocerse entre sí para contar un chiste o anécdota del lugar de origen. El autocine era una de las pocas diversiones, aparte de las playas y la disco. La gente llegaba de todas partes del país para ocupar plazas libres de cualquier oficio: zapateros, peluqueros, fotógrafos, carniceros, mecánicos, plomeros, y se entablaban amistades inmediatas. Las clases sociales, si bien existían, no se diferenciaban al momento de convivir en esa primera utópica Tamul.

Por eso comprendió que su *buena época* era una mierda. David llegó cuando todo eso ya había desaparecido. Mientras a Dalia le brillaban los ojos al contar sus primeros años en la ciudad, a David le surgía una velada envidia del que nunca vería construirse una ciudad de la nada a mitad del paraíso, y ser no un fotógrafo, sino *el* fotógrafo, no un estilista cualquiera, sino *el* estilista. Cuando David llegó por primera vez, la ciudad ya era una realidad engañosa, como los tiempos compartidos en los que llegó a trabajar y donde conoció a Joana.

En la mesa de la cocina se encontró con una nota, escrita con la letra descuidada de Dalia:

HOY A LAS SEIS DE LA TARDE TE PRESENTAS A LA ENTREVISTA EN EL AEROPUERTO. SOLO DAS TU NOMBRE EN LA OFICINA DE SERVICIOS TERRESTRES, ¿OK? BESO.

Pues sí, le había conseguido trabajo. Sonrió. Apuró el café y se dio una ducha rápida. Se cambió, agarró su copia de las llaves y salió a la calle.

Al rodear la última fila de tumbas, descubrió a alguien ahí.

El cementerio era enorme, y había dado vueltas como un alma en pena largo rato hasta que por fin encontró a alguien que pudiese ayudarlo. El vigilante tenía acceso a las libretas de control de las fosas que iban ocupando sus nuevos inquilinos.

Joana Méndez era reciente.

«Fresquita, fresquita», dijo el vigilante. ¿O fue la voz del monstruo?

El viejo guardia le indicó la fila y las señas del orden de tumbas.

Había tenido que fumarse dos cigarros locos para aguantar la visita. Pero no podía postergarlo más. Tenía que ir, ver la lápida —¿comprobar que no era un sueño?— y presentar sus respetos, sin más dramas.

Frente a la tumba de Joana, estaba un muchacho moreno.

Llevaba las manos en los bolsillos. Mantenía la vista baja.

¿Rezaba?

Su llegada sacó al chico de su abstracción y este lo miró sorprendido. Por un momento, David creyó que era otra sepultura a la que se dirigía aquel niño, pero al acercarse y mirar la lápida grabada con las fechas, no hubo duda.

Ambos estaban ahí para visitar la última morada de Joana Méndez.

—Disculpa, no quería ser grosero. Venía a ver a Joana. —Al momento, David se recriminó por la soberana estupidez de hablar como si fuese una visita a un amigo para tomar café. Al chico no pareció importarle, y tras la breve sorpresa que le había ocasionado el encuentro, se pasó el dorso de la mano por el ojo izquierdo.

—¿Conocías a mi mamá?

12

Ese día llegaron las nuevas contrataciones a las oficinas de Servicios Terrestres. Carlo miró a los nuevos reclutas como un viejo coronel que se dispone a ir a una guerra sinsentido, y fue pasando lista como tal. Era una veintena variopinta, lo de costumbre: chicos mayas raquíticos riéndose de todo, y güerillos altaneros mirándolo como si fuese un mesero que no les había traído lo que pidieron. Las mujeres solían ser un poco más serias, y eran las que mejor calificación sacaban en el examen.

Los exámenes resultaron una aberración. Uno, que supo de inmediato que no regresaría, le había dibujado un pene con pelos en el reverso de la hoja de las respuestas. Solo uno, un tal David Muñoz, había respondido correctamente a todo. Esto sí que le sorprendió. No recordaba el último diez en esos exámenes de diagnóstico. ¿Quién era David Muñoz? Trataba de recordar, pero ese sentimiento de indiferencia hacia los nuevos reclutas dificultaba la identificación. Cuando llevó los exámenes a Recursos Humanos pidió el expediente de David Muñoz. En las fotos descubrió a un hombre más o menos de su edad, rubio con el pelo a rape y ojos claros que parecían escrutarlo y que sí, denotaban una gran inteligencia, aunque aletargada. ¿Cómo es que no lo recordaba en el grupo de aspirantes? Le sonaba a lo mucho, pero ese sentimiento en lo que tocara a los nuevos siempre le ponía esa venda de desinterés absoluto. Descubrió en su horario que Muñoz iba a atender otros vuelos.

—Chiquita, ponme a David Muñoz en mis vuelos, por favor. Cuando se presente aquí mañana se lo indican. Tiene mi mismo horario.

La secretaria de Recursos Humanos, a la que ya conocía bien, no pareció entender.

—¿El nuevo?

—Ese *meroles*.

La secretaria lo miraba como esperando alguna clase de broma.

—¿Tú, solicitando nuevos para tus vuelos? Eso te va a costar, Carlo.

—Mañana te traigo un refresco. O lo que quieras. —Devolvió el guiño.

—¿Con quién de los nuevos lo cambio?

—Con quien te dé la gana, mi vida —contestó con una sonrisa.

Aunque tenía cierta curiosidad por conocer al tal David Muñoz, Carlo no volvió a pensar en él el resto del día.

13

Cuando pasó, creyó que todos los demonios se lo llevarían al infierno particular de los poetas laureados. Pensó que podía arrasar de una vez con todo, que cayera lo que cayera. Tan ensimismado estaba tras los honores, medallas y diplomas que nunca lo vio venir, y por supuesto que no lo esperaba de aquellos mozalbetes hijos de su mala madre.

El primer error corrió a cargo de la administración de la preparatoria y los secretarios académicos, si bien podían llamarse así dadas las circunstancias y precariedades del sistema público de educación. Para su primer día de clase resultó que no estaban terminadas las listas de asistencia y tendría que hacerlo a la vieja usanza: los alumnos apuntarían su nombre en una hoja para nombrarlos e identificarlos mientras tanto. Hasta ahí no había problema, entendía que su nombramiento había sido repentino y que estaban adecuando todo para él, o al menos eso creía en su ingenuidad de profesor que no impartía clases desde las doradas juventudes.

El segundo error fue titubear apenas entró al primer salón. Su sonrisa nerviosa, su incipiente cojera y la voz suave, perfecta en la declamación mas no para dar cátedra, se topó con una muralla de voces, gritos y chillidos. No era como recordaba las aulas en sus tiempos: «¡Ahí viene el maestro, a sus lugares!», y todos más rápido que saetas a sus pupitres, mirando al frente y recitando a coro con ritmo desmayado «¡Buenos días, querido profesor!». Estaba claro que las generaciones habían cambiado radicalmente. Solo hubo una excepción: dos muchachas, una de trenzas castañas y con un reguero de pecas en la nariz respingona, monísima y con las mejillas encendidas, y otra gorda y con nariz de globo que incluso le chocó su presencia. Ellas debían de ser las más inteligentes o las más recatadas. Se sentaron derechitas y lo miraron con atención. Servando alzó la voz, pero el bullicio permanecía.

Entonces vino el preludio del desastre. Un gordito de cachetes prominentes y pelo como un cepillo alborotado y al que odió desde el primer momento por metiche, vino en su ayuda regañando a sus compañeros:

—¡Hey, hey, es el profe Servando! ¡Cállense! ¿No ven que es el Prócer de la poesía? ¡Más respeto!

Aunque parecía serio su discurso y sinceras sus lisonjas, Servando lo tomó como una burla descarada del gordo hijo de su mala madre. Tras ese comentario, llegaron las risas burlonas, aplausos descoordinados y señalamientos al gordito.

—Ya mámasela, Yogurt —coreó alguien, pero no pudo identificarlo en aquel remolino de murmullos y risotadas. Eso fue el acabose. Sintió las lágrimas agolparse justo en la misma entrada de sus globos oculares, crispó los puños nudosos y se acercó al pizarrón, de los que todavía usaban gis. Cuando estaba a punto de explotar y marcharse a la dirección para renunciar recordó su plan, recordó por qué estaba ahí. Respiró.

«Más vale ser cordial y no ser conocido como un maldito cabrón».

Tomó el borrador y con el canto de plástico dio golpes sostenidos a la pizarra. Para su alivio, dio un resultado casi inmediato, pues las voces se fueron acallando. El gordito seguía de pie, fulminando con la mirada a sus compañeros. Cada vez le gustaba menos. No necesitaba un defensor en su cátedra.

—Buenos días, jóvenes. Necesito que me ayuden. Por favor, siéntate...

—Yogurt, profe.

—¿Qué?

—Yogurt.

Más risas y sonidos de besos.

—A ver, a ver, jóvenes. Aquí nada de motes ni alias, por favor, no estamos en una cárcel. Si nos vamos a respetar, todos vamos a hablarnos por nuestro nombre o con su respectivo hipocorístico, si así lo desean.

—¿Hipo... qué? —soltó alguien en las filas de atrás.

Servando vio al fin su gran oportunidad para atacar y domar al zoológico que tenía delante. Escribió la palabra en la pizarra y la subrayó.

—¿Cuál es tu nombre? —El anciano se dirigió al gordito que era conocido como Yogurt y que seguía de pie en medio de la clase. Enrojeció visiblemente. Hubo más risas.

—Francisco.

Servando escribió su nombre y abrió una llave donde englobó tres nombres más: Fran, Paco, Pancho.

—¿Ahora alguien me puede decir qué es un hipocorístico?

Silencio total. Servando empezaba a ponerse nervioso. ¿Era que no entendían? ¿Trataba de verdad con animalitos del bosque, rescoldos de lo peor que daba el país a la educación pública?

—Hipocorístico quiere decir «la forma en que se le puede llamar por cariño o confianza a alguien», profe —respondió el mismo Francisco. Todos miraban al gordo y al profesor alternadamente, como si solo ellos dos entendieran una plática de locos. Servando sonrió en una mueca forzada. Cada vez detestaba más a ese chico. Su gordura le chocaba, incluso descubría que le repugnaba. ¿Por qué la chica mona de las trenzas y pequitas no había respondido y hacía total su triunfo? Maldito gordo y su petulancia.

—¡Bravo! Así es, Francisco. Tienes un punto positivo por tu participación, y eso que todavía no pasamos lista. Hablando de eso...

El tercer error ya estaba puesto y destinado a reventarlo. Pasó la hoja en blanco para que los alumnos apuntaran su nombre y apellidos. Servando pidió encarecidamente que en esa lista no pusieran su hipocorístico ya que se sustituiría en breve y tendría que pasar en limpio sus asistencias y puntos por participación. Cuando le extendieron la hoja y se aseguró de que todos habían puesto su nombre, empezó a pasar lista para poner caras a los animalitos del bosque.

—Zoi... Zoila Becerra.

Nadie contestó y el murmullo que reinaba calló como por ensalmo.

—Zoila Becerra, ¿no escuchan? ¡Zoila Becerra del Corral!

El pesado silencio reventó en risotadas y chillidos. Solo el gordito Francisco, las dos muchachas de la primera fila y él permanecían con cara desencajada y de franca sorpresa.

Todos los premios habidos y por haber. Honoris causa en las mejores universidades de España, Chile, Perú y su México. Conferencias en Harvard y Oxford, respuestas brillantes y conferencias en Cambridge aplaudidas por nobeles como Vargas Llosa, con quien había ido a tomar varias copas y se declaraba admirador del genio del Prócer, el poeta que estaba más cerca que nadie en dar a México y a Hispanoamérica su siguiente Nobel de Literatura. Pero en esa aula no era más que un viejo decrépito con el suelo hundiéndose a sus pies. Su genio aplaudido por el mundo ahí no había servido para evitar el desastre. ¿Cómo no pudo verlo apenas pasar la vista por el nombre? «¡Imbécil, mil veces imbécil!». ¿Cuánto tiempo transcurrió? ¿Segundos, minutos? Aunque no miraba a nadie su pose de estatua debió de generar algo en la clase, porque las risas se acallaron y reinó de nuevo el silencio.

—¿Ya? —fue lo único que atinó a decir.

Siguió pasando lista, tratando de recomponer los pedazos de su orgullo hecho trizas, y recordando por qué se había metido en ese agujero.

«Si quieres el Nobel, tienes que hacerlo. Arrástrate por el lodo si es necesario».

La voz fría del *coach* resonó en su cabeza.

«Respira, Servy, vamos. Ese premio ya es tuyo».

Respiró. Terminó aceptando el mantra. No bastaba con tallercitos y libritos, había que meterse en el lodo hasta las narices. Y ahí estaba, enterrado hasta la coronilla.

«Crees que yo hago filantropía, pero mi arte va más allá, Rafa, mi arte tiene lo que el mejor en su ramo no tiene, y eso es la influencia».

Ahí Rafael Servando, fuera de ser un encorvado, pelón y cojo grillo, no era *nadie*. Seguía siendo un aprendiz como todos esos animalitos del aula. En el pasado había conocido estudiantes de prodigiosa inteligencia, realmente interesados y llenos de preguntas brillantes, con sentido y que le halagaban. Discutían con él de métrica avanzada y de corrientes estilísticas. Pues en la prepa Ciento nueve eso valía menos que un grano de arena en el desierto.

Cada vez que recordaba ese primer día, las venas de la sien izquierda le latían con violencia. Intentaba aceptarlo, era algo que tenía que pasar para que le reacomodaran las neuronas. Como su plan, como la idea fundamental de por qué se había metido en esas complicaciones. Empezó a repasar. Tenía que apresurar su segunda fase. Sentía dispararse la tensión arterial y necesitaba recuperar fuerzas para aguantar todo el curso escolar que le esperaba. Necesitaba ver a Alec Anaya.

¿Iba a resultar su plan?

Más valía.

14

Los días pasaban, y muy a su pesar Joel tuvo que reconocerlo, se sentía a gusto con su nueva situación en el grupo. Le gustaba que, dentro de todo, eran unos chavos que pensaban antes de actuar, daban mil vueltas a las cosas y solo así emprendían con lo que fuera. Tomaban los problemas como verdaderos retos, con inquietante frialdad. Gracias a esa interacción empezaba a quitarse el letargo que le había dejado el inmenso dolor de la pérdida. Su madre estaba muerta, ya. Y Carlo, en resumen, era un imbécil que estaba por deshacerse de él. Su intuición se lo decía, Carlo lo iba a dejar a su suerte sin más. ¿Por qué su tía lo había dejado con ese? Había cambiado de planes a última hora y debió preguntarle siquiera quién diablos era Carlo Anaya, pero el dolor no lo dejaba pensar en nada más. En palabras de Rufo, solo había espacio para recordar a su madre y aprender a vivir con su increíble ausencia lo antes posible, o la vida se lo iba a coger. Así de simple.

Y lo de que la vida se lo iba a coger lo comprobó días después de la aventura de los cangrejos. Se le ocurrió visitar su casa, donde hasta hacía un tiempo vivía con su madre sin mayores preocupaciones. Desde la esquina vio que algo había cambiado: en el portón un cartel de SE VENDE con el número telefónico de un banco. ¿Ya no era su casa? Sabía que no serviría, pero probó a entrar con sus llaves. Nada, habían cambiado la cerradura. Llamó a su tía Mayo, pero la contestadora decía que el número no existía.

Rufo tenía razón: si no se ponía las pilas, todos se lo cogerían sin piedad.

Joel había perdido a su madre y su casa, pero había ganado amigos, algo que no sucedía desde hacía mucho. Gracias a ellos comprendió que su madre muerta no significaba nada para el mundo, ni para su propia tía, o Carlo. Con sus nuevos amigos descubrió objetivos que le parecían naturales, dadas las circunstancias. Con el próximo trabajo que ya estaban preparando se aseguraría un comienzo, y podría ahorrar para irse lejos de Carlo, y de Tamul.

Y lo más importante, nadie saldría lastimado.

Esa noche de los cangrejos azules, sin más, Rufo sacó a colación a su propia madre. Yogurt y Galleta parecían sorprendidos, y Joel comprendió de inmediato que era un tema sagrado y que nunca salía del líder.

—Tú tuviste suerte, Joel. Yo no sé dónde está mi mamá. Tú puedes llevarle flores al panteón, rezar por ella y recordarla.

—¿Y qué pasó con la tuya?

—No lo sé. Se fue cuando era pequeño. Al gringo, a Europa, quién sabe. Mi papá solo la insulta cuando se la menciono.

Joel asintió.

—¿Y tu papá? ¿Vives con él, entonces?

Rufo torció la mueca. Yogurt contuvo el aliento. Una parte de Joel disfrutaba aquel andar por el filo de la navaja. Quería saber hasta dónde podía tensar la cuerda.

—Es un empresario hotelero. Vivo con él, pero apenas lo veo. En sus descansos prefiere salir con un grupo de idiotas que les gusta el puterío y los juegos de azar.

Joel se sintió identificado, aunque tenía que reconocer que Carlo llevaba una vida monacal y de frugales apetitos. Rara vez salía. Carlo seguía trabajando como loco en el aeropuerto, al parecer en búsqueda de un ascenso o algo parecido. Había días que tampoco lo veía, y aunque no se estaba del todo mal en su casa, sabía que ese pelmazo pronto le diría que se largara, que no era su problema. Su tía Mayo había desaparecido como la madre de Rufo, al gringo o a los quintos infiernos.

Rufo le tendió la mano.

—Se acabó la ronda de preguntas, Joel. ¿Estás con nosotros?

Joel miró la palma extendida del muchacho sin mover un músculo.

—Si me niego, ¿me matarán o algo así?

El grupo se quedó de piedra. Hasta Galleta se veía incómoda con aquellas palabras. Rufo volvió a sonreír. Era una sonrisa cálida, sin rastro de ironía.

—Me gusta cómo piensas.

Y entonces le habló de Abel Marín, el portero estrella, y lo que pensaban hacer con él.

Al llegar a la casa descubrió a Carlo en una posición ridícula: en calzoncillos, recostado en el colchón de su habitación con las piernas recargadas en la pared y las plantas de los pies apuntando al techo, como un murciélago borracho. Dormitaba. Dio un brinco cuando lo llamó desde el umbral. Bajó las piernas y dijo, sin que Joel le preguntara nada, que aquello era un ritual de alivio después de permanecer todo un día de pie y recorriendo las terminales del aeropuerto. Lo animó a probarlo para que circulara la sangre.

—¿Tienes que andar así todo el día en la casa? —fue lo primero que le soltó, sin reprimir una mueca de asco. Aún con la modorra encima, Carlo lo taladró con la mirada.

—Es mi casa, ¿no?

—¿Otra vez esas pinches sopas? —replicó, desviando su furia a la paupérrima comida que se servía últimamente. En la mesa solo había unas sopas instantáneas con sabor a camarón y chile, y unas galletas saladas.

—En estos días resurto la despensa, por ahora es lo que hay —dijo Carlo incorporándose, sin ponerse nada encima. Joel hizo otra mueca de asco.

—No voy a comer.

—Pues no comas.

Joel se encerró en su cuarto y oyó a Carlo trastear en la cocina. Comió solo, sin nada más que el ruido de la televisión como compañía.

Carlo le desesperaba, era como vivir con un vejete en una residencia de ancianos. Quizá por eso había terminado por aceptar el ofrecimiento de Rufo. Siempre había sido un solitario, cumpliendo con la escuela, leyendo cómics, jugando videojuegos, yendo con su madre de compras a las plazas y a comer hamburguesas, helados...

Respingó.

«Mi mamá ya no está. Mi casa tampoco».

Apretó los puños. Inspiró con fuerza.

«Acéptalo. Asúmelo. O la vida te va a coger».

Por otro lado, estaba el asunto del amigo de su madre. Tras el sorpresivo encuentro en el panteón, David Muñoz —así dijo que se llamaba— se inclinó y tocó la lápida de su madre con la yema de los dedos. Después de un breve silencio, con los ojos cerrados y una mano sobre la tumba, se incorporó y le preguntó si tenía algo que hacer, si no, le invitaba un refresco. El aspecto del tipo no motivaba a aceptarle ni un vaso de agua, pero su voz y sus gestos le parecieron sinceros, y la curiosidad imperaba, por lo que terminó accediendo. Entraron en una fonda frente al panteón y pidieron una Coca-Cola. Entonces David le reveló cosas que jamás le contó su mamá, algunas sobre su origen y cómo ese hombre había participado en su vida. Por un momento creyó que le diría «soy tu padre» o alguna chorrada solemne de esas, pero era evidente que no se parecían en nada. David tenía toda la pinta de gringo mochilero, además, hablaba con un acento raro, como alguien que viene de muy lejos tras un prolongado aislamiento en el Himalaya o el desierto de Gobi.

—Conocí a tu madre cuando llevaba seis meses de embarazo, ya se le notaba la barriga. ¿Qué te puedo decir? Estaba muy guapa y me enamoré. Además, no tenía a nadie. El padre (tu padre, pues) la había dejado con el paquete y se había desentendido del asunto, según ella. Había decidido tenerte sin ayuda de nadie.

»Mayo, tu tía, trataba de ayudarla, pero solo me tocó ver cómo le recriminaba casi siempre por su error. Tu mamá se las estaba viendo negras pues las náuseas y los vómitos eran frecuentes y tenía que faltar al trabajo, su único sustento. En aquella época en las empresas turísticas no había leyes para las embarazadas y se les trataba como a cualquiera; los muy culeros le descontaban el día que tenía que irse de la oficina por los mareos. Con decirte que trabajó hasta dos días antes de que nacieras para evitar que la corrieran de la agencia de viajes. Pero yo trabajaba de *rep*, representante de ventas de tiempos compartidos y tours, y ganaba buen dinero. Cuando salimos y nos conocimos de verdad me fui a vivir con ella y decidí ayudarla con el niño, o sea, tú.

Joel lo miraba sorprendidísimo. Aquella sombra, con toda la pinta de drogadicto, había tenido los huevos que su padre verdadero no tuvo. Le tomó un súbito aprecio a David Muñoz, alguien de quien jamás habló su madre, alguien que no aparecía en ningún álbum fotográfico y que ahora surgía como un fósil desenterrado de lo más profundo de las arenas del malecón. Aunque, por otra parte, su acento extraño, sus tatuajes y pinchazos le daban la impresión de estar ante una serpiente que no había terminado de mudar de piel. Algo dentro de él y que no podía precisar se removía viscoso y con torpeza. Ese algo podía salir en cualquier momento y morder.

Por el momento, decidió que no quería escarbar más en el pasado de su madre y de ese hombre.

Con aquella valiosa información que aún tenía que digerir, Joel se despidió de David Muñoz con el refresco a medio tomar. A pesar del aprecio que le había tomado en poco tiempo, esperó de todo corazón no volver a verlo jamás.

15

Alec Anaya había regresado a Tamul.

Desde el balcón de su estudio miraba el mar. Miraba al mar y a una hoja membretada, blanca, con letras impresas de estilizada tipografía. La sombra del farallón del Corsario se delineaba sobre las últimas luces del día. El aroma a sal y el sonido de las olas le revolvieron el estómago, pero aceptó el sentimiento como algo familiar e inevitable. Debía de ser la nostalgia.

Chasqueó la lengua. Estar en Tamul solo le revivía el inmenso fracaso de su mar y sus absurdas tonalidades que en vano buscó plasmar en la adolescencia.

¿Por qué la única familia que le quedaba, su estúpido hermano, se empeñaba en quedarse dentro de Tamul a ver su vida pasar como si tal cosa? ¿Qué pensaría si se enteraba de la «ayudita» que le había dado? Sintió cosquilleos en el estómago. «¿Vendrás a mí, Carlito? ¿Qué te queda, robar?». Miró la hoja membretada. La leyó por enésima vez.

Por fortuna, sus contactos en la ciudad le habían informado lo necesario: a Carlo se le había muerto Joana, esa zorra mala que lo había mandado al carajo solo por preguntarle qué iba a hacer con el niño cuando le confesó su embarazo. Sí, un desliz, una descarga de inmadurez que cambió las cosas. Recordó las lágrimas de su hermano mayor cuando fue a verlo, derrotado, como un jugador que había dado el máximo pero al final había perdido miserablemente. Le dolió verlo así, como nunca antes. Pero no hubo marcha atrás y el daño estaba hecho. Un daño que podía enmendarse, pero Joana se subió a su burro y no quiso bajarse ni saber más de Carlo, y crio un niño que ahora le dejaba mientras se echaba la siestecita eterna.

No entendía a su hermano, por lo parsimonioso de sus andares, de su conformismo y su necedad de quedarse en una ciudad que lo vapuleaba una y otra vez. Errores los cometía todo el mundo, incluso él mismo. «Aceptar que cometes errores es el mejor camino para evitarlos».

Cuando Rogelio Marín le dijo que lo estaba buscando, Alec vio su gran oportunidad. «Recíbelo y jódelo como mejor te parezca, Roch, pero no le des ni un quinto», le dijo. Así, acorralado, el único familiar que le quedaba iría a buscarlo, y al fin serían el tándem definitivo. Y bueno, incluyendo a su sobrino —le dio un acceso de risa pensarlo—, el sobrino del que curiosamente tampoco se acordaba hasta que le mencionaron a Joana Méndez. Esperaba que un día de estos Carlo tocara a su puerta, arrinconado por el asunto del chavito. Entonces, como el emperador que señala el pulgar hacia el cielo, le tocaría el hombro y diría «Carlo, te perdono, debes vivir».

Levantó el papel membretado y lo puso a trasluz de ese atardecer, como si buscara algún mensaje escondido, un mapa de un tesoro que le diera respuestas.

Tocaron el timbre. Chasqueó la lengua de nuevo. Aquel tipo tras la puerta le aburría sobremanera, sobre todo cuando empezaba con sus «profundizaciones» y búsquedas de filosofías manidas, tratando de aterrizar sus estúpidos traumas en metáforas y enseñanzas que habían caducado hace siglos. Pero a final de cuentas era trabajo. Y estaba muy bien pagado.

El hombre que entró por su puerta, enjuto y calvo, pero con abundante pelo gris sobre las sienes que casi tapaba las orejas, le recordaba a Alec una versión chafa de Cri-Cri o de Pepito Grillo: una caricatura vieja, cansada y sin gracia.

—Creo que tu plan es fatuo y peligroso, Alec —dijo Servando a manera de saludo, quitándose aquella bufanda que, dado el clima, era una verdadera ridiculez.

—A ver, Rafa, a mí me hablas en cristiano. Sabes que aquí tenemos que ser directos. Tienes que dejar al Prócer allá afuera, eso ya lo habíamos acordado.

—No me digas «Prócer», me molesta y lo sabes.

Alec sonrió y dejó que la burla aleteara sobre sus labios para que aquel viejo decrépito la viera. Funcionó, porque Servando le regresó una mirada fulminante, de un sabio colérico al que refutan sus teoremas. Se sintió en su terreno, y la nostalgia que lo oprimía hacía unos momentos se diluyó en un cosquilleo malsano. Sí, estaba en su terreno.

—Rafa, por algo estás haciendo sacrificios. Y si no me haces caso, puedes llevarte un teléfono a tu cripta y esperar eternamente la llamada de Suecia. Puedo decirte que allá ven con buenos ojos lo que haces. Todo va de acuerdo a como lo planeé.

—Siento que esto puede terminar en algo trágico. Los chiquillos no aprenden nada, parece que hablo a la pared, ¡y se burlan de mí!

—¿Es en serio? ¿El gran Rafael Servando, la burla de una preparatoria muerta de hambre? A Malala le dieron un par de tiros en la cabeza y así ganó el Nobel. Recorriendo lo más pobre y miserable y denunciando las carencias. ¿Me estás diciendo que por unas burlitas te estás quejando? Me asombra de un hombre tan letrado como tú.

—¡Deberías estar en esas aulas para que veas de qué hablo! —dijo airado el poeta.

—Yo estudié en esa preparatoria. Sé de lo que hablo.

Rafael Servando se quedó inmóvil por un momento. Seguramente se había dado cuenta de que el tono irónico de Alec había desaparecido.

—Sé que tenemos un plan, unas directrices, pero en solo unas semanas mis nervios ya están al límite. Ya no puedo dormir bien, el pelo se me cae...

Alec rompió a carcajadas.

—¡Te volaste la barda, querido poeta! El pelo se te cae... ¿Quieres que me compadezca? «Pobrecito, mi viejito», ¿a eso viniste? Entonces lo que necesitas es un psicólogo o una nana, no alguien que te diga cómo ganar ese premio que tanto quieres.

—¡Yo no quiero una nana, cabrón hijo de puta! —Servando calló de inmediato y enrojeció por completo—. Perdón, yo... —dijo, aunque Alec adivinó que se había arrepentido de pedir perdón (no había cambiado su cara de incipiente burla a propósito). Alec se lo estaba pasando en grande con él, pero descubrió que los puños del viejo estaban cerrados y empezaban a temblar. Era hora de destensar la cuerda. Relajó la sonrisa.

—Mira, Servy, te voy a mostrar algo, ya que estás de malas y no quiero que se te caiga el pelo. Respiremos, por favor.

Tras un momento, Alec sacó su celular y digitó algo en Google. Servando se acomodó sus lentes y vio en la pantalla del navegador un titular y una foto suya del día de la presentación en la preparatoria. Descubrió que se trataba de un periódico *online*, pero en un idioma que no conocía.

—Este es el *Dagens Nyheter*, el periódico más vendido y leído de Suecia. Y, claro, el que suele leer la Academia.

Estuve en Estocolmo hace días y me pasé por sus oficinas. Echamos unas copas con los encargados de la sección de Cultura. Logré meter la noticia en sus primeras páginas tras unas cuantas negociaciones. Si ponemos «traducir»...

A medida que leía el artículo, Alec miró cómo mutaba la cara de Servando a una de sorpresa, como un niño desempaquetando un regalo en Navidad. Hablaba a detalle de su currículum, sus obras, y lo ponía como un ejemplo al impulsar la educación pública de México. Su discurso de bienvenida, extraoficialmente intitulado *Todos somos poetas* para una simple preparatoria, era recibido como «ejemplo de humildad, un incentivo poderoso para cualquier estudiante del mundo» y ya era analizado y comentado por sus implicaciones sociales e intelectuales. Había un apartado donde estaba íntegramente traducido al sueco.

—¡Pero esto lo puedo compartir en mis redes, en Face!

—No, Rafa. Jamás se te ocurra hacer eso. Por eso también llevo el control de tus redes. Esto salió hace dos días. Se vería muy obvio y ese no es el camino. Si se llega a enterar la prensa local o nacional (que no creo, no investigan una mierda) harán muchas olas y no te convendrá, no si la Academia te está mirando con lupa, que es lo más probable. Ya saliste en su momento en la prensa aquí cuando se hizo el evento, pero estas cosas están excelentes si se publican y haces como que no te importan. No te lo iba a compartir siquiera, pero necesitabas una motivación, y como ves, estoy trabajando como no te imaginas.

Servando terminó de leer el artículo. Alec sabía que estaba impecable, más que bien redactado, cosas que seguro regocijaban y enorgullecían al anciano. Servando se quitó las gafas y lo miró a los ojos. Ya no había rastro de su furia inicial.

—Yo... yo, seguiré. De acuerdo, seguiré con tu plan.

—Así me gusta, Servy. Vente, vamos a tomarnos una copita, que lo amerita, ¿qué no?

Servando asintió, y cuando Alec iba por las copas, su mirada se detuvo en un punto detrás de su *coach*. Alec, atento a estos gestos, recordó que ahí había dejado la hoja membretada sobre una mesita.

—¿«Clínica Madrid»? —soltó Servando—. ¿Estás bien, Alec?

Alec alcanzó el papel, lo dobló en cuatro partes y lo metió al bolsillo de su pantalón.

—No es de tu incumbencia, Servy.

—De mi incumbencia quizá no, pero necesito saber si mi *coach* está bien. Al menos de la mente. —Esta vez Servando, quizá inconscientemente, devolvió el ataque a Alec, y los rostros se invirtieron: el asesor disolvió la sonrisa de confianza, que fue a parar a los labios del poeta.

—Confórmate con saber que estoy bien de la cabeza. ¿No leíste el artículo?

—Tú me has pedido toda mi información, y te la he dado. ¿Por qué no puedo tener yo la tuya?

Esta vez Alec apretó los puños. No esperó aquel ataque velado del viejo, y lo había agarrado a contrapié. Necesitaba recuperar el terreno.

—Las cosas no funcionan así, Rafa. Si no confías en mi intelecto, entonces conviene que te busques a alguien más. Deshago todo y a la chingada.

Sacó el celular y se lo mostró a Servando.

—Una llamada, y listo. Sin rencores. Cada quien por su lado.

El poeta bajó la vista, se encogió de hombros y asintió. Alec regresó a su pose jovial de siempre.

—Bien, no ha pasado nada, brindemos, Servy. Hay motivos para estar alegres.

Cuando el poeta se fue, Alec regresó a la ventana, a contemplar el malecón y el farallón a lo lejos, tratando de abarcar con la mirada la noche estrellada. Incluso a través de la tela, sintió los contornos y el relieve del papel doblado en cuatro dentro del bolsillo.

16

El partido estaba en su punto álgido. Abel mantenía el cero en su portería con una increíble actuación bajo los palos. En las gradas de las canchas de la preparatoria Ciento nueve no cabía nadie. Desde lejos, incluso los prefectos, limpiadores y profesores estaban pendientes de lo que ocurría en el campo de juego. Se dispuso una especie de «palco de honor» para el director y los padres de Abel, que no perdían de vista la evolución de su estrella. Pese a que rayaba en la ilegalidad, el director permitió a un grupo de alumnos organizar una «Barra brava» para apoyar a Abel, con todo y tambora y matracas. Con las caras pintadas de rojo y pancartas de apoyo, arengaban con gritos al equipo local y rechiflaban al contrario apenas se hacía con la pelota. Daba la casualidad de que los visores y el entrenador de las FF del Madrid estaban ahí, en el «palco de honor». Eso de palco de honor era solo de nombre, ya que no era más que las mismas gradas rectas de cemento, pero cubiertas con una especie de colchonetas, «para que no se les durmiera el culo a los gachupines», pensó Abel sin mucha gracia.

En ocasiones, el escándalo de la «Barra brava» alcanzaba tintes bochornosos cuando a sus animosos miembros se les escapaban ingeniosos cánticos groseros sobre la sexualidad del portero rival, pero el director lo soportaba mirando de hito en hito a la gente del Madrid como quien no quiere la cosa, demostrando apoyo incondicional y total por parte de su administración, que no escatimaba nada para la nueva estrella. El matraqueo y tamborazos y el ambiente en las gradas no tenían nada que envidiarle a un partido de Primera División.

El estadio rompió en aplausos y cánticos cuando el árbitro pitó el final. Gracias a las advertencias del director, la barra advirtió a los asistentes que no se colaran a la cancha, formando una especie de barrera. El respetable terminó obedeciendo a pesar de la algarabía y las ganas de levantar en hombros a su héroe. Un fotógrafo de *El Noticioso* de Tamul tomó fotos a Abel con la gente del Madrid, que no dejaban de lado las caras de perplejidad ante todo aquel espectáculo. El reportero aseguró que la nota tendría repercusiones hasta el Bernabéu si era necesario, con un soberbio titular: «Un partido más invicto y en ceros para Abel Marín». De refilón, Rogelio ofreció unas palabras a la prensa en nombre de su hijo, que apuradamente se cambiaba el jersey como podía. Su madre permanecía apartada esperándolos a la salida, tecleando en su móvil y fumando con las manos temblorosas.

Cuando recogía sus cosas y pensaba en salir un rato con sus dos mejores amigos, Abel descubrió que no lo esperaban. Su padre lo llamó con señas. Y es que el público no se dispersaba, algunos esperaban con libretas en mano para los autógrafos y los celulares en alto, sin perder detalle de la estrella. Pensó en protestar, pero el equipo se dispersaba y sus amigos ya se iban al trote por el estacionamiento de la escuela. ¿Es que lo dejaban solo a propósito o era parte del plan que había dispuesto su padre? Se encogió de hombros, recogió sus cosas y se dirigió como al patíbulo a la salida del estadio, donde lo esperaba un nutrido grupo de fans. «Siempre fírmales a unos cuantos y listo, pero no seas un mamoncito, no les hagas el feo», le había advertido su padre.

No pudo evitar recriminarse. «¿Qué pensaría Luis de este teatro? Quizá por eso ya ni me habla. Igual y yo soy el culpable de todo esto». No hubo señales de él ni cuando salió la noticia del Madrid y la conferencia de prensa. «Eso es que ya he perdido a Luis en definitiva, así como a mis amigos de la escuela. Esto es parte de lo que me espera. Supongo que es el paso a ser hombre».

Entre la marea de gente que exigía su firma y foto, descubrió que un grupo de adolescentes con el uniforme de la prepa, de su misma edad, lo miraba a lo lejos, sin moverse de las gradas. Eran tres chicos y una chica. Le hacían gestos con el pulgar hacia arriba, sonriéndole. Le parecieron simpáticos, aunque los olvidó en seguida al toparse con la turba coreando su nombre y grabándolo en sus celulares. Una chiquilla que no debía de tener ni trece años le estampó un beso en la boca.

Abel Marín ya se estaba hartando de la fama.

17

Conocer a David Muñoz en persona resultó distinto. Casi lo decepciona. La inteligencia demostrada en los expedientes de Recursos Humanos y el examen perfecto debía de esconderse muy en el interior de aquel hombre. Aunque era de su misma edad, aparentaba unos cuantos años más. Con aspecto de gabacho y un acento extraño, parecía un poco de pensamiento retardado.

Por fortuna, mientras lo capacitaba y probaba con otro agente detrás, el tipo ponía empeño en el trabajo, y quizá fuera un modo de despistar, porque después de todo David sí que era inteligente. Tras una hora detrás supervisándolo, pidió a sus agentes que lo dejaran solo. David Muñoz embarcó a sus primeros pasajeros sin ningún error.

«Este hombre debe de tener serios problemas con las primeras impresiones», se dijo Carlo. «Si no se le da la oportunidad de probarlo, de conocerlo, nunca pasará de la primera garita». Por primera vez en mucho tiempo, a Carlo le pareció incluso emocionante el día de trabajo y el detalle de tener a alguien como David entre sus agentes. Todo le pareció más llevadero con él, que pasó al siguiente vuelo a documentar, esta vez sin ayuda. No falló. Se lo llevó al embarque y dejó que diera el discursillo, que hizo con gran desenvoltura. Le preguntó si ya había trabajado en un aeropuerto. David negó con la cabeza y esbozó una extraña sonrisa que lo descolocó. No es que hubiera algo malo con sus gestos. Carlo decidió que lo importante estaba *detrás* de esos gestos. Pero como el trabajo era bastante dinámico y ocupaba sus cinco sentidos no le dio más importancia y continuaron con el resto de vuelos, que David manejó sin mayor problema.

Al final del día, y en un arranque de compañerismo que no sentía desde hacía mucho, Carlo invitó algo a David en la cafetería del aeropuerto antes de regresar a casa. Él aceptó con otra sonrisa extraña. Mientras platicaban con una cerveza, Carlo se preguntó si al fin David podría llegar a ser alguien a quien pudiera llamar «amigo».

18

Había sido una semana extraña. A pesar de su fracasado encuentro con Joana, al final descubrió que podría quedarse en Tamul después de todo. Primero por Dalia, su Dolores del Río, la enigmática mujer que le había dado asilo y a la que había logrado de alguna forma conmover y obtener su confianza. Creyó que mientras lo abrazaba aquella vez de su desmayo lo besaría e irían juntos a la cama. Pero realmente él no lo deseaba, y aunque pareció que podía darse —olía bastante bien, sus respiraciones eran profundas y el calor se acrecentaba— ella tampoco dejó que pasara nada. Sintió un verdadero alivio y tomó su caricia como algo sincero y maternal que terminó por revitalizarle. Se dieron las buenas noches y pudo dormir a pierna suelta, sin sueños.

Por otra parte, el encuentro con el hijo de Joana en el cementerio lo tenía asombrado. Joel había crecido bastante. Solo lo recordaba como un ser pequeñito y que apenas empezaba a hablar.

El trabajo en el aeropuerto no estaba mal y era mejor de lo que recordaba. Terminales nuevas, mejor equipadas y el sistema más fácil de manejar que los que usaba como *rep* en la agencia de viajes. Y su jefe Carlo parecía un buen tipo, aunque solitario. Lo de la cerveza a la salida lo probaba. Ese hombre no tenía amigos en el trabajo.

Tamul le estaba pareciendo un buen lugar para empezar de nuevo, con todo y el poco aprecio que le tenía a la ciudad.

Se escuchó un auto detenerse en la calle. El portón se abrió afuera, y al cerrar, el auto arrancó de inmediato y el ruido del motor se perdió con rapidez. Era Dalia, que llegaba con un vestido rojo de pana bastante bonito. Se había asoleado y sus mejillas enrojecidas le daban ese maquillador de años tan efectivo que había visto de cerca cuando la abrazó. Cuando la saludó de beso descubrió que había bebido, aunque no lo demostraba más que en aquella sonrisa que no desaparecía. Incluso era contagiosa. Le preguntó por su primer día en el trabajo.

—La verdad, está muy bien. Las horas se pasan rápido.

Lo felicitó efusivamente, y David le preguntó por su día. Le dijo que «para como estaba todo, bastante bien». No cenaría, se daría una ducha y a la cama. Estaba muerta de cansancio.

Cuando David volvía a sumergirse en sus pensamientos, Dalia lo llamó desde el baño. Se le había olvidado la toalla sobre la cama, tonta de ella, dónde tendría la cabeza. David respingó. «Seguro que está borrachísima, aunque es verdad que lo aparenta bastante bien. Las verdaderas divas saben cómo comportarse», pensó. Entró a su habitación, y se dio cuenta de que nunca había estado ahí antes. En la mesita de noche había una foto: una Dalia más joven abrazaba a un muchacho delgado y rubio como él. El parecido era increíble, aunque ahí en la foto el chico debía de tener la edad de Joel.

«Y ahora tendría más o menos mi edad. Más o menos».

Cogió la toalla y tocó la puerta del baño.

—Pasa y déjalas sobre la taza, por fa.

Entró. La cortina estaba descorrida. Su Dolores del Río le sonreía desde la ducha. Sus pechos, bastante generosos, estaban casi en su sitio, con tenues pezones color de la arena. Aunque las señales de la edad daban muestras de su paso, tuvo que admitirlo, aún tenía el encanto juvenil sobre esa piel blanca y enrojecida por el sol. Sus piernas largas y torneadas estaban cubiertas de perlas de agua.

—¿Quieres entrar, David? —dijo Dalia.

Pero la voz no venía de ella.

¿O sí?

Era la voz de su madre. Su madre le volvía a llamar desde la ducha, con la misma sonrisa alcohólica que conocía desde que tenía uso de razón.

—¿Quieres conocer a una mujer, David?

Los labios de Dalia se movieron, pero la voz de su madre seguía retumbando en sus oídos, sumergiéndolo en esa espiral viscosa del pasado. Plas-plas.

Dalia dejó de sonreír y la coquetería en sus gestos se esfumó de repente, y David suponía por qué. Su cara.

Su cara debía de ser una contorsión de emociones. De monstruos. De El monstruo.

Todas emociones homicidas.

Sus manos. Sus manos.

Sus manos se convirtieron en garfios afilados que buscaron el cuello de su madre. Miró los garfios enroscándose en el frágil cuello.

Plas-plas-plas.

Dalia. Su cara. Dalia.

Es Dalia, pendejo de mierda, dijo algo, una chispa pequeñísima dentro de toda esa oscuridad.

Todo mojado. Todo él, el agua cayendo. La regadera. Su ropa mojada.

Un golpe en el hombro. Era la barra. La de mírame y no me toques. La barra.

La barra rebotó en el piso con estrépito, junto con la cortina.

—David... David...

La voz no era de su madre.

Era de esa mujer desnuda y aterrorizada.

La diva que lo había acogido, su Dolores del Río.

Te abrazó cuando se lo pediste, drogadicto asqueroso.

—Por favor, David, por favor, por favor.

David se miró los brazos. Sus manos. ¿Estrujaban?

«No, no estrujaban».

Solo tocaban su garganta. Acariciaban. Los dedos acariciaban.

Tambaleante, dio dos pasos hacia atrás. Dalia se había quedado con la espalda apoyada en el mosaico de la pared. Le temblaban los labios y la palidez hacía su piel tan blanca como el color de las baldosas.

—Yo…, perdón…

David salió a trompicones de ahí.

Pensó en hacer su maleta y largarse antes de que ella llamara a la policía. Se sentía imbécil y no podía más que recriminarse su ingenuidad, sus triunfos que hoy se hundían con estallidos del pasado. Pero ¿por qué había hecho eso Dalia? ¿Había pasado de verdad o también lo había imaginado? Estaba seguro de que no quería nada con él. Los últimos días todo había ido sobre ruedas, tratándose como viejos amigos.

«Está borracha, David, y tu mente te la ha jugado bien. Dalia igual sí quería hacerlo y te has portado como un maldito loco al mero estilo de *Psicosis*».

Dalia salió del baño envuelta en la toalla y se encerró en su cuarto. A David le dio un brinco el corazón. Iba a llamar a la policía y ahí terminaría todo lo logrado en Tamul. Juntó su uniforme del aeropuerto y la poca ropa que tenía. Terminó de hacer la maleta con todo y el temblor de las manos. Cuando se disponía a salir, la puerta se abrió. Dalia entró, ya vestida con una blusa de flores y un pequeño pantaloncillo de algodón. Llevaba la toalla anudada a la cabeza. Con los brazos en jarras, lo enfrentó.

—No solo estás dejando drogas duras, ¿verdad?

Esperó todo menos eso. La miró a los ojos. Lejos de mostrar aquel velo etílico que había visto al llegar, ahora descubría un rostro pétreo tallado por las sombras, con una expresión de curiosidad de diva del Cine de Oro.

—Yo... me voy, Dalia, muchas gracias por to...

—Te hice una pregunta, David. ¿Qué te pasó para llegar aquí, a arrastrarte y pedirle asilo a una muerta, a alguien que seguro ni se acordaba de ti?

Se quedó de piedra. Dalia se cruzó de brazos y siguió:

—Me asustaste de verdad. No te vas a ningún lado hasta que me expliques qué pasó en el baño.

David la miró. Descubrió que estaba furiosa, pero hacía grandes esfuerzos por contenerse.

Dalia no le tenía miedo.

Y no había llamado a la policía.

¿Hacía cuánto que alguien se preocupaba mínimamente por él? Pensó en Joana. Y en su madre.

Pero ya sabía cómo había terminado todo con ellas.

*

Plas, plas, plas, plas.

En realidad, nunca escuchó las detonaciones. Solo percibió el olor a cartuchos percutidos. La batería estridente de los zanates llegaba hasta él como ecos distantes desde el patio de afuera. ¿Había sido algo mecánico? Ni a la policía, ni al juez, ni a los de Narcóticos Anónimos pudo explicar cómo había pasado ese momento exacto. Las razones que le habían orillado a estar ahí frente a su madre y su pareja, desmadejados y sangrantes, todo eso estaba claro para él a pesar del embotamiento. Pero el mero acto de presionar el gatillo, de cerrar un círculo de sombras, eso sí que no sabía cómo había pasado.

—Hola, me llamo David Muñoz, soy drogadicto y parricida.

Y era un maldito cobarde. Sí, ese día el monstruo llevaba el timón, estaba hasta arriba de toda sustancia, vagando en el malecón como un espectro, un desecho social, en palabras del juez.

—El monstruo soy yo. Pero no soy él.

Ni en el atestado ni en el informe policial y forense se constató la existencia de ningún monstruo. A fin de cuentas, él había disparado, no el monstruo. El juez se lo confirmó, apuntándole con el dedo al corazón:

—Si sigue usando estratagemas de monstruos y tonterías infantiles, lo condenaré por desacato. ¿Dónde están los cuerpos, señor Muñoz? ¿Dónde?

Los cuerpos no aparecían, y David no podía recibir una condena definitiva si no confesaba dónde los había escondido.

David tenía que remontarse al inicio de casi todo. En el principio, solo había un sueño, uno de lo más estúpido, pero que adquirió su debida importancia gracias a que su madre era una imbécil crédula y supersticiosa.

Todo había empezado con su madre y su sueño con un pirata.

Este viejo pirata, de una edad indescifrable, «daba un aire de haber vivido mil vidas anteriores», relataba su madre mientras las adivinas le echaban las cartas. Consultó con un sinfín de ellas. En el sueño, este sombrío personaje le había dicho que su tesoro se encontraba en el Caribe. El pirata le mostró una casa, un patio enorme con árboles frutales y dos cocoteros inclinados que formaban una «X». El pirata fue claro: bajo esa equis tenía que desenterrarlo. Todo habría sido normal si su madre hubiese sido una drogadicta como él, pero la realidad era que ella solo la «movía».

Entonces una de esas adivinas dio el empujoncito final. Le dijo a su madre que el pirata de su sueño era una figura de poder que la había elegido y que le mostraba el camino. No tenía que pensárselo más, su fortuna se hallaba en Tamul. Las señales no mentían, los arcanos se revelaban: allá estaba su tesoro.

Y, efectivamente, en Tamul la esperaba un buen negocio.

David tuvo la inteligencia suficiente para darse cuenta de que aquella locura no podía acabar bien, y pudo independizarse legalmente a los dieciséis. Se separó de su madre, y se fue a Los Cabos a probar suerte.

Ella se fue a Tamul a emprender el negocio que ejercía desde que David recordaba. Rápidamente se enteró de que la zona había sido escondite de piratas y escenario de sus sangrientas batallas, y por eso había un farallón nombrado en honor a esas historias. Buscando un terreno en la zona baja se topó con una casa increíblemente parecida a la de su sueño, y maravillada vio los cocoteros en forma de equis, donde debía estar escondido el tesoro de aquel sombrío corsario del sueño. No tuvo mayores problemas para hacerse con el terreno al encontrarse en zona ejidal.

Para cuando David llegó a Tamul y conoció a Joana, se enamoraron y empezaron a vivir juntos, su madre había expandido el negocio y ya manejaba un pequeño imperio donde ella era la reina. Joel nació, y David lo tomó como suyo. Llevaba la vida que él había ansiado y por fin era feliz.

Pero la reina, que también traficaba información, se enteró de que su hijo vivía en la misma ciudad, y lo mandó llamar.

David trató de ignorarla cuanto pudo, hasta que un día al salir con Joana de trabajar, justo para ir por Joel a la guardería, descubrió a unos hombres con muy mala pinta esperándolo junto a un coche estacionado en pleno bulevar. Le dijo a Joana que lo esperara un momento. Fue hacia ellos y se les enfrentó creyendo que todo sería más sencillo, hasta que los hombres le mostraron sus pistolas, y con solo una frase lo convencieron:

—Si no vienes, ¿qué va a ser de Joana y Joel?

David sintió que todo se desmoronaba. Le dijo a Joana que tenía que ir con ellos, que luego se lo explicaba, y la dejó ahí con una rabieta monumental, gritándole, exigiéndole respuestas, que si se iba con sus amigotes ya podría ir pensando en recoger sus cosas.

La reina lo recibió en la casa de los cocoteros. No podía creer que su poder llegara a tanto; como la bruja de los cuentos de su infancia, su madre había salido de sus páginas a atormentarlo, a joderle la vida que se había hecho.

—Me voy de Tamul, entonces. Me voy con mi esposa y mi hijo.

La reina rio a carcajadas.

—«Mi esposa y mi hijo». No seas pendejo, David. Tu lugar está aquí conmigo. Ese niño ni es tuyo; no pareces mi hijo, de lo pendejo que eres.

Aquellas palabras terminaron de convencerlo del poder que ejercía ya su madre, y de la información que poseía.

—No tienes derecho. Nos iremos lejos.

—Si te vas, te encontraré. Los encontraré, y ya sabes lo que puede pasar.

—¿Para qué me necesitas? ¡Tienes todos los lacayos que quieres!

—Eres mi hijo, y ya tuviste tu época de hacer lo que quieres. Tú eres el que va a heredar todo este pedo. Si no venías a Tamul, yo iba a mandar a buscarte, hasta la misma China si hacía falta.

—Yo no quiero esta vida.

—Trae a tu mujer y a tu hijo. Ellos también pueden ser parte de esto.

—¡No! ¿No entiendes? ¡Me importa una mierda tu negocio!

Le dio la espalda, buscando la salida.

—Si sales por esa puerta, los mato a todos. A todos, David. Me importa una mierda esa mujer y el bastardito ese.

Se podría extender más en lo que David intentó para zafarse de aquel dilema. Pero al final comprendió que no había tal dilema, solo un camino: ser parte de un negocio para no ver morir a los que amaba. La reina lo doblegó, y David tuvo que decir adiós a Joana, una Joana fúrica pidiendo explicaciones, dándole puñetazos en el pecho, arañazos en la cara. Como Carlo, David se fue del departamento con lo puesto.

Así, David entró a la empresa. Al lado de la reina ejerció sus funciones como un autómata. Lo único que lo animaba a seguir era saber que Joana y Joel estaban a salvo. No le quedaba nada más. Y así, empezó a probar de todo: había una dulcería a su disposición, y llegó a la heroína, y los pinchazos empezaron a ser evidentes en diferentes partes de su pálido cuerpo.

La reina dejaba a su hijo meterse de todo, siempre y cuando no faltara a sus labores y lo tuviera bajo su control. Lo había regresado a una edad donde se podía humillar sin réplica ni consecuencias. Las imágenes de Joana y Joel se fueron desvaneciendo de su mente, hasta quedarse con una vida mecanizada: hacía la distribución con los otros camellos por las noches y vagaba por la enorme casa durante el día, alcoholizándose. Bajó de peso y los huesos ya hablaban a través de su piel.

Un día, vio a su madre cavar en el fondo del patio. Le extrañó, porque al ser la jefa solo tenía que tronar los dedos para que alguien se pusiera a su servicio. Pero estaba ahí, sola con una pala, sin guaruras ni asistentes. El cerebro ya aletargado le impedía sacar conjeturas, pero no las necesitó: ahí le confió a David su sueño del pirata. Estaba dispuesta a encontrar el cofre con monedas de oro y joyas que seguro descansaba allí, al pie de la equis que formaban las palmeras. El foso se ensanchaba y en las tardes veía ya a su madre metida hasta el cuello en aquel hoyo, pero el cofre no aparecía. «Está cerca», decía ella con una sonrisa.

Entonces, una noche llegó Eduardo, y su madre se metió a la cama con ese hombre. Los oyó gritar y remover el colchón de la base de la cama. Potenciados por toda la droga en su organismo, los gritos de placer de su madre gozando con otro se le habían metido hasta los huesos. Temblaba de furia. Esta escena se hizo cotidiana y su madre no le prestaba apenas atención; eso sí, cuando fallaba en la distribución por el embotamiento volvían los golpes, las amenazas, el no sirves para nada, para qué te tuve.

Entonces, la presencia de Eduardo fue cada vez más frecuente.

«Este va a ocupar mi lugar», pensó, entre todo ese coctel en el que nadaba su cerebro. «¿Para esto salvé a Joana, a Joel, para esto…?».

Una noche, Eduardo salió, desnudo, a tomar una cerveza del refrigerador. David estaba en la sala, con las luces apagadas, mirando fijamente al televisor desconectado. Eduardo se acercó y le tiró la corcholata de la cerveza que había destapado. Le dio de lleno en la coronilla. Rio al ver que David ni había parpadeado y seguía con la mirada fija en el televisor muerto. «Oye, tarumbas, deberías llegarle de aquí», le dijo el amante de su madre. No lo pensó, se le fue encima a Eduardo, así desnudo como estaba, con el pene todavía goteando fluidos de alcoba. Se sentía poderoso, los caramelos y las inyecciones le daban esa potencia, a pesar de que el tipo se veía en forma y era un poco más alto que él. Eduardo logró apartarlo de un puñetazo y con agilidad alcanzó a llegar a la mesita de la cocina. Ahí estaba su pistola, en la funda. La tomó y encañonó a David. «Drogadicto de mierda, aquí te quedas». David se paró en seco. Eduardo confió en su ventaja. David se le echó encima y en una lluvia de forcejeos logró quitarle el arma. Apuntó a su cabeza y disparó. No se oyó más al amante. Su madre salió del cuarto, pálida, y miró la escena. Le gritó de todo: «¿Para eso te tuve, maricón drogadicto, hijo de puta asesino? ¡La cagaste, la cagaste...!».

Y vino el segundo disparo. Su madre cayó.

Plas-plas.

David se acercó a ella. La remató con un deje de piedad, con el único objetivo de que dejara de sacudirse como un pato herido una, dos, tres veces, hasta que la pistola hizo clic, clic, clic, clic.

Reparó en que no había escuchado las detonaciones, en efecto, por el silenciador adherido al arma. Había sido una suerte que los guaruras fuera no lo escucharan. Buscó el celular de su madre, lo desbloqueó con su pulgar exangüe, y mandó un mensaje grupal a sus guardaespaldas: que se fueran, que regresaran hasta que ella les diera una nueva orden, sin preguntas. Había visto a su madre despacharlos de la misma manera en algunas ocasiones donde quería desconectarse, y no sería raro. Escuchó sus autos tomar la pendiente hacia la ciudad. Respiró.

Pasaron minutos, horas, tiempo que no significaba nada. El silencio lo atormentaba. ¿Qué diablos iba a hacer? Con toda esa estratagema, sabía que tenía poco tiempo.

Miró esta vez los cuerpos, los *miró* de verdad, y el pánico se adueñó de él. Dio vueltas por la casa, por los cuartos. Aún no amanecía. Pensó en Joana y Joel, y cómo le sería imposible regresar a su casa en ese estado. Lloró en silencio.

La luz del día se reflejó en el televisor muerto. Los cadáveres también se reflejaron ahí. Él y su cara de espantajo se saludaron a través de la pantalla: era el monstruo, se contorsionaba debajo de su piel, le sacaba la lengua, los ojos saltaban de sus órbitas. Ahí se conocieron, pero en ese momento David pensó que todo era parte de una absurda comedia. Volcó la tele y la estrelló contra la pared. Empezó a pensar con claridad.

Era un asesino,

era un asesino, y al no haber *dealers* ni patrullas de policía tocando en la puerta, tenía una oportunidad de esconder la evidencia y desaparecer para siempre de Tamul. Entonces vio el foso bajo la equis al fondo del patio y todo terminó por acomodarse. Metió los cuerpos, rellenó el hoyo y dispuso un pequeño suelo de cemento. Tomó el efectivo que tenía su madre en la casa. Y huyó.

La policía lo atrapó dos meses más tarde, a tres mil kilómetros de ahí. Entonces el caso resonó en los medios y se supo que la reina de Tamul no solo estaba presuntamente desaparecida sino que había sido eliminada, y no por un cártel rival, sino por su propio hijo. La nota roja chorreó su sangre a placer con lo poco que se sabía. No aparecían los cuerpos, pero la investigación había topado con el hijo que vivía con la víctima en el momento de la desaparición. Las investigaciones fueron rápidas porque Eduardo, el amante, resultó ser un mando medio de la Policía de Tamul, casado y con tres hijos. El aspecto extranjero de David «basura blanca» y el ser un adicto complicaba las cosas.

A la policía no le gustó nada la vinculación de Eduardo con la reina y su final a manos de un *white trash*. Se las arreglaron para torturarlo. Lo colgaron de los pulgares de los pies y se los rompieron. Dispararon agua mineral a sus fosas nasales. Toques eléctricos a los genitales. El último intento fue subirlo a lo alto de un edificio de varios pisos, y empujarlo hasta dejarlo al borde de la cornisa, con su torturador sujetándolo detrás. «¿Ves lo alto que está, pendejo? Habla o te vas para abajo, a mí me vale madres». David no pensó, hizo un amago de aventarse al vacío junto con el verdugo, que gritó como una niña al sentir el vértigo de la caída; a lo justo la evitó. Lo bajaron y lo molieron a golpes. Pero David no boqueaba, y los cuerpos permanecían en un limbo inalcanzable.

Al fin, alguien llegó a dar luz al caso Muñoz: Joana Méndez fue llamada a declarar, y se vio con David en la sala de interrogatorios.

Cuando la vio entrar, David quería morirse, desaparecer para siempre. No quería que viera el monstruo que ya habitaba en su cara, en sus facciones.

—¿Lo hiciste? ¿Mataste a tu madre? ¡Por Dios, David!...

Pero David se cubría la cara con las manos.

—¡Mírame! ¡David!

Obedeció. Retiró las manos, miró a Joana a los ojos, y vio su sobresalto, el horror velado que nunca pensó ver en ella, porque la había protegido con su vida, lo había hecho, por eso los había dejado: era su sacrificio, un sacrificio inútil, y eso, más que ninguna otra cosa, lo derrumbaba. El que no sirviera de nada lo fulminaba. Joana lo miraba como si contemplara algo nefando y amenazador. En efecto, miraba de frente al monstruo.

David rompió a llorar. Y se lo contó. Se lo contó todo desde el principio: los abusos, las invitaciones a la ducha, la esclavitud y la dependencia que le ofreció su madre, como una sirena atrayéndole siempre, escondiendo la muerte en sus escamas. Y confesó. Confesó el terrible tesoro que había guardado debajo de los cocoteros en forma de equis, debajo de la placa de cemento. Joana lo miró a los ojos, arrasados en lágrimas.

—¿Por qué? ¿Por qué nos dejaste, David?

—No los dejé. Me amenazó, Joana, ¡me amenazó! Si no iba con ella, los mataba.

Joana estaba desencajada, como nunca la había visto.

—Me das mucha pena, David. Muchísima. Que Dios te perdone.

No habló más y salió de la sala de interrogatorios con la cara enrojecida. Fue la última vez que la vio en este mundo.

19

El yate navegaba paralelo a la costa. La vista panorámica del malecón y los numerosos hoteles dueños de la duna y de las playas se eclipsó mientras bordeaban el farallón del Corsario, una mole de piedra que vigilaba la zona de Tamul desde mucho antes de que los mayas lo hicieran parte de su ruta comercial. Con el sol en el cenit, Alec Anaya sonrió al imaginarse pasar por ahí mil años antes, remando en una chalupa cargando telas, cotorras y sales, y no en un yate como ahora. Brindó con aquel hombre que admiraba. El hombre con el que chocaba su cerveza, un viejo lobo de mar, demostraba una inteligencia similar a la suya y tenía que concedérselo. Era algo que no le pasaba casi nunca, y con Rogelio Marín se podía compartir ideas. Ideas visionarias.

Los acompañaban tres *escorts* de lujo. Una de ellas, una rubia atlética cuyas caderas y pechos apenas contenían un diminuto traje de baño rojo, les llevó otras cervezas y dio un beso en la boca al viejo. Este sonrió y respondió con una sonora nalgada. Se veía jovencísima y decía tener dieciocho, pero Alec lo dudaba.

—Ahora voy, güerita, vete con Gloria a tomar el sol, que la dejaste muy solita —dijo con una voz melosa que solo le había escuchado a Rogelio Marín en aquellas «reuniones».

La otra chica, Gloria, una mulatona de rizos enmarañados que le llegaban a los omóplatos, era la más desinhibida. Sin decir nada, se quitó el bañador y se puso a tomar el sol en la proa. El pubis, para beneplácito de Alec —que ya la había escogido—, también tenía un poco de aquellos rizos finísimos. El corazón le latía frenético y las manos le sudaban, pero mirando al viejo ingeniero sabía que debía respetar los protocolos; al político le encantaba presumir cierta formalidad incluso dentro de las peores puterías en su soberbia embarcación, que parecía más bien un *penthouse* flotante. Por eso a Alec le gustaba Rogelio. Era de los pocos visionarios que quedaban en Tamul, de los primeros que habían llegado. Marín había aprovechado bien esa condición de ser uno de los padres fundadores de la ciudad para formarse una carrera y mucho dinero.

—Supe que vallaron los terrenos y empezaron a traer las máquinas. El cabrón gachupín del Madrid no pierde el tiempo.

—Por eso es el presidente del Real Madrid, Alec. Créeme que no me hubiera metido en esto sin tu asesoría. Es verdad que el dinero está asegurado, pero lo de Abel es lo que más me preocupa. Seguimos sin garantías de nada.

—Pero tu chavo ya se comprometió, ¿no? Y por lo que me cuentas lleva una buena racha, sigue creciendo y ya lo conocen todos. Esa es nuestra garantía, Roch, olvídate de los contratos hasta que dé el gran paso.

—Sí, sí. Pero ya sabes cómo soy. No sea que se quiera echar para atrás el imbécil de Florencio. O que renuncie o lo destituyan en el proceso y su sucesor no reconozca..., en fin, posibilidades.

—Mi plan, nuestro plan, es a prueba de posibilidades, Roch. Además, tengo otro proyecto que, si sale bien, podemos compaginarlo con tu chavo.

—Ya. ¿Cómo vas con Servando?

—Es un viejo nervioso y un poco estúpido. No le va del todo bien dando clases. La última vez se tranquilizó con la charla que le di y por ahora las aguas se calmaron. Parece que abrió talleres de poesía gratuitos en su casa o algo parecido.

Rogelio lanzó una risita.

—La poesía en Tamul nunca ha podido darse, ni las novelas. En los primeros años de la ciudad hubo un novelista amigo mío que trató de impulsar por todos los medios una Casa del Escritor, pero a pesar de los malabares para mantenerla, de chicos interesados que parecían tener futuro en la pluma, dejó caer esa Casa de un día para otro, creo que por cuestión de rentas. Y mira que se lo advertí. Hoy nadie se acuerda ni del novelista ni de que alguna vez existió esa iniciativa. San Miguel Tamul es la ciudad de los olvidos. ¿Sabes por qué no tiene cronista?

Alec negó con la cabeza.

—Prácticamente todas las ciudades y pueblos de México tienen un cronista, alguien que guarda con celo su historia local, pero Tamul es una excepción que ninguna administración ha querido resolver.

—No entiendo por qué, Roch.

—Tamul de Bravo se fundó como una colonia penal en la época de la Revolución. Aquí mandaban a todos los pendejos que se oponían al viejo régimen de don Porfirio Díaz. Murió muchísima gente de malaria y dengue, como una África profunda de pesadilla. Le decían la «Siberia mexicana», para que te des una idea.

»La colonia se abandonó en algún momento del siglo pasado y solo quedaron ruinas, hasta que llegó el Banco de México en los sesenta y descubrió estas playas. Su historia no le conviene al paraíso. Una ciudad de presos y muerte, ¿te imaginas eso en la publicidad?

Alec lo miró y asintió en silencio.

—Eres un privilegiado por tener memoria en una ciudad de olvidos.

Marín miró hacia el farallón que dejaban detrás.

—La estatua de Echeverría, por ejemplo, es el colmo de la mamada. Un asesino que fue juzgado mas no procesado. Y ahí está en el centro, señalando el amanecer infinito al que está condenado esta ciudad.

—He oído hablar de un cronista, ahora que mencionas esto.

Rogelio Marín rio.

—¿Quién? ¿El loco de la «revista»? A ese pobre nadie le hará caso jamás. Además, no es un cronista, Alec, ya te dije que Tamul nunca ha tenido uno.

—Lo de la revista sí lo sé. Es muy raro, porque a pesar de parecer un activista, suelta datos interesantes, muy específicos, como lo de Echeverría.

—Sí, cada 20 de abril reparte revistas con formato panfletario de aquella historia del penal de Tamul y sus presos. Señala que lo «de Bravo» fue añadido por un general loco que llegó a impartir justicia como alcaide, y con la ocurrencia de traer mujeres para que le sirvieran a él y a su familia y empezaran a «poblar» la región. En un motín terminaron colgando al general Bravo. Entonces, los presos, ávidos de estas mujeres que se paseaban por los linderos de los calabozos, pudieron saciar su sed de lujuria. Así nació la primera generación de lo que sería Tamul, en su mayoría bastardos, producto de la más baja violencia, justo como nuestro mestizaje en la Conquista. Algo así dijo Octavio Paz, ya que hablamos de nobeles como tu cliente.

Rogelio rio, y Alec tuvo que reconocer la gracia del asunto.

—Con ese origen, ¿qué le espera a Tamul, Roch?

—¿Tú qué piensas, Alec?

Solo se escuchaba el ruido del motor ante el silencio entre los hombres.

—¿Y por qué Tamul de Bravo, por qué el nombre?

—Aunque hubo protestas para dejar un nombre completamente maya a la naciente ciudad turística, estas no prosperaron. El Banco nos consultó, yo dirigía a los primeros ingenieros y nos pareció bien dejarlo así, obviar la colonia penal y quitarla de los libros de historia local, pero dejando al «mártir».

—Era muy de moda dejar nombres de mártires en los sesenta —dijo Alec.

—Te ríes, pero era así, Alec. En el primer ayuntamiento que se formó, y del cual fui secretario general, eso se asentó en las actas. El pendejo de Bravo, un lujurioso, esclavista encubierto (y racista, poniéndole el *pack* completo) y que se creyó Noé repoblando esta parte del mundo, se quedó en el nombre de la ciudad. ¿Ya ves por qué se le suele decir «la ciudad blanca»?

—Me asombra que nadie proteste por el nombre de un asesino de indios y carcelero torturador.

—Así es este pinche país.

—¿Y por qué el 20 de abril?

—El loco ese asegura que en esa fecha concreta se puso la primera piedra del campamento que construyó el primer hotel. Ya sabes, al pueblo le gustan las efemérides, ondear un poquito la bandera de vez en cuando. A nadie le importa si hay fecha de fundación, solo a ese loco, aunque es verdad que el 20 de abril va permeando en la memoria colectiva, aunque muy lento. En cien años quizá ya nadie se acuerde de esa fecha.

—Una vez llegó a mis manos uno de esos folletos: traía información más amable con fotos de esa Tamul prehistórica, por decirlo así, de palapas y primeras piedras con la llegada del Banco.

—Son cosas que a la ciudad no le importa. Por olvido, desidia, porque no hay escritores tamulenses que narren o poeticen estos tiempos que corren. ¿Tú crees que eso le interesa a Servando, por ejemplo?

—Servando no es de esta ciudad, aunque es de Quintana Roo, pero del sur. Eso es como decir que el pendejo es de otro país. Obviamente no le interesa una mierda Tamul.

El viejo tomó un largo trago de cerveza. Entonces miró hacia la costa y la señaló con un dedo.

—Mira, Alec. Ahí está.

Alec descubrió que habían dejado muy atrás el malecón y el farallón del Corsario, que marcaba un límite de la zona hotelera y la selva costera y manglares casi vírgenes. Los terrenos, antes llenos de vegetación, ahora estaban vallados por cercas de alambre de espino y plásticos con agujeros. Alec sabía las medidas de aquellos terrenos entregados a Florencio Perera en los contratos, pero hasta ese momento, viendo aquel cercado interminable, tuvo certeza de la monstruosa dimensión de las ambiciones del presidente del Real Madrid. Por un momento pensó que el trueque había sido desigual, un porterito que no prometía nada por un trozo del paraíso con valor incalculable, pero al que ellos habían puesto precio de ganga. Detrás de la valla con plásticos se asomaban palas mecánicas, aplanadoras y grúas John Deere reluciendo al sol de septiembre.

—Ah, cabrón. No lo imaginaba tan grande.

—Un megahotel, una marina, campos de golf y ve tú a saber qué más. Tiene carta blanca el hijo de la chingada. Me choca un poco todo, claro, además por ser un españolillo arrogante de mierda. Pero pienso en mi hijo, en su carrera, y me convenzo de que ese trozo de costa lo vale, Alec. Lo vale.

Alec chasqueó la lengua. Pensó en la hoja membretada con «Clínica Madrid», la que había alcanzado a ver

Servando, y pensó en su hermano. Por un momento, la excitación de seguir a su morena en la proa se alejó de su mente. «Maldito Carlo, deberías estar conmigo en este yate cogiéndote viejas al por mayor, despreocupándote del pasado, de hijos olvidados y trabajos de mierda». Pero Carlo seguía alejado, haciendo malabares con su orgullo y su precariedad. Recordó la última vez que lo vio abordando su vuelo. Por un momento creyó que le replicaría, que lo detendría y le impediría abordar por el aliento alcohólico, pero no lo hizo. Lo había provocado de varias maneras, le hería el orgullo, pero nada funcionaba, incluido el encuentro con Rogelio. No había forma de doblarlo.

—Por cierto, Alec, no chingues con tu hermano. ¿Qué pedo con él?

Alec respingó.

—Eh, nada, no se acerca a mí.

—Es un pobre pendejo. Me dio hasta lástima el güey. No pareces su hermano, *chingao*.

—Que seamos hermanos no quiere decir que no seamos diferentes, Roch.

El político rio con ganas.

—No me vengas con chingaderas. ¿No le has dicho de qué va la vida a ese pobre? ¿Por qué no trabaja contigo?

—No le interesa. Le tiene miedo a todo.

—¿Miedo a ser algo en esta vida? ¿A la fortuna, a las mujeres?

Alec no contestó. Miró de nuevo los terrenos vallados.

—Mira, Roch, te agradezco que me hayas hecho el favor, pero mi familia es problema mío.

—Quizá tenga que ver con que tú eres mucho más blanco que él —dijo el viejo. No había ningún deje de burla en sus facciones.

—¿Insinúas que su condición de piel morena tiene algo que ver con que sea un pendejo?

—Tú sabes a qué me refiero y cómo funciona este país. Y mejor le paramos, yo nomás digo que estas putitas se van a dormir si no les damos algo de amor. —El viejo le guiñó el ojo y se fue con su rubia, a la que masajeaba las nalgas. Ya se había deshecho de la minúscula tanga roja.

A Alec le latían las sienes. «¿Por qué me encabrono? Lo que dice el viejo Marín es cierto. Ser alguien en México. Dinero. Mujeres».

La hoja. La maldita hoja. Respiró. «Yo soy el *coach*, no tengo por qué amargarme por eso... Yo soy el *coach*». Eliminó el pensamiento. Su cubanita lo esperaba ansiosa en la proa, y no la iba a dejar mal.

20

«El mar de Tamul es aburrido», dijo aquella voz a María. «No sirve para la poesía. Y he oído por ahí que tampoco para la pintura. O es demasiado hermoso para plasmarlo en el verso con métrica o sin ella, o demasiado absurdo para preocuparse por sus colores». Esa voz no la dejaba en paz desde la llegada de Rafael Servando al aula. Servando hablaba y esa misma voz de años atrás también salía de las sombras, la acariciaba, la sometía, la invalidaba.

¿Era ese mar el culpable de todo? ¿Las faldas eran las culpables? ¿Ser una escuincla con coleta de caballo? ¿Las faldas con pliegues? Seguro, porque dejaban al descubierto sus piernas brillantes, su incipiente vellosidad dorada (luego supo que eso en particular volvía locos a cierta clase de hombres). Escuchaba ese aburrido mar a sus espaldas cuando la mano se deslizó y reptó juguetona dentro de su falda con pliegues. Los vellos de esa mano le hacían cosquillas, y hasta ese momento pensaba que todo era parte del juego de haikús y redondillas. «Dime algo que rime con tus piernitas áureas», decía la voz en susurro. «Me encantas, porque así me acerco más a mi niño interior, gracias a ti, a ti, mi muñequita preciosa». Entonces, por alguna razón que todavía desconocía (por ser una insignificante escuincla de coletas), supo que la mano bajo la falda ya no jugaba. Se ocupaba de cosas más serias, en un baile de tela que se deslizaba entre esas falanges. La respiración detrás de ella se convirtió en gañidos de algo sin forma; era un ser que si María se atrevía a contrariar podía morder, desgarrar, matarla a ella y a sus padres y a todo lo que conocía. Los versos se entrecortaron en los resuellos de la bestia velluda, que ya no retrocedía como al principio, cuando calculaba con delicadeza milimétrica al inicio de los cursos: una caricia descuidada en el pelo como quien no quiere la cosa, abracitos de oso prolongados, besitos cada vez más cerca del cuello o de la misma boca. Al principio, el viejo era una abeja posándose sobre las flores para calar el polen. Ahora, solos, no había marcha atrás posible, y para ella ese desconocimiento propio de su edad terminaba en la punta de aquel índice y pulgar ahora húmedos, resbalando por el mero vestíbulo de su femineidad todavía sin descubrir. «Bésame, muñequita, bésame y tratemos de imitar este mar absurdo. No hagas nada más. Solo bésame». Sus pequeños labios se unieron a los del viejo, ásperos, impregnados de ripios y sal. Aterrada al principio, se obligó a pensar en el mar, en las olas que borraban cualquier marca de la arena y nada más.

Galleta no volvió a ver a Servando hasta ese día en el estrado, en el patio de la preparatoria, recibiendo aplausos y una medalla por todo lo que había hecho, incluyendo lo que le había hecho a ella. Quizá por eso decían a sus espaldas que María tenía una cara permanente de que nada le importaba, y resultaba que así era. Nunca se molestó en desmentirlo. Nadie más que ella lo sabía: ese semblante era el único recuerdo del taller de poesía de Rafael Servando. Esa máscara la protegía del mundo. ¿Es que *realmente* importaba algo? Ella, ¿importaba? No, como el mar de Tamul, no revestía la menor importancia. El Prócer sí que importaba. Iba a ganar el Nobel.

Por eso Servando no la había reconocido en el aula. La miraba con la curiosidad del explorador que descubre nuevas tierras. Pero no podía ver lo que se ocultaba tras la máscara.

Y supuso que eso estaba bien.

21

La creciente amistad con David Muñoz alentaba a Carlo a llegar al aeropuerto con energías renovadas. El hombre del acento raro iba distinguiéndose en la empresa, y su carácter liviano y sociable le hacían reconocible en la terminal tres. Además, estaba a punto de saberse la decisión del corporativo de Servicios Terrestres, sobre quién ocuparía la ansiada plaza que dejaba Santos Gattás, la reliquia viviente y jefe de Carlo. Con él platicaban en uno de los descansos entre embarques. Gattás era una especie de viejo elfo gordo, con pelo rizado —y teñido completamente de negro, lo que aumentaba su figura ridícula— y gafas de fondo de botella, una moda que no se veía desde los ochenta y que gustaba emular con el peinado encrespado y melenudo que usaba una banda también extinta, Botellita de Jerez. El viejo siempre contaba la misma historia: había visto cómo construían el aeropuerto en los setenta, cuando San Miguel Tamul de Bravo aún no alcanzaba el título de destino internacional y su torre de control era una palapa hecha de palos y paja. A Santos Gattás la empresa lo conservaba como una suerte de reliquia sagrada y quizá el único al que pensionarían dignamente por sus servicios.

—¿Tú eres tamulense, verdad, Carlito? —preguntó Gattás.

—Sí.

—Eres hijo de nadie, una rareza, entonces. Yo no soy de aquí, pero llegué en sus inicios. No había más que polvo, palapas de paja y selva llena de moscos. Recibí el primer vuelo de Mexicana. ¡Deberías haber visto las caras de pendejos que pusieron los gringos que iban en ese vuelo! Creyeron que habían llegado al fin del jodido mundo.

Gattás reía incontrolable. A Carlo no le gustaba esa estridencia, pero comprendía que al viejo ya no le incomodaba nada a esas alturas de la vida. Hacía lo que quería en sus vuelos: no cobraba maletas cuando debía, hacía rumiar a la tripulación de cabina retrasando la facturación del equipaje, y a la menor queja de un pasajero lo abordaba el último. Esas últimas semanas estaba desatado, sabiendo que estaba a las puertas de su jubilación.

—Ese vuelo de Mexicana, ¿tú crees que alguien lo recuerda, Carlito?

—He visto una que otra foto. Sé que un tipo en el centro suele distribuir hojas con la historia de la ciudad, pero poco más.

—Mira, güey. —Santos sacó su cartera, y con aire pomposo dejó caer una fotografía desgastada, de tonalidades sepias. En ella, un joven de pelo rizado, con lentes oscuros y un cuerpo de nadador olímpico posaba para la cámara con los brazos cruzados. Llevaba el uniforme de Servicios Terrestres ceñido al cuerpo, lo que le daba un aire de absurdo cadete pasado de moda. Tras él, una aeronave de la época descansaba en una precaria pista—. No es el avión de Mexicana, pero es más o menos del año que empecé a trabajar aquí.

—Por Dios, ¡qué delgado estabas, mi Gatas!

—Que no me digas Gatas hijo de tu puta madre —dijo de corrido y sin poner énfasis en el insulto. Carlo rio por lo bajo, y David decidió unirse a las risas.

—Tú me suenas de algo. —Gattás señaló a David con su índice regordete—. En alguna parte te he visto. ¿Eres chilango?

David no se inmutó. Sonrió y se encogió de hombros. Tras una breve vacilación, Gattás regresó a la conversación sobre sus buenos tiempos y de cómo había cambiado el aeropuerto para bien y la ciudad para mal.

A Carlo le gustaba David. No hacía olas y trabajaba concentrado y con humildad diligente. Cuando coincidían sus horarios, salían a tomar una cerveza y platicaban de nimiedades, de grupos de rock extintos, de adónde les gustaría ir si tuvieran que tomar un avión en ese momento.

Esa tarde, en uno de los bares del aeropuerto, Carlo se atrevió a confiarle su dilema con un chavo con el que vivía y cuya tía había desaparecido sin dejar rastro. Su mayor preocupación era su educación y de que no se torciera en el camino. Si tomaba un avión iría a Europa con él, quizá a un paisaje nevado con montañas.

—Algún día saldrán nuestros vuelos —dijo David, mirando hacia la pista. En ese momento un Airbus despegaba las ruedas del suelo.

Entonces, algo lo sacó de su ensueño. David miraba como hipnotizado hacia un rincón del restaurante. Ahí, una señora discutía con un niño pequeño, de unos cinco años. La mujer empezaba a alzar la voz, pero no servía de nada, el niño berreaba y moqueaba y le chillaba que era mala y que no quería ir a ningún lado. Fue como el correr de un mecanismo listo para echar a andar: la mujer dio dos manotazos a los bracitos del niño y un pellizco en el cachete, mirándolo con furia. Más tardó el niño en chillar del dolor que David en llegar a su lado. Incluso había tirado su silla al levantarse. Carlo alcanzó a verle el rostro contorsionado. No era el David tranquilo que conocía en los embarques ni de lejos.

—¡NO LE PEGUE!

Se hizo el silencio. Incluso el sonido de cubiertos y platos de la cafetería se suspendió en el aire. Carlo estaba hecho de una sustancia gomosa porque no atinaba a moverse, adherido a su silla. La mujer también se había quedado de piedra.

—¡No le pegue al niño, carajo! —repitió David, y eso sirvió para sacar a la mujer de su trance. El niño, con los mocos chorreando de la nariz, sollozaba en silencio, pero tampoco le quitaba la mirada de encima. A su modo, también estaba sorprendido de aquella inesperada defensa.

—¿Está usted loco? ¿Quién se cree…?

—Usted está loca, diablo de vieja golpeadora.

Dos meseros se acercaron con cautela a la mesa. Carlo pudo destrabar las piernas y corrió también hacia ellos.

—¡Al niño no se le pega! —David dio un puñetazo a la mesa.

—David, David, tranquilo, por favor. —Carlo logró llegar junto a su amigo.

Los meseros ya estaban a su espalda, pero en sus caras se reflejaba un atisbo de temor. Carlo lo tomó de un hombro y David se sobresaltó. Por un momento, Carlo creyó que le pegaría, pero lo miró y supo lo que escondían esos ojos verdes: una furia empapada de terror. ¿Por qué? David balbuceó algo y Carlo aprovechó para tirarle del brazo. Los meseros retrocedieron. La mujer hizo el impulso de levantarse para increparle algo, pero el niño retomó los chillidos. Para la sorpresa de Carlo, el tono y la rabia de la mujer se habían suavizado cuando le limpió los mocos y le ofreció un teléfono móvil para que jugara. Carlo pagó las cervezas y salieron del restaurante a toda prisa.

De regreso en el autobús prevaleció el silencio, hasta que a Carlo se le ocurrió preguntarle a David si quería caminar un rato en el malecón. David asintió a duras penas. Bajaron en la zona de hoteles, que a esas horas del día bullía en turistas de temporada baja, los que se arriesgaban a venir teniendo en cuenta que la temporada de huracanes estaba en su apogeo.

—¿Qué pasó en el restaurante, David?

David miraba hacia el farallón, un remedo de bota que un gigante parecía haber dejado por descuido. No respondió. Bajaron del paseo marítimo por una de las tantas escaleras de acceso y se acomodaron en la arena, donde la policía no podía verlos. Sacó un cigarro que Carlo en seguida identificó como un carrujo de mariguana, un porro que estaba acostumbrado a ver entre los ramperos y los agentes «para aguantar las friegas del día». Le preguntó a David si tenía uno más. David lo miró sorprendido, como si lo dijera de broma.

—Todos te ven en el aeropuerto como un monje.

Carlo rio.

—Hace años que no voy a misa.

Los dos se desternillaron en sonoras carcajadas. David le extendió un cigarro loco y Carlo lo encendió ahuecando la mano y accionando el *zippo* que le ofreció. Dio una calada y tosió. Con cada chupada sentía la relajación embotando sus músculos. Los últimos atisbos de claridad se perdieron frente a ellos y aparecieron las estrellas.

—No soporto que maltraten a los niños. Es algo que no puedo tolerar, y me importa un carajo si es en público o privado. No lo soporto, Carlo. —David habló entre las sombras que empezaban a perfilar las farolas del malecón allá arriba. Tras estas palabras, Carlo estuvo tentado a preguntar lo obvio. En lo que se decidía por vergüenza, David se le adelantó:

—Sufrí de maltrato toda mi infancia. Sé de lo que hablo, y por qué hice eso en el restaurante. Es algo que me nace.

Al que no le guste, que me lo diga en la cara y ya está. Maltrato es maltrato por muy madre o padre que sea.

—¿Tienes hijos, David?

Por un momento, David creyó que le estaba tomando el pelo o burlándose de él, pero Carlo yacía con el rostro tranquilo, dándole una última chupada al cigarro antes de que le quemara los labios. No había malicia en las palabras de ese hombre.

—No. Y no creo poder tenerlos.

—Yo tengo uno, ¿sabes? El chico del que te hablé y que vive conmigo. Es mi hijo, pero no lo sabe. Qué cosas tiene la vida, ¿no?

Carlo le pidió otro cigarro. David se lo encendió con el *zippo* y esta vez Carlo le dio una calada más honda. Se sentía bastante bien.

—No entiendo nada, Carlo.

Y se lo contó. Las sombras de los cocoteros absorbían a David y eso estuvo bien, porque así Carlo no pudo ver cómo sus labios se crispaban y los ojos se cerraban como rendijas, bullendo de furia en la oscuridad. Apretaba la arena con los puños mientras Carlo le contaba sobre una mujer llamada Joana Méndez y Joel, el hijo que le había dejado al morir y del cual se ocupaba a duras penas.

*

Días después de aquella confesión en el malecón, Carlo vio venir a Santos Gattás desde el fondo del túnel de embarque. El corazón le dio un brinco. Ese era el último día de su jefe en el aeropuerto. ¿Al fin vendría a nombrarlo su sucesor, antes de irse? Había trabajado como un animal esas últimas semanas, cumpliendo, ganando puntos. ¿El viejo elfo le diría que lo acompañara a las oficinas para firmar el nuevo contrato como jefe?

Sin ningún cuidado en invadir su espacio personal, Gattás lo tomó del hombro, y le habló casi al oído:

—Carlo, deshazte de ese David Muñoz ahora mismo. Recomienda su despido a la dirección. Yo te lo firmo, sin preguntas.

Carlo miró a su jefe como si le hablara un fantasma de otros tiempos, algo que ya no debería estar ahí.

—¿Por qué? Es mi mejor agente. Desde el minuto uno, Santos.

—Me vale madres eso, Carlo. Ya sé dónde lo he visto. Ese cabrón salió en las noticias hace como quince años, pero nadie se acuerda. Busqué el periódico en mi colección y lo encontré. En uno donde la Selección ganó un partido del Mundial de ese año. Ahí estaba el hijo de la chingada, clarito.

Le extendió una hoja de periódico viejo donde, efectivamente, México había ganado un partido a Corea en el Mundial de fútbol. Debajo del titular, aparecía la foto de un jovencísimo David Muñoz. El encabezado de aquella foto le heló la sangre. «David Muñoz confiesa asesinato de su madre, la reina de la droga de Tamul». Miró a Gattás y al periódico alternadamente. Tenía a un parricida trabajando con él. Tras leer la nota, le regresó el periódico.

—Y como tú no te enteras de ni madres, déjame decirte que en Servicios Terrestres ya había rumores de esto. Pero aquí la gente es pendeja y desmemoriada, y solo se guían por los chismes. No te lo decían porque te ven apegado a él. Recursos Humanos no puede hacer nada porque al parecer entró recomendado, quién sabe cómo diablos. Además, una de las pendejas de las directoras me dijo que mientras este cabrón no hiciera nada no tenían por qué correrlo, hazme el putísimo favor.

Carlo sintió que el estómago se le revolvía.

«Sufrí de maltrato toda mi infancia». David, un criminal de la peor calaña. Lo había visto defender a un niño. Le dijo que no soportaba que los tocaran. En el fondo, le parecía una buena persona. ¿Alguien así podía matar a su madre? La reina de la droga.

«Sufrí de maltrato…».

Entendió gran parte de esa historia segmentada de David con la pieza que le ofrecía Santos Gattás.

—Yo veré qué hago, Gattás.

—¿Vas a ver qué haces, Carlito? No me chingues.

—No lo voy a correr ni a mandar a otra terminal. Me ayuda bastante.

Su jefe lo miró con severidad tras las gafas de fondo de botella. Carlo sintió una llamarada de valor que no le acometía desde hacía mucho y le devolvió una mirada desafiante. De repente estaba harto de obedecer ciegamente, de decir a todo que sí por un puesto que había procurado.

—No voy a hacer que lo despidan, Gattás. Punto. ¿A ti en qué te afecta?

—Es un puto foráneo. Me cagan. Desde el primer momento me saltó a la vista lo que era.

—¿Y por ser foráneo lo quieres correr?

—¿Que no ves la pinche noticia?

—Creo que su delito prescribió, o no estaría aquí. Tú también eres de fuera si a esas vamos, Gattás.

—¡Me he dejado la vida aquí!

—Pinches yucatecos, carajo —le susurró con una media sonrisa. Santos respingó y lo taladró con la mirada.

—¿Qué dijiste?

—Que a ustedes los pinches yucatecos nada les acomoda. Que si son fuereños, chilangos, norteños… Tamul es de todos y de nadie a la vez, tú mismo lo dijiste.

—Mira, bájale de huevos con los yucatecos, Carlito. ¿Y si yo te lo ordeno? ¿Lo vas a hacer o no?

Carlo no pudo más.

—Tú ya eres un adorno aquí, Santos, y eso no es ningún rumor en Servicios Terrestres, es la pura verdad. ¿Vas a perder tu tiempo con esto antes de tu fabulosa jubilación? Adelante.

Gattás lo miró hinchando los mofletes de elfo. Había deshecho en un puño el preciado periódico de su colección. Carlo se arrepintió de aquel estallido de furia disparada al viejo jefe. Creyó que le pegaría.

—Chinga a tu madre, Carlito.

Y se alejó dando bruscas zancadas. Así fue el último día de Santos Gattás en el aeropuerto internacional de Tamul. Fuera de algunos empleados de Servicios Terrestres, nadie en esas terminales fue a agradecerle su contribución de tantos años, de estar ahí desde el primer vuelo que llegó a la ciudad. A pesar de su victoria y del berrinche de su jefe, Carlo supuso que habría consecuencias por lo que había dicho. Pero seguía impresionado por la escena del restaurante y la forma en cómo David admitía que lo haría las veces que fuesen necesarias. Pues bien, él también lo defendería de esa injusticia las veces que fuesen necesarias.

Carlo descubrió que sentía una viva admiración por David Muñoz.

22

Los timbrazos del celular lo despertaron. Era Joel. Su voz le sonaba lejana a través del teléfono, pero mientras se desperezaba y hablaba, una ola de vitalidad lo terminó sacando de la cama tras colgar el teléfono. Resultó que Joel quería verlo. Como ese sábado David lo tenía libre, acordaron verse en uno de los muelles más apartados del malecón, al mediodía.

En el cuarto de los tiliches, David había encontrado varias cañas de pescar antiguas y unas paletas de plomo que servían como ablandadores de carne. Una caña y una paleta se salvaron, lo demás eran restos de óxido y salitre que se deshacían como galleta rancia. Aceitó el carrete de la caña, comprobó el sedal y vio que solo faltaba comprar un «plomo» y los anzuelos que podían conseguirse en cualquier ferretería. Dejó a punto la caña y cambió el sedal carcomido a la paleta por uno nuevo. Cuando Dalia lo vio se alegró de que algo de esa basura sirviera, ya que jamás tocó esas cosas que habían pertenecido a su marido. Eso sí, no le gustaba nada que tuviera que ver con la muerte de esos animalitos —lo que no la disculpaba de despacharse unos buenos ceviches y pescados fritos como una vez que lo invitó a una marisquería.

El día era perfecto para tirar cordelito, como solían decir en Tamul. Recordó sus días como *rep* y a un compañero del trabajo aficionado a pescar y que le había enseñado lo básico. Descubrió que además de placentero era bastante provechoso. Y dependiendo de lo que picara podía ser emocionante para pasar el día. Gracias al amigo aprendió no solo a pescar sino a descamar y limpiar las tripas de los bichos. Intuía que por esto último a la diva no le hacía ninguna gracia ese deporte.

Cargó una neverita con marquetas de hielo y refrescos, y se despidió de Dalia. Pasó por los plomos y anzuelos a la ferretería, y en la pescadería consiguió escribanos como carnada. Solo esperaba que a Joel le entusiasmara la idea de la pesca.

La cara de Joel lo animó. El muchacho no podía ocultar su sorpresa al verlo llegar equipado como un viejo lobo de mar. David sonrió y le dio una palmadita en el hombro.

—¿Es de verdad esa caña?

David se la extendió.

—Tan de verdad que seguro sacamos un merito.

Antes de ir con la caña, David enseñó a Joel primero el uso de la tabla para que se fuera formando. Se reveló como un alumno dedicado, mirando y asimilando cada paso.

—Primero, atamos los plomos y el anzuelo. Yo suelo partir el escribano para ensartarlo, esto les gusta a los bichos. No te impresiona la sangre, ¿verdad?

—Para nada.

Tras dejar lista la tabla, le ofreció un pedazo de goma para cubrirse el dedo índice.

—Es de la cámara de una llanta de bici. Para protegerte del sedal. Mira.

Entonces, como un vaquero, dio vueltas al sedal con el plomo y la carnada, que giraban cada vez más deprisa sobre su cabeza, y lanzó con fuerza al mar. Se escuchó el zumbido del cordel hasta detenerse en un pequeño «splash» a lo lejos. Entonces el sedal quedó descansando sobre el pedazo de hule negro recubriendo su índice. Joel no perdía detalle a nada.

—Este es tu detector: tu dedo. Cuando sientas el primer tirón, aguarda. Al segundo, tiras con fuerza para sujetar al bicho. Y a sacarlo.

Tras unos minutos, David respingó.

—Aquí está, aquí está…

Entonces, Joel pudo ver el segundo tirón del pez en el sedal. En un movimiento rapidísimo, David tiró.

—¡Lo tengo, lo tengo!

—¡Oh, no mames! —gritó Joel.

—Lucha, el *hijoeputa* lucha…

Tras minutos de tirar del sedal entre breves descansos, David al fin trajo al pez a la superficie. Joel estaba boquiabierto.

—¡Ahí está, David! ¡Ahí, no mames!

Lo sacaron. Resultó ser una barracuda de unos treinta centímetros. David dijo decepcionado que no servía para mucho, pues solía traer enfermedades y poca carne.

—¿Quieres sujetarla para que le quite el anzuelo?

Joel asintió y la tomó entre sus manos. David le advirtió que tenía que agarrarla fuerte. Fue una sensación increíble: el pez muy vivo debatiéndose y retorciéndose entre sus manos, sus ojillos fijos en él. Recordó a Rufo y a sus cangrejos azules. Con habilidad, David pudo sacar el anzuelo, aunque arrancando pedacitos de la boca de la barracuda.

—Ya la puedes tirar.

Joel tiró la barracuda y esta se quedó flotando, quieta sobre el agua. Joel lo miró decepcionado.

—Está muerta, David.

David sonreía.

—Espera.

Tras unos instantes, la barracuda se sacudió frenética, como si reviviera, y nadó con rapidez hasta perderse en las aguas cristalinas. Joel estaba sorprendidísimo.

—¡Hija de la chingada!

—Ahora te toca. Vamos a ponerle el cebo.

Joel puso toda su concentración, «la concentración del aprendiz», se dijo divertido David en sus adentros. Esta vez tardó más en picar, pero lo hizo. Joel gritó emocionado. Al segundo tirón, tal como le había mostrado David, ensartó al bicho en el anzuelo.

—¡Tiene una fuerza increíble! —Joel rio y tensó la mandíbula.

—¿Puedes?

—¡Sí, sí, déjame!

El bicho daba pelea. Joel sudaba a chorros, y con el semblante contraído seguía recuperando sedal a trompicones. El pez tendría ya que mostrarse en la superficie, pero resistía. Cuando creía que la pelea se prolongaría más, el animal, de azul brillante a los rayos del sol, emergió dando bandazos irregulares. Aún no podía identificarlo, pero parecía más grande que la barracuda.

—¡Ya lo tienes, papito, tráenos la comida!

Joel se acercó a la orilla para terminar de recogerlo. El pez se estaba rindiendo. Cuando David lo vio de cerca no pudo más que sorprenderse. Era un mero de por lo menos medio metro de longitud. Quizá con cuatro kilos de carne aprovechable.

—¡Ah, su madre! La suerte del principiante, felicidades.

—¿Qué es, David?

—Ni más ni menos que un señor mero. Te lo dije. Y lo sacaste tú. A duras penas cabrá en la nevera.

Joel estaba embargado de alegría. Tenía rojas las manos, sobre todo el dedo índice. Y sudaba a mares, pero no le importaba. Había pasado la prueba de la tabla. En sus músculos todavía latían las sensaciones, la lucha, su esfuerzo. El pez daba espasmos y boqueaba. Con gran habilidad, David lo abrió en canal y evisceró con un cuchillo que había encontrado en la cocina de Dalia.

—Listo. Así no sufre más. Al rato lo descamamos.

Con la caña no se le hizo tan emocionante. No podía sentir en su mano los pequeños latidos del peso vivo comiendo la carnada, los tirones de la boca y los dientecillos conectados a su índice, para después dar el tirón por sí mismo y debatirse directamente con él. Ya había intermediarios entre él y el pez: un palo y un carrete. Aun así, disfrutó sacar otros dos peces con ayuda de la manivela. David vio que eran dos parguitos «sarteneros», pero que al fin servirían.

—Fue un buen día. Ni en mis mejores tiempos sacaba estos bichos —reconoció David.

El día declinaba, alargando las sombras de los hoteles lejanos a lo largo de la playa. Terminaban de comer los bocadillos de jamón y los refrescos que había llevado Joel. La cola del mero asomaba de la nevera, trofeo que Joel miraba con orgullo.

—¡Ha estado poca madre, David! No creí que pudiera pescar. Es como si estuviera en una película de náufragos o algo así.

—Yo también lo pensé cuando me enseñaron hace tiempo.

—Oye, David, quería preguntarte algo.

—¿Sí?

—Cuando te fuiste… ¿por qué te fuiste? ¿Por qué ya no regresaste con mi mamá? ¿Tuvieron problemas?

A David la pregunta le cayó por sorpresa. Aunque la esperaba de algún modo, era obvio que tendría que salir el tema algún día. Lo único que los unía era Joana, a fin de cuentas. Tragó saliva. Joel bajó la mirada, avergonzado.

—Perdón, no quise…

—No'mbre, Joel, normal que quieras saber. Mira… tendrías unos meses de nacido. Tuve que irme de la ciudad por un trabajo que me salió en Los Cabos, del otro lado del país. Era un contrato de mucho dinero y por un año. Aunque prometí que regresaría y seguiría ayudando, la relación se diluyó. Al final del contrato me ofrecieron otro, y como tu madre ya no quiso nada conmigo, terminamos. Tu madre era muy autosuficiente…

—Sí, bastante. Te entiendo.

Y fue todo lo que dijo el chico. Regresaron a conversaciones de peces y recetas de cómo cocinar lo que habían pescado, elogiándose mutuamente por la captura.

David no recordaba un día tan bueno como ese, y por un momento tuvo miedo verdadero. No le gustaba que algo fuera tan bien. Sabía que cuanto más se perdía uno en la embriaguez de la felicidad el monstruo aguardaba con mayor interés, agazapado en las fibras de su corazón y en las hojas del calendario. Lo esperaba a él. Así había pasado con Joana. Eran felices, iban a la playa en días tan buenos como aquel y entonces el monstruo en forma de su madre saltó hincándole los colmillos, llevándoselo a los quintos infiernos.

Apartó el pensamiento.

«Pero pronto tendrás que tomar acciones con este muchacho», se dijo con sorprendente convicción.

«Muy pronto, sí», se respondió.

De momento se conformó con ver a Joel sonriendo y admirando su primer mero, degustando la leve brisa del Caribe.

23

Yogurt llegaba tarde al partido de ese día, en una preparatoria rival. Vio a Rufo fumando en un rincón de la tribuna, con Galleta y Joel.

—¿Todo está listo? —preguntó Rufo.

—Sí. Tiburcio está en la casa, también preparando el pedo. Por eso tardé un poco.

—Pues entonces todo depende de Abel. Algo me dice que todo se concreta hoy.

—¿Ya pagaron al que va a gritar a la Barra?

—Ya, pagado, apenas piten el final —dijo Joel.

—¿Cuánto van?

—Cero a tres —respondió Joel.

—Ah, normal.

—Quiso decir tres a cero. Somos «visitantes». Se ha comido tres pepinos nuestro buen Abel —dijo Rufo.

—¿Cómo? ¿Tres? —Yogurt abrió los ojos, y miró incrédulo hacia la cancha. Justo en ese instante caía el cuarto gol agitando las piolas tras el futuro portero del Madrid.

Abel Marín tenía un secreto que no había contado a nadie. Bueno, sí, a Luis, *solo* a él. «¿Cómo era tan eficaz en sus atajadas?». «¿Tenía una técnica, algún entrenamiento especial?», le preguntó un reportero poco después de la conferencia de prensa donde se anunciaba su traspaso al Madrid. Abel contestó lo más fácil: «Entrenar duro y comer bien, poca fiesta y darlo todo en el campo». No era así. Abel entrenaba lo justo, comía cualquier cosa cuando su madre no supervisaba su dieta y salía de fiesta cuando le apetecía. Era sencillo: Abel Marín podía prever las jugadas como líneas imaginarias que inevitablemente solían terminar en sus manos. Una vez en movimiento, el balón iba a la portería desde todos los sitios y ángulos imaginables, siempre hacia él, porque las *percibía*. En los penales tenía la paciencia de esperar hasta el último instante, cuando el balón sale despegado de los botines del tirador y toma el ángulo y la trayectoria clara. Ese era el secreto del portero perfecto, no los lances ni las atajadas en sí, sino la paciencia de esperar hasta el final, identificar la línea que marca el balón, y claro, estar en el lugar adecuado para recibirlo —o ir a su encuentro— sin titubeos. Abel se decía que era un tipo de intuición geométrica, un sentido que le pertenecía, con el que había nacido, y que desarrollaba con cada entrenamiento y partido. «Las líneas, Luis, todo está en las líneas», le confesó aquella vez en Kiev, horas antes de jugar la final del mundialito. Aunque al principio Luis reía, incrédulo, Abel le mantuvo la mirada serena.

Y antes de dirigirse al estadio, en la habitación del hotel, Abel le propuso un pacto.

Pero ahora no le importaba dejar su portería a cero, y aunque veía las líneas acostumbradas ir y venir desde lejos, las evitaba. Todo lo había permitido a propósito, calculando al detalle. El entrenador quizá se había dado cuenta, pero no lo entendía, ni lo entendería. Lo mejor de todo era que *no podía cambiarlo* y eso le divertía. Ese día podían meterle siete, nueve, doce goles, daba igual, no había poder humano de sacarlo de la cancha. «Qué risa». Había *acuerdos*, presiones, y el entrenador *no* podía salirse de esos acuerdos. El pobre hombre palidecía cada vez que el equipo contrario —eso sí, muy malo, solo había podido anotarle cuatro hasta ahora— se acercaba a la portería de Abel. Sus propios jugadores lo miraban incrédulos. No daba órdenes, no alineaba a la defensa, no dosificaba el juego de áreas. El quinto y el sexto gol cayeron. Los rivales, también incrédulos, parecieron al fin darse cuenta de que Abel no metería las manos.

Cayó el 7-0, y el partido terminó sin tiempo de compensación alguno. El árbitro miró con cautela hacia las gradas. La «Barra brava», como por inercia al silbatazo, se dejó escuchar en furiosas porras y arengas. Tenían una fiesta propia a pesar de la bochornosa derrota y Abel estaba seguro de que por ahí corría algo más que refrescos y papas fritas. Seguían coreando su nombre como si no hubiera pasado nada, y eso, en vez de enfurecerle, le divirtió tanto como la cara compungida del entrenador mirándolo con las manos en los bolsillos.

Pasaron dos cosas: un grito de «¡PUTOS LOS DE LA CIENTO NUEVE!» que lanzó como flecha certera alguien en la tribuna local, y el gesto de su capitán que secundó la burla agarrándose los testículos hacia la «Barra brava». Fue el chispazo necesario, y la mecha encendida dio rápido con la bomba que reventó en segundos: los integrantes de la «Barra brava» invadieron el campo persiguiendo con furia al capitán. Alguien tiró una botella de vidrio que reventó en la cabeza de un centrocampista. En segundos, los palos de las pancartas de apoyo a Abel ya servían para atizar al que se ponía en medio. Piedras sacadas de quién sabe dónde volaron por el campo, más botellas de vidrio se estrellaban por doquier. En un instante el estadio fue un hervidero de jugadores, animadores y cuerpos técnicos con los árbitros dándose de puñetazos, codazos y patadas voladoras, dándose hasta con la cubeta.

Abel miraba todo el zafarrancho con el júbilo revoloteando en su pecho. «Ahí tienen», pensó divertido. «Ahí tienen, culeros». Entonces sintió que alguien le tiraba de la manga. Era una chica. La chica guapa del grupo silencioso que acudía a todos sus partidos. La reconoció porque, aunque siempre la veía desde lejos, respetaba esa distancia con el grupito que la acompañaba en las gradas.

—¡Vámonos, Abel!

Su primer impulso fue quedarse y unirse a la batalla campal. Pero una piedra que le pasó zumbando la sien izquierda le hizo reaccionar y pensarlo mejor. Corriendo a toda velocidad, se dejó guiar por la niña hasta el estacionamiento. Ahí lo esperaban los otros tres del grupo que ya conocía de vista. «Esta vez querrán un autógrafo o una *selfie,* seguro», pensó Abel, decepcionado del único grupo de fans que le gustaba por su constante pero apartada presencia. Dejó de inmediato el pensamiento. Lo esperaban en un Jetta viejo y con la portezuela trasera abierta. «¿Una *selfie*? ¡Tendremos suerte si salimos ilesos de esta guerra!». El ruido de la gresca retumbaba en las aulas a sus espaldas como un gigante aproximándose, listo a pisotear.

—¡Vámonos o nos toca a todos por igual! —Un chico al volante lo apremió mientras encendía el motor.

El portero no lo pensó más y subió con ellos en el Jetta. Salieron disparados del estacionamiento de la preparatoria Ciento seis, la que fungía como local en el juego.

Una vez que se alejaron de la escuela, Abel miraba al grupo en una mezcla de agradecimiento y confusión. Se cruzaron con patrullas aullando, dirigiéndose frenéticas a la preparatoria Ciento seis.

—Te invitamos algo, Abel. Lo que quieras —dijo el chico que manejaba, el que parecía el líder. ¿Por qué pensaba Abel que ese era el *líder*? ¿Lo era?

—Gracias, de verdad. Tengo que llegar a mi casa. En otra…

—Soy Rufo. Ellos son Yogurt, Joel y Galleta —dijo el líder, señalando a cada uno de sus amigos, como si no lo hubiera escuchado. Ahora que los tenía cerca descubrió que no había visto un grupo más heterogéneo en la vida: el líder Rufo, un chaval de pelo negro tan largo como la escuela lo permitía y que le tapaba los ojos, levemente orientales; a su lado un gordito de anchos mofletes y arrugas prematuras en la frente, con el pelo rubio cortado como un cepillo; un moreno delgaducho con las manos hundidas en los bolsillos, y esa belleza rara a su lado con cara de que todo le importaba un comino.

—Creo que todos necesitamos algo para el susto, ¿verdad, mi amor? —dijo Rufo, mirando a Galleta—. Además, así desconectas un poco, carnal.

—Sí, de verdad. Ni fotos ni autógrafos ni nada de eso —dijo la chica. Su sonrisa le gustó, un gesto sincero que Abel extrañaba con el alejamiento de sus antiguos amigos.

«¿Por qué no?». Ya se imaginaba la perorata de su padre al llegar a casa, la lección del perdedor y de la vergüenza desde los tiempos olímpicos de la Grecia antigua. Para su padre no había secretos, lo reprendería por haber hecho aquello. No solo era una derrota, era un dejarse arrastrar en la miseria por sus santos huevos, un berrinche, un desliz de la inmadurez adolescente. Imaginó que le servía otra vez ese whisky que quemaba, «y de nuevo el discurso para devolverme al redil».

Abel estaba cansado de aquello. Cansado de la agotadora rutina de partidos y entrenamientos. Cansado de sus amigos cercanos que lo habían dejado a un lado inventándose cualquier excusa. Sus amigos se juntaban con otro grupito y eso lo había enfurecido, por lo que decidió no buscarlos más. Desde la conferencia y lo que había pasado en la plaza Solares era como si a todos les diera miedo estar con él. Decidió que sí, podía compartir un rato con el grupo que le simpatizaba por su discreción y distanciamiento. ¿Por qué no?

Cuando les dijo que aceptaba, impulsado por la adrenalina de lo que había provocado en el partido y el abierto desafío a su padre, le invadió una llamarada de alegría. «Ojalá Luis estuviera aquí, creo que se la hubiera pasado increíble con lo de hoy. Y seguro que le agradarían estos chavos», pensó. Descubrió que sí, necesitaba un respiro. ¿Qué más podía pasar?

Me gusta cómo piensas

24

El teléfono sonaba insistente. Muy a su pesar, Alec no desactivaba jamás su celular en caso de cualquier urgencia. Algunas veces había tenido que arreglar imprevistos a altas horas de la madrugada, moviendo fichas con rapidez, a veces sin pensar dos veces. Lo odiaba, pero era parte del trabajo y rara vez solía suceder.

El reloj de pared marcaba las cinco y media de la mañana. Por alguna razón pensó que sería su hermano Carlo, ebrio, débil, buscando su ayuda y rindiéndose a sus deseos de asociarse con él. Asociados serían invencibles. Recordaba cómo en la adolescencia Carlo le había salvado de meterse en líos muy gordos, y sus consejos solían ser acertados en casi todos los temas. Por eso respetaba a Carlo. Era un conformista perdedor, pero sus juicios, su sexto sentido hacia la gente y las situaciones era algo que Alec buscaba desde que se separaron. «¿Qué haría Carlo?» venía como primer pensamiento cuando le asaltaban dudas en situaciones de gran exigencia intelectual, como la de Servando o la de Abel Marín, sin duda las más complejas hasta ahora.

No era su hermano. El nombre de Rogelio Marín en la pantalla lo devolvió de inmediato al presente.

—¿Qué pasa? —Su voz sonaba como las aldabas de un viejo castillo. Se aclaró la garganta.

Silencio.

—¿Hola? ¿Roch?

—Mi hijo, Alec. ¿Sabes algo de mi hijo?

—¿Qué pasa?

Descubrió que a pesar del tono grave, la voz de Rogelio sonaba alterada, como si estuviera desafinando al rematar las palabras. Jamás lo había escuchado así.

—No sabemos nada de él desde la tarde. Lo peor es que hubo una gresca al final del partido en la prepa Ciento seis y ya nadie lo volvió a ver. He hablado con todos sus amigos y padres de amigos, y resulta que nadie sabe nada. La policía detuvo a varios de esos pendejos de la «Barra brava» y nadie vio nada por el desmadre que se hizo. Eso sí, el entrenador me dijo que estaba raro en el partido, muy desconcentrado. Perdieron siete a cero.

—Habrá salido a desconectarse con amigos, Roch. Lo tenías un poco presionado, y quizá se salió un rato de las reglas para llamarte la atención. Sabes cómo son los cha...

—Suenan muy lógicas todas esas pendejadas que dices, pero yo conozco a mi hijo. A su madre la hospitalizaron. Creí que había sido una jugada de ella, pero no. La cacheteé, la amenacé, pero ahora sé que me dice la verdad. ¡Mi hijo ha desaparecido, o lo desaparecieron! La policía me llamó hace un momento, encontraron su mochila con sus cosas en el mismo campo. Alguien se lo llevó.

A Alec se le heló la sangre en las sienes.

—Pero, ¿quién...?

—Subestimamos su seguridad, Alec. Yo la subestimé. Estoy esperando lo peor, solo quería pedirte tu consejo en esto. Quizá me llamen para pedir rescate o cualquier cosa... ¿Qué podemos hacer?

Alec se quedó con el celular pegado al oído, escuchando los resuellos de Rogelio Marín al otro lado de la línea. «¿Qué haría Carlo aquí?». Le dio mil vueltas en un milisegundo, recordando los días en la playa, en el malecón, haciendo competencias con su hermano nadando hasta el farallón del Corsario.

Por primera vez en la vida, con todo y los fuegos que había tenido que apagar a altas horas de la noche, Alec Anaya no supo qué contestar en ese momento.

25

Media hora después de que Alec le colgara a Rogelio Marín, los trabajos en el manglar se iniciaron como ya lo hacían desde hacía unas semanas. Los terrenos, ahora de Florencio Perera, el dueño del Real Madrid, habían cambiado drásticamente en poco tiempo. Las palas mecánicas y las grúas aplanaban la duna y los manglares arrancados de cuajo se empezaban a apilar como basura a su alrededor.

Uno de los operadores de esas palas mecánicas se ajustaba los zapatos llenos de barro. Los demás obreros empezaban a desperezarse, incorporándose de sus respectivas hamacas. El operador dormía hacinado con sinnúmero de paisanos en una especie de barracones con piso de tierra, su hogar mientras la obra se desarrollaba. Tras ajustar la tripa con un recio pedo, el operador terminó de orinar en uno de los charcos que dejaban los mangles. Se subió a su pala mecánica y empezó la faena, con firmes paletadas directas a las raíces del mangle una y otra vez para arrancarlos del fondo. De aquel laberinto de raíces solían salir miríadas de camarones y, si había suerte, cangrejos, langostas y caracol rosado, este último en veda permanente y muy preciado por el mercado negro. Lo que conseguía atrapar acababa en un morral de tela preparado expresamente para la tarea. Guardaba algo para él, pero la mayor parte la vendía a «intermediarios» que solían pasar a horas en que la seguridad se relajaba en la entrada de la obra.

En una de aquellas paletadas tuvo que parar la máquina. Se quitó los lentes de protección y frunció el entrecejo, tratando de entender lo que había encontrado. La mañana ya era una realidad y los rayos del sol daban de lleno a una forma inconfundible: un brazo de dedos torcidos y carcomidos, rotos por la pala mecánica. Pedazos de mangle lo acompañaban como retazos de tuberías antiquísimas y deformes. En vez de camarones, miríadas de gusanos salían de aquella mezcolanza putrefacta. Cuando el obrero creía que se trataba de alguna sanjuaneada de alguno de los compañeros para verle la cara de imbécil, el olor le abofeteó de lleno: un olor que jamás había sentido, a podredumbre acumulada de miles de años. Como si hubiera dado una paletada a la entrada misma del infierno. No soportó más y vomitó la tortilla con chile que se había desayunado.

Horas más tarde, patrullas, ambulancias y periodistas aguardaban a la entrada de los terrenos vallados. Los obturadores resonaron, y los destellos continuos de los flashes daban una forma imposible a las bolsas negras que entregaban al forense. Entre los periodistas ya se hablaba de un cuerpo en descomposición y de algo relacionado al narco. Cuando las primeras calcomanías de OBRA SUSPENDIDA se colocaron en uno de los plásticos de la cerca de alambre, empezó la cadena de llamadas, llamadas que cruzaron el Atlántico a toda velocidad hasta llegar al corazón mismo del Bernabéu.

26

Rufo pasó por el aula de Abel Marín. «Todo tranquilo, como si nada».

Eso estaba bien. Su siguiente jugada estaba casi definida, a pesar de las protestas de Yogurt. Tenía ya trazadas en la mente las dos vertientes a seguir si las cosas tomaban un determinado rumbo. A y B. Nada de C. Por ahora, ni la policía ni la prensa se habían movido, lo que quería decir que los padres estaban tomando la medida más conveniente para él: no dejar saber lo que estaba pasando al público. Si la policía ya estaba en el asunto, eso no se podía saber de momento. Sus ojillos orientales recorrieron los pasillos en busca de algún movimiento raro por la dirección o en el área de orientación escolar. Todo mantenía la normalidad. Sonrió.

Llegó tarde a clase de Servando. Rufo lo miró con indiferencia, y sin pedir permiso pasó directo a su pupitre, a pesar de que estaba explicando la poesía del Siglo de Oro, bastante inspirado por lo que se veía. Servando le masculló:

—Tiene falta y negativo, señor Rufino.

Rufo se sentó, y acomodando el trasero entrelazó las manos en la nuca.

—¡Mire, verso sin esfuerzo, profe!

Las risas crecieron y llegaron desde la parte trasera del aula. Servando lo miró con severidad.

—Anda usted muy ocurrente, señor Rufino. Salga de mi clase.

Rufo descruzó las manos y se encogió de hombros.

—Y si no, ¿qué?

Un silencio abrupto se dejó caer en el aula. Rufo sintió deseos de jugar un poco; el asunto de Abel le había dado un arreón de adrenalina que ahora corría desbocada por su organismo.

—Tú, ve a buscar al prefecto —ordenó Servando a uno de los estudiantes, que salió del salón sin dudar.

—Vaya, el profe ya se la sabe.

Risas, esta vez más tenues. Unas venillas sobresalieron de las sienes de Servando, que lo fulminaba con la mirada. Rufo echó un vistazo a Yogurt y a Joel, que estaban pálidos como cadáveres. Hasta Galleta parecía preguntarse qué diablos le pasaba.

—Bueno, no es para tanto, señor Prócer, ya me voy.

Logró escabullirse antes de que el prefecto llegara a la clase. Hacía un día fenomenal. Pensó en que quizá irían a la playa al salir de la escuela. Le encantaba admirar a Galleta en traje de baño.

La bomba cayó a mediodía, casi faltando una hora para la salida. Los rumores corrieron como llamarada por los pasillos y las aulas. Rufo pensó que los padres de Abel Marín habían cometido una imprudencia y tendría que cambiar la jugada de último minuto, pero los rumores se convirtieron en titulares de ocho columnas. Pasaba algo que Rufo no tenía contemplado, el factor C que mantenía alejado siempre de aquellas operaciones. Habían encontrado un cadáver en la zona de manglares y todo apuntaba al desaparecido Roger Morales, un estudiante de la preparatoria Ciento nueve, del que no se sabía nada desde inicios de curso.

Rufo sintió un leve salto en el corazón. Tenía que saber más detalles. «Yogurt se encargará».

A la salida, Rufo se mantuvo en la idea de ir a la playa a pesar de todo el jaleo. Para evitar problemas, se cambiaron el polo del uniforme y se calzaron unas chanclas. Rufo les había dicho que a partir de ese día sería obligatorio llevar en la mochila por lo menos dos cambios de ropa, como parte del plan. El calor atizaba desde el cielo y golpeaba el pavimento produciendo unas ondas que deformaban el suelo en extraños efectos ópticos. No tardaron en abordar un autobús que iba para el malecón. Hicieron el trayecto en silencio, aunque Yogurt, bañado en sudor, trataba de hacer plática a Joel. Rufo daba besos discretos a Galleta y le susurraba cosas al oído.

—¿Por qué salió el cuerpo, Yogurt? —Rufo miraba al horizonte, mientras echaba el humo del cigarro por la boca. Yogurt arrugó la frente, y con su acento pomposo resumió:

—Resultó que esa zona olvidada la compraron hace poco. Empezaron a aplanar la duna y a arrancar los manglares. Van a construir hoteles y campos de golf, ya sabes. Y pues terminaron desenterrando los restos con una pala mecánica. Siguen culpando al cártel de Cotoche.

Rufo pareció tranquilizarse.

—No se podía hacer nada, entonces. Fue el azar.

—Tú lo has dicho.

Tumbados a la sombra del muro del malecón, jugaban con la arena blanca entre los dedos de los pies. Joel miraba al grupo sin decir nada. Pensaba en Carlo y sus ausencias, y aquellas cuatro paredes que pronto dejaría sin remedio. No estaba seguro de esperar hasta que se le acercara y sin más le dijera que se iba a una casa hogar, o algo peor, directo a la calle. Aunque no hablaban mucho y Carlo era un ente más bien silencioso que no se metía con él ni con sus cosas, a Joel le desesperaba la soledad que le rodeaba. No parecía vivir más que para el estúpido aeropuerto.

Con una toalla, Rufo ayudó a Galleta a cambiarse. Al salir de la toalla como una mariposa recién nacida, fue blanco inevitable de las miradas cercanas. A Joel le parecía que tenía un cuerpo bonito, unos senos de un tamaño bastante maduro, un vientre planísimo y unas caderas donde el bikini se ajustaba como un guante. Trató de esconder su erección corriendo hacia el agua. El mar, como ya sabía, lo recibió al principio como una sopa cristalina, pero a medida que avanzaba sus pies empezaban a sentir las corrientes templadas hasta alcanzar una buena temperatura.

Con las manos bajo el agua, Rufo sujetaba las nalgas de Galleta; ella, montada en sus piernas, lo besaba y frotaba su cuerpo contra él. A Joel le parecía que esa rara indiferencia desaparecía por momentos y se entregaba a su novio como algo normal y que verdaderamente disfrutaba.

—Te quiero un chingo, condenada. —Rufo le mordió suavemente el lóbulo de la oreja.

—¿Por qué provocas a Servando?

La cara de Rufo cambió en un instante. Frunció el ceño y una mueca burlona se dibujó en sus labios. María se sobresaltó.

—¿Qué tiene que lo provoque?

—Se supone que tenemos que ser cuidadosos. Sobre todo ahora.

—No me digas.

Rufo le oprimió los brazos. María empezó a sentir una presión que parecía de tenazas.

—Me haces daño.

Rufo la miró a los ojos. Aunque las tenazas disminuyeron la presión, esta seguía latente en su piel.

—¿También eres fan de Servando, o qué?

—No. Pero no creo que sea buena idea darle motivos para fijarse en nosotros.

—Puede que tengas razón. Igual y es el siguiente, cuando acabemos el negocio del porterito.

—¿Qué?

—¿Cuánto nos darían por él? Igual y nos retiramos con el viejo. Imagínate la cara de Yogurt cuando le apuntemos con la pistola a su pendejo ídolo. —Rufo soltó una risotada. Galleta palideció.

—¿Con lo famoso que es Servando? No creo que sea buena...

—¿Buena idea? ¿Qué chingados te pasa, María?

María apartó la mirada de aquellos ojos que la escrutaban, y enrojeció visiblemente.

—No quiero que nos arriesguemos más. ¿Cuánto durará esto? Me refiero... a nosotros, el grupo.

—Lo que tenga que durar, María. Oye, hoy estás rarísima. Eras de las más entusiasmadas con este negocio.

—No me gusta que provoques a ese hombre.

—Como si en el grupo no se la pasaran provocándolo, por favor, María. «Vamo a calmarno», como dice el meme, ¿sí?

Galleta asintió.

—Pero igual y Servando nos permite retirarnos de una vez por todas —dijo mientras le desanudaba uno de los costados del bikini.

—Ya tenemos suficiente dinero, Rufo. ¿Para qué arriesgar más? Con eso podemos *hacerla* lejos de aquí.

—¿Entonces neta no te quieres quedar en Tamul?

—No. Me aburre mucho, y lo sabes. Ya te lo he dicho mil veces.

—Pues a mí me gusta. La playa todo el año, los cangrejos, verte en traje de baño y estar así contigo. Ir en catamarán. El mar es lo más chingón del mundo.

—Pues entonces nos vamos a otro sitio parecido, pero lejos de aquí.

—Si es con playa, no me importa. Mientras sea contigo...

Joel se apartó cuando los besos y frotamientos empezaron a subir de tono y su erección le atronaba las sienes. A la parejita parecía no importarle. Llegó con Yogurt. El gordo miraba despreocupado hacia otro lado, y Joel supuso que con seguridad ya había pasado por aquello más veces. No parecía incomodarle el papel de mal tercio en absoluto.

—Qué caliente se ha puesto el día, ¿no? —dijo Joel.

—Nah. ¡Y eso no es nada! Estaba pensando en nuestro nuevo amigo, el portero.

Joel iba a decir su nombre, pero recordó las «reglas irrompibles» de la operación.

—Estará bien, ¿verdad?

—Con Tiburcio no le faltará nada.

—Veo muy tranquilo a Rufo.

—Puede no ser un letrado. Apenas y lee el güey. Pero para estas cosas es un lince.

—No sabía que ustedes habían tenido que ver con lo de Roger Morales. Ni fu ni fa con él, de hecho, lo recuerdo muy poco en clase...

—Lo soltamos en la playa, carnal, pero algo pasó. Quizá los del cártel lo encontraron y se lo escabecharon sin más, sabes cómo son esos cabrones. En algo la cagó Roger. Es terrible, Joel, no esperábamos que acabara así. Por eso ahora Rufo lo lleva con extremo cuidado.

Un leve quejido de María llegó a ellos. Yogurt no se volvió, aunque Joel estuvo tentado a hacerlo.

—No sé cómo les gusta coger en la playa. Es de lo más incómodo —remató Yogurt con voz aburrida, mirando al farallón del Corsario, hacia el horizonte de azules del mar y el cielo sin nubes.

Rufo pensó en su sueño secreto, que solo le había confesado a María: ser dueño de un establecimiento de maquinitas. Juegos de *arcade* retro, sobre todo. Entornos nada complejos, de pocos bits, aquellos que descubrió en su infancia cuando empezaban ya a escasear y desaparecer gracias a las consolas caseras y de alta definición. Pondría los créditos a precios absurdos «para que incluso los niños más pobres pudieran tener oportunidad de apartarse el mayor tiempo posible de la vida de mierda que llevaban». Matar zombis, carreras de coches, chutar a gol, encestar en escenarios virtuales. Sería un local enorme, con pasillos y pasillos de juegos de todo tipo. Quizá vendería palomitas y papas fritas con cátsup y chile y su respectivo refresco, igual a precios bajísimos. Idearía campeonatos en ciertos días para un juego en especial donde la participación sería gratuita y el campeón se llevaría un mes gratis de maquinitas ilimitadas. De niño siempre soñó algo así, y ahora que tenía el dinero suficiente gracias a los secuestros, podría intentarlo. Cumplir dieciocho, y a la mierda estudios y obligaciones. Sería un emprendedor y ayudaría a los chavitos a apartarse de la triste realidad, incluso de vicios peores. Si María quería irse lejos de Tamul, pues concedido. Le dolería dejar esas playas, los cangrejos, pero con ella lo soportaría. Si María estaba con él, no le pedía más a la vida.

«¿Te imaginas que pudiéramos hacerlo como en las películas? ¿Sabes?, yo creo que sí se puede, Rufo».

Cuando idearon crear el grupo y su finalidad a partir de una broma, pensó que María se burlaba de él. Pero iba en serio, y Yogurt terminó como punta de lanza, quien les confirmó que todo era posible en esa ciudad, y de que existían los medios a su alcance.

«Pedir rescates es lo más sencillo del mundo. Esto no es el gringo. Y hay tantos narcos y locos sueltos que ni siquiera nos notarán».

Y fue cierto. Ridículamente sencillo. Hasta el asunto de Roger Morales. Pero no dejaría más cabos sueltos ni más accidentes. Él estaba al mando, joder, y no moriría nadie más. ¡Nadie! No eran unos malditos narcos ni asesinos a sangre fría. Solo reclamaban a la ciudad lo que les pertenecía. Así se lo había dicho Yogurt, y se lo creía.

«No me gusta que provoques a ese hombre». ¿Por qué le preocupaba tanto ese imbécil de Servando? Se iba convenciendo de que con él podrían retirarse con mucho dinero. Y ver la cara de Yogurt cuando le dijera su plan no tendría precio. Descubrió que la simple idea lo excitaba.

«Va, pero por ahora concentrémonos en Abel».

Tras saborear la sal que traía la marea, Rufo le acomodó y anudó con torpeza el bañador a Galleta.

Había que ponerse en marcha.

27

Rafael Servando estaba feliz. Los talleres de poesía se desarrollaban con éxito rotundo. Mientras el Prócer disfrutaba de la compañía jovencísima y de la poesía, esperaba que ese teléfono sonara a fin de mes con una conferencia privada desde Estocolmo. Paladeaba octubre con calma, trabajando como le había dicho Alec. Su *coach* no se había comunicado con él esos últimos días. Seguro era parte de su estrategia, pero por el momento, y en ese asunto en particular, no necesitaba de ningún *coach*. Tenía mucha experiencia en los talleres. El director y el alcalde le habían mandado sendas felicitaciones por aquella obra social, les parecía un ejemplo para esos escritores encorsetados de derecha y los ingenuos de izquierda que se pavoneaban de ganarlo todo sin enseñar nada. El alcalde había organizado una partida del presupuesto municipal para pagarle las molestias al poeta, pero este la rechazó amablemente siguiendo al pie de la letra las instrucciones de Alec. Había cumplido con los horarios que le había impuesto, las giras a los pueblos cercanos, de una pobreza encarnada, de olvido construido sobre las casitas de palos y techos de paja donde a duras penas llegaba la lengua de Cervantes. Regalaba pizarrones, gises, mobiliario, libros suyos autografiados, todo de su bolsillo. Gracias a Alec Anaya las fotos, videos y reportajes eran disparados como flechas certeras a Europa, casi deslizando aquellas notas bajo la puerta de la Academia sueca:

«Servando lleva la educación y la poesía a los desfavorecidos, Servando hace un llamado por los pueblos indígenas mayas, Servando, Servando, Servando...».

Pero los talleres eran su premio, su premio por su genio, por ser quien era. El amor puro era infinitamente más importante que el dinero, y eso lo sabía bien. Desde el principio supo a quiénes quería en su casa las tardes de los jueves. Tardes sagradas, litúrgicas, de purificación. Había sido muy sencillo enredar a la muchachita de trenzas y mostrarle la grandeza poética de aquella cama con vistas al mar inmenso de Tamul. Sin duda estaba de nuevo en su terreno. Los años que cargaba a la espalda se iban desvaneciendo y se sentía joven, poderoso, olímpico. ¿Y cuando llegara el Nobel? No se lo podía ni imaginar. El mundo le esperaba con los brazos abiertos.

Entonces aquellos pensamientos tomaron la forma de la chiquilla de rostro soñador. Era la siguiente en la lista. Aunque no la había seleccionado en el primer grupo, ahora ella vendría a ese lecho en el que todavía aspiraba el aroma de las crisálidas, el olor tenue y enloquecedor de la chica de trenzas —¿Sandra, se llamaba?—. Acostado en esa cama, desnudo, envuelto en el aroma de esas sábanas, con el sonido tranquilizador de las olas de fondo, cerró los ojos y su mente le entregó la imagen de aquella niña, María. De ella sí que se acordaba del nombre; había tenido entre sus manos unas cuantas Marías, pero ella parecía una chiquilla especial, crecidita sí, como la pecosa, pero con ese aire de despreocupación que da la tierna infancia. Una potente erección que hacía tiempo que no tenía sin ayuda de pastillas azules emergió de las sábanas.

—El jueves que viene —dijo a aquella protuberancia latente en un suave susurro, confiado de que tras esa última María se escondía la ansiada llamada telefónica.

28

David se hallaba ante una encrucijada no menor a la de aquella noche en que mató a su madre. Cuando Carlo le dijo con esa tranquilidad tan suya quién era en realidad, sintió hondos deseos de matarlo ahí mismo, en la playa. Nadie lo habría visto. Se llevaría consigo a Joel y huiría para siempre de Tamul, de Dalia y de toda la mierda que había sido su vida hasta ahora. Y ese sentimiento se mantuvo latente los siguientes días hasta que se enteró por medio de un rampero de que Gattás y Carlo habían discutido en la terminal de trasbordos. El ya jubilado había acorralado a Carlo para que lo despidieran inmediatamente. Pero resultó que, por primera vez en años, quizá en la historia, Carlo le había replicado al viejo y se negó en rotundo. Incluso le había faltado al respeto. Fue terminante: seguiría trabajando con David sin importar las consecuencias. Y el mismo rampero le anticipaba que eso le iba a costar la jefatura que había dejado Gattás con su partida. A David le había desconcertado la actitud de Carlo. ¡Pero si apenas lo conocía! Llevaba trabajando con él, ¿un mes? ¿Por qué se había jugado un puesto que quería tanto por él, un asesino, un paria? Si supiese lo que estuvo a punto de hacerle aquella noche…

«¿Y ahora? ¿Qué hacer?». Sí, quería llevarse a Joel, le encantaba el chavo, era como un regalo que la vida le había reservado tras su sacrificio al dejarlos hacía años. Pero a final de cuentas Carlo era su papá y resultaba que el muy idiota estaba en medio de un ejercicio pedagógico de enmendar sus errores, o eso creía. Aunque Joel no parecía pensar lo mismo. Daba la impresión de que el chavo no vivía con nadie. Pensó en ponerse en contacto con él. David le dejó su número de celular aquella vez que se encontraron en el cementerio, pero desde la pesca no lo había llamado. No tenía ningún número ni dirección de Joel. La llamada el día de pesca había sido desde un público, lo comprobó. Y temía preguntarle a Carlo si podían tomar algo en su casa. A pesar de la notoria inclinación de Carlo hacia él, siempre que tomaban algo se cuidaba de que fuera en algún bar del aeropuerto o el centro de la ciudad, o como aquella vez en la playa; ahora que sabía su pasado gracias al viejo Gattás era improbable que lo invitara a su casa. «Incluso quizá ya se ha arrepentido de ayudarme, sabiendo quien soy», se dijo.

Escuchó un auto arrancando y a Dalia abriendo el portón. Entró, y esta vez, lejos de verse radiante y bronceada como solía ocurrir cada vez que ese auto la traía, venía con una cara que revelaba una tensión acumulada. Se tiró en el sofá como una actriz en medio del acto álgido de una tragedia. A David le hizo gracia.

—Ay, Davidcito..., necesito un trago. ¿Me puedes poner hielo en un vaso?

David lo hizo y le tendió el vaso. De la vitrina, Dalia sacó una botella de ron que vació con gusto. Se bebió casi todo de un tirón, sin dejar de lado la elegancia que daba el sostener en alto el dedo meñique. David permaneció en silencio. No quería meterse en los asuntos de su casera y su intención era que la relación siguiera así. No quería saber quién venía en el auto y a dónde iba a asolearse y a emborracharse la mayoría de las veces. Dalia miraba al vacío, sosteniendo en alto el vaso con rescoldos de ron que el hielo se apresuraba a diluir.

—Le han secuestrado al hijo.

—¿Qué?

—Ay, David. Esta ciudad... me da tanta tristeza. Esto no era así. No poníamos cerrojo a las puertas. ¡Todos nos conocíamos! ¿Qué nos pasó?

La diva volvía a lamentarse de tiempos mejores que ya se habían ido. En cierta forma, compartía su punto de vista. Lo supo desde que bajó del autobús y vio los cambios en sus calles y aceras. Estaba seguro de que aquella Tamul que conoció y disfrutó con Joana no regresaría jamás. Y Dalia hablaba de una época anterior que se codeaba con los tiempos mitológicos de aquel lugar, una época idílica de tonos sepias. Pero cada vez que Dalia contaba alguna anécdota de esa primera Tamul llevaba incluida aquella maldición, de una profunda tristeza, de una pérdida grande e irreparable.

—El caballero con el que salgo... Nos conocimos en esa época de aventureros y exploradores. Disfrutamos de todo lo que se pudo disfrutar en esos años. Hoy tenemos tiroteos; las drogas que antes se consumían a discreción hoy las reparten en sacos que llegan de Colombia y se las disputan mierdas como el cártel de Cotoche y otros más. Y los levantados. Los malditos secuestros. Hoy le tocó a su hijo, David.

—El señor del auto... ¿Levantaron a su hijo?

—¡Sí! Y mira que no debería contártelo. Por ahora quieren manejar todo en silencio, hasta que se pongan en contacto con ellos y pidan lo que quieren. Si la opinión pública o la policía se entera podría ser una tragedia.

—Lo siento mucho, Dalia. En serio. No se lo deseo a nadie.

—Yo lo sé, David. Este caballero significa mucho para mí, y aunque he visto pocas veces a su hijo, esto me destruye. A saber lo que le estarán haciendo en estos momentos. Es un deportista genial, y seguro aprovecharon su fama..., no sé si sabes de quién hablo.

Poco estaba enterado David del mundo deportivo. Se encogió de hombros.

—Abel Marín. Acababa de firmar para el Real Madrid.

David recordó el nombre. Lo había visto hacía unas semanas: la nueva sensación de Tamul. Así que Abel Marín era el levantado.

—Lo siento si no me ves llorar, querido. No sé llorar. Desde muy niña me decían que no sabía, que tenía un problema. Pues no. Simplemente a mis lagrimales no les da la gana derramar nada por nadie. ¿Crees que soy una insensible por eso?

—No. No creo que seas una insensible. Más bien me pareces una gran diva, como Dolores del Río.

Dalia le dedicó una sonrisa que se disolvió al instante.

—Qué rico eres. Pero resulta que para los hombres eso está mal. Incluso este caballero lo pensaba. Al principio le chocaba, no lo concebía. «Eres una mujer y deberías llorar, ser más sensible». Puede ser un imbécil cuando se lo propone. —Tomó una pausa, y concluyó—: De cualquier forma, lo estimo mucho. Son bastantes años de conocernos como para reclamar algo así. Todos tenemos que ser imbéciles en alguna medida.

—El chavo de la foto en tu cuarto, ¿quién es?

Dalia pareció salir de un trance. La pose de diva trágica desapareció, y lo miró con el ceño fruncido.

—Mi hijo. Y si piensas que te di asilo porque te le pareces, estás mal.

—Yo no he insinuado eso. Solo quería saber.

—Juan Pablo murió hace años. Heroína. Y por la pendeja de su madre. Es todo lo que necesitas saber. Y bueno, es la excepción. Lloré mucho por él. Mucho.

Se acercó a ella. Aunque no lo pedía, David intuyó que

necesitaba un abrazo, justo como él lo había necesitado aquella noche. Dalia no tuvo reparo en acunarse entre sus brazos, aceptando la caricia. Era verdad que no derramaba una sola lágrima, ni siquiera por el recuerdo de aquellas épocas mejores, o del hijo que apenas mencionaba. Descubrió que no le chocaba; contribuía a la efigie que se había hecho de ella: una diva completa.

29

—Lamentamos profundamente el sensible fallecimiento del alumno Roger Morales. Es una pena que embarga a esta institución, y que tendrá en la memoria de sus profesores y compañeros este día. A sus padres y familiares, mi mayor pésame. Quiero dejar sentado que, en lo que pueda ayudar personalmente, en lo que pueda ayudar la preparatoria Ciento nueve, estamos a la entera disposición. El señor gobernador y el señor presidente municipal también envían sus respetos a la memoria de un alumno disciplinado y dedicado, que empezaba su carrera con la esperanza de contribuir a formar un mejor país...

No había la menor inflexión en las palabras frías. Así era ese robot institucional. Para Rufo, estar ahí en el patio quemándose al sol de la mañana, con banderas a media asta y listones negros era una pérdida de tiempo, un pésimo teatro. Ni al director ni a la «institución» les importaba la muerte de un alumno. Tenía ganas de jugar a las maquinitas. Habían pasado casi cuarenta y ocho horas de la desaparición de Abel Marín y nadie había preguntado siquiera por su estrella. Mandó a Joel a preguntar por él a uno de sus compañeros de clase, y este solo había encogido los hombros. «Creo que hoy faltó, no lo he visto» fue lo único que consiguió Joel.

«Pues qué buenos amigos, hijos de la chingada», pensó Rufo sin mucha gracia. Miró su reloj de pulsera y asintió mientras el estómago le rugía con insistencia. «En algún lugar debería estar timbrando un teléfono».

30

Prefería, por ahora, pasar todo el tiempo posible en el pasado.

Y ahí estaba Luis. Sí, en definitiva, el recorrido interior era mejor que pensar en otras cosas, cosas presentes y que siempre terminaban en temblores, en negro sobre sus ojos y una resequedad terrible en la boca.

Luis. Sí, pero antes de Luis hubo algo definitivo. Remoto, pero definitivo. Recordaba la vez que su padre lo había llevado al estadio del extinto Tamulense FC, el equipo de fútbol de segunda división que a duras penas mantenía la categoría en aquel tiempo. Pero ni el partido ni las atajadas ni los insultos que jamás había oído en su vida —«ni se te ocurra repetirlos en presencia de tu madre», le dijo su padre, a pesar de que reían a la par con las ocurrencias de los borrachines— ni la gresca que se armó en el área chica por un penalti en contra habían llamado su atención. ¿Cuántos años tendría? ¿Cinco, seis? Lo que más terminó atrayéndole fueron los vestidores. Entraron nada más acabar el partido. Su padre saludó al entrenador en el vestíbulo y este le presentó a Abel al goleador. Le acometió una absurda timidez al extenderle uno de los programas para que se lo firmara. El jugador había sonreído y firmado de buena gana el cartón, acuclillándose para estar a su altura. Le cayó muy bien a Abel. Cuando le acarició el pelo, la timidez desapareció. Entonces el delantero se despidió y fue directo a las duchas. Alcanzó a ver la espalda atlética que apareció al quitarse el jersey. Su padre empezó una discusión de tácticas con el entrenador y otros jugadores que lo habían reconocido: eran militantes del partido, y en el corro que se había formado escuchaba a cada momento lisonjas que terminaban siempre con la palabra «líder». Líder aquí y allá; siempre había sido líder desde que tenía uso de razón. Entonces decidió entrar a la zona oculta. Caminó entre las sombras del vestidor con la curiosidad dirigiendo sus pasos. En una de las duchas, ahí, Abel tuvo su primera revelación, una muy temprana pero definitiva. Miró el inmenso pene de aquel hombre que se enjabonaba distraído, dejando caer el agua sobre su larga melena. Miró sus nalgas, los bíceps, los tenues abdominales. Se había quedado de piedra con el programa firmado en la mano, mirando al ídolo de gran verga en la regadera frente a él. El goleador no se dio cuenta de su presencia, pues la cortina de pelo apelmazada por el agua le tapaba la cara. Se hablaba a voces con otros jugadores que se cambiaban o se duchaban en otros cubículos más al fondo. Se decían bromas y cosas del juego. Salió de ahí con la mente alborotada y la piel chinita, con la imagen de aquella cosa inmensa que parecía tener vida propia. Abel Marín había encontrado su vida en el fútbol y no en el juego en sí. Se dijo que iría con su padre a todos los partidos del Tamulense FC, y buscaría siempre a aquel jugador para saludarlo y seguirlo a los vestidores siempre que pudiera.

Poco después empezó con la liga infantil, halló su posición rápidamente y destacó bajo los tres palos. Ayudó a su equipo, a sus compañeros, se bañó con ellos en los vestidores y bromeó con todos; entre broma y broma buscaba a alguien que fuera como aquel amable delantero. Se dijo que así sería libre. El fútbol iba a ser su libertad en la misma cara del «líder», donde no se admitían mariconadas y sobre todo el fútbol femenil, que el líder odiaba a muerte y catalogaba como cosa de machorras y lesbianas reprimidas. A Abel no le importaba. Entrenaba al límite, apoyaba al equipo que quería su padre y a cambio sería libre. Y lo fue, hasta aquella conferencia de prensa. Hasta lo de la plaza Solares y el brindis con el viejo.

Ahí descubrió que era un prisionero, un «levantado» por toda esa situación del Madrid.

«Ya eres un hombre».

Entonces regresó de aquel viaje y se encontró con la negrura, la ausencia de colores. ¿Es que no podía mover los párpados? No lo sabía con certeza. La boca, reseca, se topó con un trapo con regusto a gasolina. Los brazos los sentía de plomo y descubrió que llevaban muchas horas dormidos a su espalda. Sus brazos valorados. Rio por dentro.

A su mente acudió una equis.

Una equis enorme, hecha de troncos.

«Palmeras inclinadas».

¿Qué había pasado? Lo habían levantado, eso le quedaba claro desde la primera vez que despertó con un dolor de cabeza inmenso, como si tuviera una resaca. «Fue algo que me dieron en la bebida». No veía más allá de la venda negra en los ojos.

Tiempo después escuchó ruidos a su alrededor. Pisadas que se acercaban. Le quitaron la venda de un tirón y Abel descubrió a un hombre viejísimo que le sonreía con una boca desdentada. Las arrugas parecían absorber su misma cara, y los ojillos negros de tlacuache eran lo único que evidenciaba vida en aquel ser. ¿Un viejo lo había levantado? No. ¿Qué era lo último que recordaba? La batalla campal..., salir del juego..., el grupo de las gradas..., subió a un auto, arrancó, ahí le invitaron un refresco que se bebió con ganas. Casi al momento empezó a ver doble, y le zumbaba la cabeza. Las voces de los chicos empezaron a alejarse, a ser más ecos que otra cosa. Ya semiinconsciente, como un muñeco de trapo, sintió que el auto paraba y lo bajaban a trompicones. Vio la mentada equis, en el fondo de un patio. Era lo último que recordaba.

El terror le empapó el corazón. ¿Ya lo iban a matar? Por toda respuesta, el viejo le dio a beber de una botella de agua purificada que aceptó con gusto.

—¿Tienes hambre? —preguntó el hombre, con marcado acento maya—. Hay panuchos, salbutes y empanadas.

—Salbutes, por favor.

El viejo le acercó los salbutes y le dio de comer con una mano callosa, que parecía hecha de madera vieja. Comió con ganas, estaban sabrosos con la cebolla y la salsa roja. Iba a preguntar algo al viejo, pero se dijo que no era a él a quien debía dirigirse. ¿Lo matarían? No podía pensar con claridad. Terminó, y el viejo le secó el mentón con movimientos toscos.

—¿Puedo ir al baño?

El viejo lo levantó del catre y lo sentó, sin desatarle el nudo de los brazos. Le impresionó la fuerza que tenía.

—¿Del uno o del dos?

—Del uno.

El viejo agarró una botella de plástico vacía, puso a Abel de pie, le bajó los pantaloncillos del uniforme, le sacó el pene y lo introdujo en aquella botella como si fuera algo rutinario. Todo había sido tan rápido que Abel no pudo más que mear, incómodo, pero pudo vaciar la vejiga.

—Ya, gracias.

El viejo gruñó, le subió los shorts y tapó la botella. Lo volvió a tumbar en una especie de catre que rechinaba. Y de nuevo la venda y la mordaza, y la oscuridad total.

¿Ya lo estarían buscando por cielo y tierra? Mientras comía, pudo ver el cuartucho donde lo tenían, una especie de muladar. Sabía que el calor empezaría dentro de poco, pues aquello era una mezcla de bodega y cobertizo con techo de concreto que no solo retenía el calor, sino que convertía aquella estancia en una maldita sauna. El silencio se rompió al abrirse una puerta lejana. Aguzó el oído y reconoció la voz del viejo. Parecía hablar con alguien. Pero nadie contestaba, por lo que dedujo que hablaba consigo mismo. Lo escuchó entrar a algún lado, trastear en otra habitación. Los zanates acompañaban al viejo con sus graznidos allá afuera.

«El viejo salió un rato de lo que sea esto, una casa de seguridad o lo que diablos utilicen los que me trajeron aquí para retenerme mientras piden dinero por mí», pensó, tratando de calmar los latidos del corazón que le indicaban que en cualquier momento el viejo regresaría no con agua o salbutes sino con una pistola, un cuchillo y una bolsa de plástico a finiquitar todo aquello. «Esos viejos no dudan en cumplir órdenes. Me recuerda a nuestro jardinero, un viejo maya que mataba a machetazos cualquier alimaña sin apenas pestañear. Son viejos hechos de sangre fría, como sus antepasados que sacaban corazones y desollaban a sus enemigos».

Entonces concentró su alma y corazón en regresar al pasado. Se sumergió en Luis y sus recuerdos lo delinearon con facilidad: la textura de sus brazos, el volumen de sus piernas y aquella melena que bailaba con cada drible, con la cadencia contenida en cada tiro a su portería.

Allí, fuera de aquella hedionda habitación, se estaba bien, muy bien.

31

El pánico se apoderó de María. Por alguna razón, estaba segura de que Servando la había reconocido. El poeta había pasado a través de la máscara y volvía como una pesadilla a invitarla, a tender sus tentáculos viscosos, esos brazos velludos bajo su falda. Tan sorprendida estaba que su primera reacción fue negar con la cabeza a lo que le decía, como si tuviera otra vez diez años, repitiéndose como un mantra «El mar de Tamul es el más aburrido del mundo, el mar de Tamul es...».

Servando la miró fijamente.

—Mi niña, no me gusta usar esto, pero viendo tus calificaciones... estás reprobando la materia. Estos talleres sirven para que pases sin problemas. Y a mí me dará mucho gusto darte material para que empieces con tu propia poesía. Sé que tienes talento. El niño interior nos llama, ¿sabes? Es una experiencia que a tu edad se consigue de maravilla. Hay que rescatarlo mientras aún se pueda.

María bajó la mirada. Negó otra vez con la cabeza, sin decir nada.

—Bien. Llevarás esta forma para que tus papás la firmen y la quiero aquí mañana. Si no, esto irá escalando hasta llegar al director y me temo que puedes salir incluso expulsada. Lo siento, mi niña, pero no me dejas otra opción.

La voz del poeta iba bajando mientras hablaba, hasta casi convertirse en un susurro. Servando firmó y le extendió la hoja sin dejar la sonrisa amable.

—¿Sabías que hay una lista de espera? Hay estudiantes de otras preparatorias que se pelean por tomar los talleres, incluso profesores, y tú no. Piénsalo, hija.

María mantuvo la mirada baja. No salió nada más de sus labios.

—Bueno. Hoy es lunes, necesito esa hoja firmada mañana. El jueves es el taller.

Pensó en Rufo, en los muchachos. Servando no la dejaría en paz hasta lograr lo que quería. Se acordaba perfectamente de ese detalle. Por fortuna no la había descubierto, pero el viejo usaba todas las artimañas que tenía a disposición, y descubría con horror que ahora le resultaba más fácil obligarla por ser quien era. No había salida posible. Bueno, sí que la había, pero no quería usarla. Sentía que si lo hacía, el sueño de irse lejos de Tamul, de disfrutar una vida sin preocupaciones, todo eso se derrumbaría si le confesaba a Rufo lo que le había hecho ese hombre.

Al día siguiente llevó a Servando la hoja sin firmar. María había decidido enfrentar sola las consecuencias, hasta donde llegaran. Servando enarcó las cejas, sorprendido, pero recuperó el control casi de inmediato.

—Ven conmigo. A la oficina del director.

En su despacho, el director dio toda la razón a Servando y a María la dejó como una malagradecida, alguien que no se daba cuenta de la oportunidad que el Prócer le extendía. Había un serio problema. El director llamó por teléfono a la madre de María y le explicó la situación. Tras unos momentos, asintió y colgó.

—Tu madre me ha dado el permiso verbal, mismo que yo suscribo aquí delante de ustedes. Ella te llevará a la casa de don Servando el jueves en la tarde. ¿A qué hora...?

—Seis de la tarde, señor director.

—¡Pues sea! Seis de la tarde.

Y no se dijo más.

Mientras regresaba a su clase pensó en todo, tal como Rufo y Yogurt le habían enseñado. Todos los ángulos, todas las aristas, salidas enrevesadas e incluso posibilidades como último recurso. ¿Fingirse enferma? «¿Hasta cuándo, pendeja, hasta el fin de los tiempos?». Descubrió que era un cervato en la mira del cazador. ¿Se entregaría en sacrificio nuevamente a ese hombre para ser feliz con Rufo? ¿Podría ser *feliz* después de encontrarse con el horror que le esperaba en aquella casa? Si lo denunciaba se pondría en boca de todos, sería señalada de muchas formas y eso estaba pero que muy mal. Y con el asunto de Abel Marín entre manos sería riesgoso. Lo había visto en otras chicas que tenían más valentía y denunciaban los abusos, no salían bien paradas. Para la mayoría eran putillas dolidas y nada más. Desbarataban hogares, familias y relaciones gracias a sus valientes e inoportunas denuncias, y por lo general había un mismo culpable: la víctima. Uno que otro abusador iba a la cárcel y apenas si cumplían tibias condenas para salir con más ganas. Y resultaba que Rafael Servando y Costilla era un maldito símbolo, un héroe protegido por el Gobierno, incluso. ¿La creerían a ella, una simple estudiante?

Si lo dejaba correr, si hacía como que no pasaba nada, mantendría el perfil bajo y ayudaría a Rufo y al grupo. Cobrarían el dinero de Abel y se marcharían lejos de esa maldita ciudad a vivir, ahora sí, felices para siempre.

«¡NO!».

Una voz que le sorprendió y que rara vez salía a manifestarse se alzó entre toda aquella niebla de opciones. Era una voz salvaje que llegaba desde el fondo del pecho:

«No seas estúpida. ¿Crees que si vuelve a pasar serás "feliz para siempre"? El recuerdo te seguirá, y el día menos pensado te culparás en nombre de todas las chiquillas que pasaron y pasarán por él. Te refugiarás en los brazos de Rufo, y lo más seguro es que cuando lo sepa él sentirá *asco* de ti, *asco* por tu dejadez, por tu cobardía y sobre todo por dejar indemne a ese bastardo».

«Rufo lo comprenderá. Tiene que entenderme».

«Ya no tienes diez años, María. ¡Ten el valor! Ten por una vez, una sola vez en la vida, el valor para hundir a ese maldito enfermo. Hazlo por ti».

La voz no le convencía. Entró al aula y descubrió que, en la primera fila, una chica —¿cómo se llamaba?— la miraba fijamente. Era la Pecas, así le decían. Mientras descifraba lo que aquella cara le intentaba decir, descubrió en ella un grito desgarrador que no encontraba eco, un silencio que le decía todo. A María le pareció mirarse en un espejo. El reflejo era nítido: una niña de diez años, con los calzones manchados de sangre y la vida que le había deshecho Servando con sus afilados versos. Era el mismo silencio en la Pecas, el mismo delineado de colores y gestos. Se asustó. Rufo le tiró una bolita de papel que se quedó enredada en su cabello. Le sonreía y le sacaba la lengua. La sonrisa de su novio era ajena a ella y a la nube de pensamientos sobre su cabeza, un gesto que le decía que todo estaba bien y controlado, y que el negocio saldría a las mil maravillas. Un Rufo que no tenía idea de lo que estaba a punto de pasar. Al mirar aquellas caras, María tomó la decisión que tenía que haber tomado desde que vio a Servando en el estrado, el día de la presentación en el patio de la escuela.

32

Carlo esperaba a Joel. Llevaba tiempo esperando. Y la espera iba a acabar ese día. Asumiría el odio, las injurias, los insultos, pero Joel iba a escuchar su versión y aceptarla como parte de la realidad. Aceptarla, como la muerte de su madre. El reloj marcó las ocho. El sol se había escondido y los zanates negros ya dormían en sus nidos tras el concierto diario en los flamboyanes de la avenida cercana. ¿A qué hora acostumbraba llegar Joel? ¿Dónde andaba? ¿Amigos? ¿Una chica? No tenía idea. Pensó en Alec y el día que había cambiado todo cuando lo vio en el aeropuerto. Ahora que lo pensaba, quizá Joana se estrellaba en el Spark azul en el mismo momento en que se había encontrado con su hermano en el umbral del *jetway*. ¿Era eso posible? 3:57.

Y el taxi 357 de Joana. ¿Era ese el número, o la memoria también le hacía jugarretas? ¿Ese día, ese momento, ese número determinaba algo en el universo?

¿Debía importar?

¿Tendría que acercarse a su hermano?

La cerradura dio vuelta y Joel entró a la casa. Por un momento le pareció que el muchacho había envejecido tanto como él, y ahora un sosía era quien entraba por esa puerta. Era el negativo que había dejado a Joana, el cúmulo de olvidos y de caminos separados que volvían a converger. Tuvo miedo. Joel lo miró sorprendido.

—Creí que todavía estarías en el aeropuerto.

—Me tomé la tarde libre. ¿Quieres cambiarte, dejar tus cosas en tu cuarto? Quiero platicar contigo un momento.

Joel palideció. El chico abrió la boca, pero no dijo nada. Fue a su cuarto. Tras unos momentos, regresó a la mesa ya sin el uniforme de la preparatoria.

—Siéntate, por favor.

Joel respiró hondo, esta vez en una actitud de autosuficiencia. Como si le diera una pereza enorme el simple hecho de escuchar. «Bien empezamos», se dijo Carlo.

—Sabes que tu tía Mayo no contesta. No hallo el modo de localizarla, y parece que estás aquí varado conmigo.

Silencio de asentimiento de Joel, que lo miraba a los ojos.

—Perdí la promoción de ascenso. Por una estupidez incluso fui relegado de supervisor. Vuelvo a ser un simple agente. En fin. Quizá deje el aeropuerto, pero contigo a mi cargo sería muy arriesgado...

—Sí..., que sobro, pues.

—No, yo no dije eso. Yo tengo una responsabilidad contigo y la voy a cumplir.

—¿Qué quieres decir, Carlo? Ya dímelo. Así acabamos rápido.

—Tu madre...

Joel aporreó la mesa con la palma de la mano.

—¿Por qué chingados la mencionas?

—¿Quieres escucharme, Joel? —Esta vez Carlo alzó la voz y Joel respingó—. Tu tía te dejó a mi cargo porque soy tu papá.

Por toda respuesta, Joel le sonrió en una mueca de franca burla.

—«Mi papá...». ¿Sabes qué es lo que más me encabrona, Carlo? Que no hayas tenido los huevos de decírmelo hasta ahora. Pero nunca has tenido los huevos para nada, por lo que sé y por lo que he visto.

Una sonora bofetada cruzó la mejilla y la nariz de Joel. Carlo se arrepintió al instante de haberlo hecho. Los ojos de Joel enrojecieron, pero le siguió plantando cara. Ambos respiraban como toros listos para saltar al ruedo.

—Sí, sí, así esperaba que fuera el pendejo que la abandonó. Un perdedor de mierda.

—No tienes que insultarme, Joel. Ya me lo ha dicho mi hermano, mi jefe, tu mamá y tu tía. Para todos ustedes soy algo que no les gusta. Lo siento. Pero no se trata de mí. Tú aquí no sobras. Es más, ya tenía la idea de hacerme cargo de ti.

El muchacho lanzó unas carcajadas que se clavaron en el corazón de Carlo.

—¡Hacerse cargo! No mames, de verdad. Yo no necesito que nadie se haga cargo de mí, *vato*. Otro cabrón tuvo más huevos que tú y ayudó a mi mamá cuando nací. ¡Así de pobre eres, güey, me das lástima!

—Por lo menos hasta que cumplas dieciocho. Es lo único que te pido.

Joel le mostró el dedo corazón.

—Tus culpas y sentimientos me valen verga. Si quiero, le digo a mi gente y ellos me ayudan en todo.

Carlo se sintió indefenso. ¿Su gente? ¿A quién se refería? ¿Es que ya tenía todo listo para huir en cualquier momento? ¿Iba a dejar ir a su hijo por segunda vez, gracias al aeropuerto? No, no al aeropuerto. Gracias a toda la monserga que Alec, Joana y demás gente le había reclamado. A la razón de que era un miserable que veía la vida pasar.

—Yo te ofrezco lo que necesites aquí sin nada a cambio, Joel. Te lo pido por favor, no te vayas.

Joel pareció tranquilizarse un poco, pero mantenía los ojos rojos y la respiración entrecortada. En un vano intento de ocultar las lágrimas, se dio la vuelta y se pasó el dorso de la mano por los ojos. Sin darle la cara, concluyó:

—Vete a la chingada, cabrón.

Y salió corriendo, azotando puertas, y sus pisadas resonaron en las escaleras hasta desvanecerse. Carlo sentía el latir de sus sienes como un martillo. ¿Qué seguía ahora?

«Jamás hubieras sido buen padre, de cualquier forma».

Se asustó al pensar esto. Entonces, ¿para qué servía? ¿Solo para mantener una precaria defensa de sus creencias, de su conciencia, a cambio de sobrevivir como un pobre miserable? A eso lo llevaba toda la estupidez de mantenerse en posición segura, de no arriesgar un milímetro, como una tortuga miedosa. Pero pensar en Alec solo hacía aumentar su furia. El tic en el ojo, que parecía haberse tomado una temporada de descanso, regresó con fuerza inusitada.

Descubrió la puerta del cuarto de Joel abierta. Ahí, sobre la cama, estaba tirada su mochila verde con el escudo de la Selección de fútbol. ¿Qué era de su hijo, entonces? Se sentó en la cama y abrió la cremallera de la mochila. Dentro había libros de texto y bolígrafos desparramados de cualquier forma. Los hizo a un lado y tomó sus libretas de apuntes. Empezó con una de color azul y abrió las últimas páginas, donde sabía que se escondía lo más interesante, como él solía hacerlo, una vida privada paralela a la escuela, a las materias, a los profesores. No fallaba. En la libreta de Joel había garabatos, dibujos hechos a lápiz y un tipo de letras que parecían grafiti; las había delineado cuidando los detalles con un plumín. Pasó a otra libreta y ahí aparecieron dibujos repetidos de un mismo personaje hechos por una mano dedicada y con un don de monero sin duda, pues la caricatura tenía su gracia. Era un profesor que parecía un viejo grillo encorvado y recitando una poesía grosera. La nariz enorme, lentes de fondo de botella y la calva hacían el dibujo mucho más burlesco y magistral, junto a un aula en la que todos dormían sobre los pupitres mostrando un sonoro «ZZZZZ». Abajo ponía: «SERBANDO, EL PROSER DEL ABURRIMIENTO Y DE MI PICHON».

Le sonaba ese nombre. Servando (con uve), un poeta que siempre se mencionaba en sus épocas de escuela. Ahora sabía que daba clases a su hijo.

«Bravo, inspector Anaya, vamos progresando».

Iba a acomodar todo otra vez en su sitio cuando vio en esa libreta azul, casi a la mitad, algo escrito a lápiz. Volvió a pasar las hojas y lo encontró. Eran palabras y números escritos con pulso rápido y fugaz. Una dirección de Tamul. Le sonaba también. «Hombre, hoy todo le suena al inspector Carlo Anaya, un sabueso para encontrar travesuras de bachiller violando la privacidad de su hijo». Abrió su celular y tecleó en la aplicación de los mapas la dirección anotada en la libreta: «CALLE AKUMAL NÚMERO 98».

La aplicación del teléfono le confirmó que se trataba de la zona baja de la ciudad. Le decían «zona baja» porque era un conjunto de colonias que yacían a unos centímetros debajo del nivel del mar. Una de las zonas más jodidas. Pertenecía a un ejido que no terminaba de fusionarse con la ciudad propiamente dicha. Allí no llegaba el pavimento a las calles, aunque sabía por los periódicos que los colonos robaban la electricidad al municipio de Honestidad como podían. El agua se la proveía una infinidad de pozos en aquella zona. Repasó la dirección. ¿Allí iba Joel a coger con alguna chica? Recordó las palabras «mi gente me ayuda». ¿Qué gente? No veía señal de drogas o alcohol por ninguna parte, por lo que esa era la razón más plausible: se veía con una chica. Cerró las libretas y acomodó todo otra vez en la mochila.

El inspector Anaya dedujo que con esa información no podía hacer nada. Volvía a la casilla de salida como el primer día; eso sí, con una diferencia: tenía un hijo ahora mucho más enfurecido con él.

33

Yogurt esperaba sentado en la banca justo donde había recogido la bolsa llena de dinero por el rescate de Roger, en lo que le parecían eones de tiempo atrás. Frente a él, la estatua de Echeverría apuntaba con la mano izquierda al horizonte. Yogurt se dio cuenta de que Echeverría firmaba con la derecha un pliego que caía hasta sus rodillas, como un Moisés recitando los diez mandamientos. En la placa de bronce de la base se leía: «EL SEÑOR PRESIDENTE LUIS ECHEVERRÍA ÁLVAREZ DECRETA LA CONFORMACIÓN DE TAMUL COMO CENTRO TURÍSTICO INTEGRALMENTE PLANEADO. 10 DE AGOSTO, 1971».

Por primera vez desde que habían iniciado esa empresa, Yogurt estaba nervioso de verdad. Por un rato se había quedado en blanco, y el cerebro no le respondía como quería. Pero recordó la pistola y las nubes fueron apartándose del pensamiento racional y de las jugadas ajedrecísticas. Si todo fallaba, siempre estaba la pistola. Y también el cártel de Cotoche, que a estas alturas seguirían preguntándose quién diablos los estaba implicando donde no tenían nada que ver. La prensa roja reportaba que los cabecillas ya empezaban a actuar, indagando y ejecutando en balaceras a discreción por las regiones pobres de Tamul, pues el caso de Roger Morales era cosa nacional. Una pancarta colgada en el puente peatonal de la entrada al malecón mandaba advertencias al Gobierno y se deslindaba de Roger, todo firmado por el cártel.

Estaba claro que el asesinato de un chavo de prepa no había calado bien ni siquiera en esos círculos de asesinos a sangre fría. Pero la violencia era la violencia, a fin de cuentas. Esto hacía que el estómago se le encogiera en cosquilleos de placer, como quien comete la travesura y se sale con la suya, embarrando mierda al menos culpable. Era como una especie de *Pedro y el lobo*, un cuento que se habían montado y que resultaba fenomenal. En caso de que el lobo apareciera, tenía la pistola. Por esa parte Yogurt estaba tranquilo. La llamada a los padres de Abel Marín había salido bien, aunque con los últimos acontecimientos tenían que dar un golpe de timón intempestivo, justo a tiempo para evitar el arrecife que los iba a hundir si no viraban. Si su mente brillante no pensaba todos se irían al fondo, como le había pasado al corsario que daba el nombre al farallón.

«Cuatro hombres con el cofre del muerto, yo, jo, jo, y una botella de ron...».

Pero había pensado. Y la ayuda llegó justo a tiempo, enviada del cielo. Joel lo llamó al celular cuando las nubes rehusaban apartarse de su cabeza. Se le escuchaba tristón y quería hablar con ellos.

«Solo estoy yo», le dijo Yogurt.

«Bueno, va, ¿dónde nos vemos?».

Chocaron palmas y puños. Joel vio que el reloj luminoso del palacio municipal iba a marcar las diez de la noche. Una racha de brisa se coló y meció las palmeras junto al quiosco.

—¿Qué traes? ¿Te peleaste con alguien?

Joel no sabía si contarle lo de Carlo. Prefirió de momento dar un paso al lado. No tenía aún la suficiente confianza con Yogurt. Si al menos fuese Rufo o Galleta...

—Cosas mías. Me acuerdo de mi mamá, es todo.

—Ya. Está cabrón.

Tras otra racha de brisa cargada de sal, Yogurt empezó a hablar. Y raro en él, se trababa continuamente.

—Ha habido un cambio. No te llamé porque ni yo mismo sabía qué pedo. Rufo y Galleta siguen discutiendo. O cogiendo, no sé. No sé nada de ellos desde hace un rato.

—¿Está bien Ab…, es decir, él?

—Sí, coño, él está muy bien. Don Tiburcio es confiable, y tenemos luz verde para el dinero. No es él el problema.

—¿Entonces?

Yogurt respiró hondo, y Joel, por alguna razón, lo imitó: le llegó aquel torrente de salitre que se colaba por la plaza, arrastrando un agradable olor a comida. Miró a la gente a su alrededor, algunos volviendo o yendo al trabajo, uno que otro mendigo pidiendo monedas, parejitas besuqueándose en la sombra. El olor venía de los puestos del parque: los eloteros con sus ollas humeando y sacando mazorcas amarillas y jugosas competían con los barquillos de las marquesitas con queso de bola.

—¿Te echas conmigo una marquesita? —propuso Yogurt.

—Va que va.

Yogurt las pidió «bien copeteadas», añadiendo la propina correspondiente. Con gran habilidad, el marquesero echó la mezcla líquida a una prensa circular y la metió al fuego. Segundos después, sacó el barquillo todavía maleable para añadirle el queso y enrollarlo como un burrito. Tras envolverlos en una servilleta, les entregó sus barquillos «copeteados» de queso rallado como si fueran escobillas. Regresaron al banco. El barquillo recién hecho estaba crujiente y dulzón, y el queso holandés llevaba un buen punto salado. A Joel aquel contraste de sabores le cayó de maravilla con el estómago vacío. No probaba bocado desde el mediodía.

—Gracias. Está de huevos, Yogurt.

—El cronista ese de los panfletos asegura que la marquesita es de Yucatán, no de aquí, y no se equivoca. Los pinches yucas presumidos la inventaron, y ni hablar.

A Joel le gustaba escucharlo, aunque a veces su frialdad le incomodaba. Tuvo la sensación —y justo ahora lo pensaba con un sobresalto— de que si Rufo le ordenaba al gordito matarlo, este lo haría sin dudar un segundo. Yogurt suspiró tan fuerte que unos pedazos de queso se le cayeron al suelo.

—¿Alguna vez te ha caído mal alguien?

Joel, que masticaba distraído el barquillo, se volvió a Yogurt, mirándolo como si no entendiera aquella pregunta.

—Digo mal en serio. Que lo odies, y que ese odio vaya creciendo con el tiempo. Como una infección, pues.

Casi al momento, la imagen de Carlo en calzoncillos y con los pies apoyados en la pared apareció con fuerza, pero la desechó con rapidez.

—Yo… no, creo que no.

—Había alguien que le gustaba meterse conmigo desde niño. Era un primo que en esa época era más grande y fuerte que yo. Me quitaba las tortas en el recreo y se las repartía con sus compinches, le gustaba pavonearse, le encantaba sentirse superior a mí. Desde segundo de primaria lo recuerdo, sobre todo por sus humillaciones y el hambre que pasaba. Al principio lloraba porque no entendía su maldad, la misma maldad que abunda en el mundo, pero al final ya le daba la comida y mi dinero sin rechistar. Mi rendición terminó por aburrirle y empezó a practicar otras formas de joderme.

Joel no sabía qué decir. Dejó que Yogurt siguiera con su monólogo.

—Cuando dejó de quitarme el lonche se empeñó en hacerme saber que no éramos iguales.

—¿En que no eran iguales?

—Sí, que mis tíos podían comprarle mejores juguetes. Que tenía los mejores videojuegos y yo tenía que conformarme con las maquinitas de moneda en la calle. A Rufo le gustan, pero a mí me cagan.

—¿Y tu primo no compartía nada?

Yogurt sonrió con un deje de amargura. Dio otra mordida al barquillo.

—A mí me tomaba por pendejo, y además pobretón. No entraba en su círculo y solo me toleraba porque a veces mi tía nos invitaba a comer, pero el muy culero no sacaba ni sus juguetes ni el Nintendo cuando iba a su casa, solo me ignoraba.

—Pero igual y es que eran muy chicos; la gente puede cambiar, supongo.

Yogurt emitió una risita ahogada por el queso y el barquillo deshaciéndose en su boca. Era una risa de niña que a Joel le puso los pelos de punta.

—A mi primo lo acaban de encontrar pudriéndose en un terreno junto a los manglares, Joel. No creo que haya cambiado mucho bajo tierra.

Joel abrió mucho los ojos y susurró lo más bajo que pudo:

—Roger. Roger Morales…

Con parsimonia, Yogurt movió la cabeza afirmativamente.

—Rufo no quería matarlo, pero yo no podía dejar pasar esa oportunidad, y me hice cargo. Él solo cree que fue un error de cálculos. Creyó que Roger nos había descubierto y que no había salida, pero yo le hice saber a mi primo quién lo tenía en su poder, así como él me tuvo en su mira muchos años de mi infancia. Rufo no quería muertes, pero yo no iba a dejarlo ir, ¿entiendes, Joel? Fue mi idea desde el principio. Y resultó que es verdad, no somos iguales. Él ya está jodido y yo sigo aquí. De eso se trata esta ciudad y esta vida.

Joel solo podía asentir con la cabeza. Tras salir del aturdimiento inicial por aquella confesión, sintió una mezcla de piedad y asco por aquel gordito que no parecía matar ni una mosca. Pensó que más le valía no contradecirlo. Por primera vez vio a Yogurt como un ser peligroso.

—Claro que no dirás nada de esto a Rufo ni a nadie, ¿verdad?

Joel trataba de deglutir el bocado de queso. No se atrevía a mover un músculo.

—¿Y por qué me lo cuentas a mí?

Yogurt sonrió y lo miró a los ojos. Joel sintió que la sangre se le helaba al contacto con aquella mirada glacial que le ofrecía el muchacho. Ahogó un gemido cuando Yogurt le puso una mano en el hombro.

—Porque me caes de huevos y quiero que seas mi amigo. Los amigos se cuentan estas cosas.

—No se lo diré a nadie, Yogurt. Lo juro.

«Los amigos se cuentan estas cosas». Joel pensó que a partir de ahora tendría sumo cuidado al dirigirse al cerebro del grupo. Sintió una opresión en el pecho. ¿En qué diablos estaba pensando cuando se unió a ellos? ¿En que todo iba a acabar bien? Con todo aquello, Joel sabía que no había marcha atrás. Y si decidían acabar con aquellas operaciones sería el primero en desaparecer. Sintió alivio cuando vio que Yogurt parecía satisfecho con su respuesta.

—Ahora somos cuatro con el cofre del muerto, yo, jo, jo, y una botella de ron. El diablo y el alcohol se llevaron al resto, yo, jo, jo, y una botella de ron —canturreó Yogurt, con la mirada perdida en la estatua de Echeverría—. Bien… Pero bueno. No era eso de lo que quería hablar…, a ver… Por dónde empiezo, carajo. Es un asunto de mil millones de demonios. Yo mismo no lo creía, solo porque Galleta es Galleta y fue ella quien nos lo confió. Es para volverse loco.

—¿Qué pasó? —Joel masticaba el barquillo con ganas. Unas hebras de queso le cayeron sobre las rodillas y las recuperó.

—Galleta pidió que fuéramos a las gradas al terminar las clases. Rufo le preguntó si no podía ser para luego ya que tenía el asunto de ya sabes quién y el dinero prácticamente «amarrado»…, ella dijo que estaba bien por ahora, «pero no podía pasar de hoy». Bueno, cuando te fuiste a tu casa, Galleta se nos volvió a acercar; seguíamos en las maquinitas. Rufo le preguntó si solo quería que fuesen ellos dos, pero dijo que no. «Convendría también que lo escuchara Yogurt». Ahí empecé a sacarme de onda. Agarramos un camión y nos fuimos a la parte del malecón donde hay menos gente a esa hora, y ahí nos dijo todo.

Joel escuchaba casi sin parpadear. Parecía que Yogurt se sumergía en pasados remotos, contando una historia que se repetía desde los tiempos de Odiseo.

—Sin venir a cuento, Galleta empezó a llorar antes de decir qué pasaba, pero a llorar de verdad. Nunca la había visto así, con mocos, lagrimones, todo. Me estaba empezando a incomodar. Tú sabes que me caga meterme en sus asuntos. Cuando pasó la crisis, le dijo a Rufo, así, sin más: «Servando abusó de mí a los diez años, y quiere hacerlo otra vez, este jueves». Puta madre. Nos quedamos de piedra. A Rufo tampoco lo había visto tan desencajado, tan fuera de sí. Y mira que lo conozco desde la primaria.

Apenas se nos pasó la impresión, Rufo hizo las preguntas que a nadie se le habría ocurrido: «¿Abusó, cómo?». «¿Por qué no me lo dijiste el primer día que lo vimos? ¿Por qué ahorita?». Galleta parecía decepcionada, pero contestó: «No tenía idea de que vendría por mí otra vez». Rufo respiró hondo y la abrazó..., le susurraba al oído. Yo no sabía qué hacer. No quería ni abrir la boca, decirles que cómo era posible que el gran poeta, el Prócer, fuera capaz de eso. No me cabía en la mollera. Entonces supe que estábamos ya en un puto problema del demonio. Lo vi desde el principio, cuando Rufo procesaba lo que Galleta le contaba entre hipidos y mocos. Vi sus ojos arder, su mirada de reflejos eléctricos, que reflejaba una espada que pendía sobre nuestras cabezas. Era un Rufo que, si yo insinuaba algo para defender a Servando, me mataría ahí mismo con sus propias manos y se desharía de mí en los manglares sin importarle un comino. No decía nada, pero yo sabía que estaba loco de furia, la mítica furia de Aquiles. ¿Me entiendes?

Joel no tenía idea de cómo podía enfurecerse Aquiles, pero comprendía. Estaban en un problema. Era miércoles. Y al día siguiente, Galleta tenía una cita con un monstruo. Y Abel Marín seguía en medio. Sintió un escalofrío al pensar en quién era Servando y lo que había delante de él.

—El Servando es un pez gordo. ¡Gordísimo! Nada más verlo el día de su presentación...

—Por eso me gustó tu fichaje, Joel. Se ve que estás calculando todo. Y sabes lo que tenemos encima. Yo había optado por algo rápido, pero muy rápido, y cobrar lo de Abel. Pero Rufo no quiso escucharme, dijo algo como «Tiene que sufrir». Me mandó a la mierda y se fue con Galleta en el primer autobús. Yo tuve que esperar el siguiente. No me atrevía a nada de momento. Hasta que Rufo no nos llame, no podemos mover ficha.

Joel se dio cuenta de lo nervioso que estaba Yogurt al nombrar a Abel, cuando era parte de sus propias reglas no mencionarlo jamás.

—Necesitamos manos, Yogurt.

—¿Cómo?

—Necesitamos a alguien más. No estoy seguro de nada, pero quizá podamos contar con alguien. Alguien que nos dé tiempo.

34

Dalia dormía en sus brazos y los zanates ya hacían su desaforado concierto fuera. Por un momento pensó que apenas amanecía, porque la luz habitual estaba eclipsada por un manto de nubes. Las noches turbulentas iban tranquilizándose, por fortuna. Esa última habían tomado un poco de ron, y su casera le había aceptado sin mucha resistencia unos cigarros locos que la relajaron. Dejó de hablar del hijo secuestrado de su amante, y a cambio de eso siguió sumergida en el pasado y le enumeró las maravillas de aquella primera Tamul: la naturaleza, las casas y los autos sin cerrojo, y la mayoría de las veces sin policía. «Quiero dormir contigo», le dijo Dalia. David aceptó, y aunque el calor, el ron y los churros daban para lo obvio, terminaron abrazados y nada más.

El celular sonó y contestó. Era Joel. Pensó que ya no lo llamaría. Su voz lo revitalizó, y lo puso de buen humor. El muchacho preguntó cómo le iba, y si podían verse para platicar. Por un momento, David pensó que el chavo le preguntaría algo más sobre su madre, aunque todo estaba dicho, a excepción de una cosa. ¿Qué pasaría si Joel se enterara de su crimen? Sin duda, no volvería a verlo. Esto lo aterraba. Por otra parte, no era su hijo, pero ¿y aquellos meses donde lo vio nacer y vivir sus primeros días? Debía representar algo. Todo aquello se reconectó el día de pesca como algo casi natural, como si nunca se hubiera ido. Pero el camino volvía a empantanarse y, por más salidas que buscaba, todo llegaba al mismo resultado: si Joel se enteraba de quién era David Muñoz no lo vería igual jamás, y lo perdería. Aceptó gustoso. Quedaron de verse en uno de los parques del centro, el Fundacional. Con la energía renovada por la llamada, se vistió y fue al encuentro del muchacho.

Cuando David llegó al parque, Joel ya lo esperaba. Manipulaba su celular, despreocupado. Lo saludó con una sonrisa. Tras una breve plática del día tan bueno que tuvieron con los cordeles, Joel atacó sin más:

—Necesito tu ayuda, David. Me da mucha pena, pero me gustaría que nos ayudaras a trasladar a una persona. Solo trasladar, y ya nosotros vemos.

David frunció el entrecejo.

—¿Cómo que trasladar?

—Sí, tú me entiendes, llevar a una persona a un auto y dejarla en una casa, es todo. Está inválido, enfermo. Habrá que cargarlo. Es un viejo.

—No te estoy entendiendo bien, Joel.

—Es una chamba que le ofrecieron a un amigo, pero no podrá ir porque le salió otro trabajo. ¡Está bien pagada!

—Creí que era un favor que me pedías. No esperaba ningún pago.

Joel se estaba trabando.

—Sí, mira, es un favor si aceptaras, pero estará pagado porque es trabajo. El anciano necesita que lo lleven a un lugar a visitar a sus gallinas o algo así.

—¿Y el auto?

—Nosotros te lo damos.

Por su parte, Joel estaba muerto de nervios. Sabía que la engañifa hacía aguas por todos lados, que nadie en su sano juicio se iba a tragar semejante cuento. ¿Y si David conocía a Servando?

David se acomodó en la banca y suspiró. Miró fijamente a Joel.

—Así que trabajo. No me importa la paga si es para ayudarte, chamaco. Sabes que puedes contar conmigo para lo que sea.

Y no dijo más. Joel respiró. Por ahora todo iba bien.

—¿A qué hora hay que estar listos?

—Mañana a las ocho de la noche es la recogida.

—Va. Tengo un vuelo a esas horas, pero le pediré a Carlo el cambio a otra hora, o se lo compenso otro día.

35

Joel estaba complacido con su plan. Por cómo lo recibieron Rufo y Yogurt supo que era una especie de graduación en el grupo. El gordito tenía razón: Rufo había cambiado y se mostraba hosco, como poseído por una furia que a duras penas se contenía dentro de él. Yogurt incluso no se le acercaba demasiado. Cuando escuchó su plan, Rufo aceptó.

—Será tu responsabilidad ese güey, el tal David.

Joel asintió. Claro que sería su responsabilidad.

—Al pez hay que darle el tirón a la segunda mordida.

—Puta madre, otro Yogurt... —dijo Rufo sin mucho humor.

No obstante, a pesar de la euforia, Joel no dejaba de pensar en aquello último que le taladraba el corazón. David mencionó a Carlo. Carlo, su padre. Se conocían, a pesar de que el aeropuerto era jodidamente grande. Y no solo se conocían, era su jefe. Por probabilidades estaba claro que no había otro Carlo, tan sencillo como eso.

«Mierda».

Pero ya no podía recular, no podía echarse atrás, no con el tiempo encima. El plan estaba dispuesto, y que Dios los ayudara. Era eso o una venganza personal que consumaría Rufo ese mismo jueves a su manera, y ahí acabaría todo.

Y estaba la confesión de Yogurt. Sus ojos que anunciaban muerte. Aunque al principio pensó en desaparecer de Tamul, descubrió de inmediato que no podría ni huir a la esquina sin un centavo en los bolsillos. Todo el dinero de las «operaciones» estaba dentro de lo que Rufo llamaba «el Cofre del muerto», escondido por la banda en un lugar seguro. Y, claro, quedaba pendiente lo que sacarían de Abel, en la repartición que seguro se haría cuando todo terminara. Por el momento tendría que fingir una amistad sin condiciones con Yogurt.

Además, el asunto de Galleta lo enfurecía.

Pararían en seco a Servando.

Sí, pero tenía auténtico pavor.

Era rebajarse a ser Yogurt. Hacer el trabajo de la Parca, un trabajo que no les correspondía.

«Entonces, ¿quién lo va a hacer? ¿Quién librará a Galleta de ese encuentro? ¿La policía?».

La respuesta vino por sí misma y cayó como una losa sobre él.

«Está hecho, de cualquier forma».

Se dio cuenta de que el día cambiaba con rapidez. Bandas de cirros y cúmulos cada vez más negros empezaban a moverse a altas velocidades. El viento acometía en rachas ocasionales.

*

Mientras Yogurt le hablaba, Rufo supo —y se percató de que era la primera vez en su vida que lo deseaba de todo corazón— que alguien moriría esa noche.

—¿Por qué no esperamos a terminar con lo de Abel, Rufo?

El chico de ojos rasgados se volvió a Yogurt. Dio una calada larga al cigarro, lo tiró al suelo y lo trituró con la suela del zapato. A esa hora, las gradas de fútbol permanecían solitarias, mientras a lo lejos Servando daba su última clase. «La última y a la mierda, maldito cabrón».

—Eres raro, Yogurt. No sé por qué me sorprende, pero te lo digo.

—¿De qué hablas?

—A Roger insistías en matarlo. Ahora, con este cabrón pederasta, te echas para atrás.

—No es lo mismo, Rufo. Lo de Roger fue un accidente. Y Servando no es precisamente un don nadie. No es que no quiera chingármelo, pero siento que nos estamos apresurando demasiado.

Rufo rio por lo bajo. Yogurt fruncía cada vez más el ceño.

—Siempre tienes una respuesta para todo. Pues yo también, y te diré por qué tiene que ser hoy. Si Galleta no se presenta hoy en su casa la expulsan, o no sé qué más le pueda hacer esa basura. Además, su mamá la amenazó también. El cerdo ese tiene todo pensado a modo. Una pequeña desventaja de ser menores de edad. No hay tiempo y así lo haremos. El mismo imbécil de Servando puso fecha a su tumba, Yogurt.

—Sabes que nos la estamos jugando con el amigo de Joel, ¿verdad? Servando es muy conocido y cuando lo reporten en las noticias, porque lo reportarán por todo lo alto, es probable que lo reconozca y dé el pitazo.

—Lo tengo presente.

—¿Y don Tiburcio no nos puede ayudar? ¿Qué le pasó? ¿Nos dejó así sin más?

—Regresó a su pueblo esta mañana. Increíble, no lo pude convencer de quedarse, por más que lo intenté… me dijo que venía el *jatzajá* o algo así, una tormenta fuerte, y que no se iba a quedar ni por todo el oro del mundo. Siempre que pasa tiene que ir a su pueblo y llevar maíz al altar de no sé quién chingados para calmar al viento. Supersticiones de su gente.

—Puto mayita miedoso, no mames. ¿Y qué haremos entonces?

—Con Abel silencio total y vendado todo el tiempo, cuando le demos de comer y cuando vaya al baño. Depende de cómo vea a ese David, igual le ofrezco la chamba de Tiburcio mientras tanto.

—Te decía que me da apuro que ese hable.

—Joel me asegura que David no hablará. El tipo parece de confianza. Y si llegara a pensar en hablar, debería ser lo suficientemente listo para saber que también se iría directo al tambo por corrupción de menores. A ver, Yogurt, olvidas lo bien que se montó esto. Primero pensarán en el cártel de Cotoche, incluso en cárteles de otros lados. Cuando el Gobierno se decida a desmantelarlos, habrá algo como una guerra en las calles. Ya pasó, y el Gobierno seguro no va a querer. Se lo pensarán eternamente.

—Sí, eso es verdad. El traslado es lo que me tiene nervioso. Solo eso.

—Afinaste el cronograma a detalle, ¿verdad?

—Minuto a minuto.

—Muéstramelo.

Yogurt sacó una libreta de su mochila, la abrió y se la tendió a su amigo. Tras revisar un momento, Rufo asintió.

—¿Lo memorizaste?, ¿y María?

—Todo. Ella también.

Rufo asintió de nuevo, sacó su encendedor, lo chasqueó y acercó la llamita a la hoja.

—Yo lo veo bien. Gracias, Francisco.

La llamita quemó el papel lentamente, y sus restos ennegrecidos salieron volando hacia el cielo turbulento. El gordito se quedó ensimismado viendo la escena, hasta que apenas quedaron vestigios de la hoja.

—¿Francisco?

—Sí, Francisco, gracias. Por todo lo que has dado por esto, por nosotros. Lo has hecho de poca madre. Gracias.

—Lo dices como si esto fuera el final.

Rufo lanzó una risita que más bien pareció un soplido.

—A mí me late que será el final, o al menos, tras esto, descansaremos una larga temporada. Seremos como gente normal y corriente. Ya veremos.

—Creí que lo normal te aburría.

—No quedará de otra. Después de esto, las aguas estarán demasiado revueltas. No creas que no soy consciente de quién es tu ídolo.

—No es mi ídolo. Ya no.

Rufo sonrió. «Alguien va a morir hoy. Y tiene que pasar. Así será mientras yo esté al mando». El timbre tocó la salida y el eco los alcanzó hasta las gradas.

Faltaban unas horas para saber si ese era realmente el final.

Emily y el cofre del muerto

36

Cuando María y su madre tocaron el timbre en el vestíbulo de la casa de Servando, el tiempo había empeorado. La lluvia caía intermitente, y el cielo encapotado se ensombrecía a medida que la tarde moría.

Galleta había intentado una última argucia para evitar ese encuentro, pero solo le sirvió para comprender con resignación que su cita con Servando era algo que el destino ya había escrito solo para ella. No importaba evasiva alguna, todo conducía a ese momento. Una débil esperanza vino con el rumor de la proximidad de un huracán, y se lo dijo a su madre. «Así llegara hoy el Juicio Final, no te salvarás de esta, María» fue lo que le respondió. Se le heló la sangre por cómo se lo dijo, era la sentencia de su propia madre de que no había salida posible. «Nunca llegan esas cosas y no han dado ninguna alerta, además quiero saludar en persona al bueno de don Servando». Para recalcar que no se perdería la ocasión se había puesto su mejor vestido y la joyería que solo le veía usar en Año Nuevo. Completaba la efigie con un maquillaje exagerado y bañada en un perfume que olía a florería.

Servando abrió y pareció sorprenderse de ver a la madre emperifollada sonriéndole desde el umbral de su puerta. El poeta no tuvo más remedio que hacerla pasar y convidarle algo. Pero la señora le dijo que no era necesaria tanta molestia; solo quería saludar a tan buen hombre y agradecerle por lo que hacía con su hija.

—María, pídele disculpas a don Servando. Ahora, que te escuche.

La niña lo hizo, aunque bajó la vista y volvió a mirarlo, pero sus palabras sonaron sinceras. Servando estaba halagado.

—No tenían que haberse tomado tantas molestias, señora. Solo hago mi labor humanística y social como escritor.

La mujer estaba emocionada.

—Esta ciudad debería agradecerle con más honores por lo que hace, don Servando. Aunque no soy de aquí, estudié su poesía en mi natal Aguascalientes.

María había cambiado de humor y sonreía. El Prócer, todo un caballero, dedicó unos versos a la hermosura de las madres. La señora, visiblemente arrebolada, se despidió con desparpajo y dijo que vendría por ella a las nueve. Servando sonrió.

—Sí, a las nueve está más que bien.

Fue una suerte que su madre no recordara que Galleta ya había tomado talleres con Servando hacía años. Esa vez no se habían visto, quizá por eso se le escapaba ese detalle a su madre. Servando, eufórico, despidió a la señora y cerró la puerta.

María trató de dominar su nerviosismo y dio pasos al azar, fingiendo interesarse por la casa. La residencia de Servando era como la recordaba, enorme, alfombrada por completo, y de muebles carísimos. La sala se revelaba más grande que todo el departamento donde vivía con su madre. En una vitrina se exhibían diplomas, trofeos, sellos, todos con el nombre del Prócer. El mar, aunque gris por el mal tiempo, asomaba con pinceladas tenues en el enorme ventanal de la sala, que daba a unos pequeños acantilados. Las olas los golpeaban de tal forma que retumbaban en aquella casa, y a ella el sonido le parecía el latido del corazón de una inmensa bestia que despertaba, que…

—¿Quieres ver el Cervantes? —dijo una voz traviesa a su espalda. María ni había oído llegar al poeta. Su respiración casi podía tocarle el hombro. Tuvo que usar todas sus fuerzas para no gritar.

—Sí. Sí.

Con parsimonia y haciendo florituras, Servando sacó una llave plateada de su bolsillo y abrió la enorme vitrina. De ella sacó un disco amorfo donde a primera vista se veían dos manos sujetando un libro abierto. Se extrañó al ver que una de ellas salía de un tacón de mujer. El viejo le extendió el disco con cuidado. A medida que lo veía comprobaba que el susodicho tacón solo era un efecto que el artista había dado a una de las mangas pertenecientes a un suéter barato. Le parecía horrendo, aunque su peso era confortable. Se lo devolvió.

—El máximo premio de nuestra lengua.

—Creí que era el Nobel.

Servando respingó, como si lo sacaran de una ensoñación. Recuperó la sonrisa tras unos titubeos.

—Ese es de *todas* las lenguas, hija mía. Ya veremos qué pasa este año. Ya veremos…

El poeta le guiñó un ojo. Cuando se volvió, María echó un vistazo fugaz al reloj de pulsera. Asintió mientras el Prócer se llevaba el premio y lo depositaba en la mesa central, como para recalcarle con quién estaba. La invitó a sentarse en un inmenso sofá al tiempo que encendía la luz de una lámpara acristalada en forma de araña. Tras acomodarse él también, empezó a explicarle los fundamentos del verso libre.

Hacía preguntas que le había recomendado Yogurt, fingiendo interesarse por el tema. Cuando pasó una media hora, Servando hizo una pausa en su explicación.

Cambió la mirada con un gesto parecido a la ternura y que le puso los pelos de punta. Su voz se tornó más suave y fue acercando su cuerpo al de ella casi de forma imperceptible. Su horror aumentó cuando parecía que le iba a rozar la pierna. El poeta se detuvo mientras arqueaba una ceja.

—Hija mía, estás sudando a chorros. ¿Quieres algo frío? Tengo Cristal de naranja, de fresa y de limón.

—Una Cristal de naranja, gracias, profe.

—¿Estás bien? ¿Quieres que ponga más baja la temperatura?

—¡No, no, así estoy bien, gracias!

—Muy bien, tú siéntete como en tu casa.

Yogurt estaba en lo cierto y por un instante admiró su exactitud. Esa era la señal: «Cuando Servando te ofrezca algo, lo que sea, un dulce, chicle, agua, esa es tu señal». Aprovechó mientras el viejo trasteaba en la cocina para mandar un mensaje desde el celular. Tuvo el tiempo justo para hacerlo, pues las manos le temblaban incontrolables. El batir lejano de las olas retumbaba en sus oídos y descubría que su corazón trataba de acoplarse al ritmo del agua golpeando los acantilados.

«Ya estás en esto, domínate, pendeja, domínate».

El viejo regresó de la cocina. El refresco de naranja ya estaba servido en el vaso con hielos. No había marcha atrás.

—Anda, tómatelo, que se ve que tienes calorcito —dijo el poeta, tendiéndole el vaso. Tuvo que tomar un sorbo y comprobó que, en efecto, aquello no era solo Cristal de naranja, tenía un regusto más dulce. No la podían engañar con su refresco favorito. Si no actuaba ya, todo se iría al caño. Dejó el vaso sobre la mesita y se puso de pie.

—Quería preguntarle algo, señor Prócer.

Servando deshizo la sonrisa.

—Por favor, no me llames así, querida mía. Puedes decirme Rafa, estamos en confianza.

—¿Por qué el mar de Tamul es el más aburrido?

Servando respingó. María lo miró a los ojos, sabía que lo había desconcertado. Se había salido del plan, del cronograma, de todo, pero quería tener a Servando en un puño aunque fuese un instante. Darse el gusto, que la recordara, que supiera quién era esa María, la niña de las piernas brillantes.

—¿Qué?

—Usted dijo una vez que el mar de Tamul es el más aburrido.

—Yo no he dicho tal cosa, mi niña, todo lo contrario...

—¿Puedo ir al baño?

Servando amplió su sonrisa.

—¡Pero claro, mi niña! En esa última puerta.

María se encaminó al pasillo. El Prócer estaba tan eufórico, y ahora confundido por la pregunta de la chiquilla, que tardó unos segundos en darse cuenta de que el Cervantes no estaba ya sobre la mesa. Fue pura sincronía el que Servando se volviera hacia atrás mientras María enarbolaba el disco de piedra en un impulso hacia él. Le dio de lleno en la coronilla, casi en la frente. Se abalanzó sobre él, sin darle tiempo a reaccionar. Servando solo atinó a hacer un «¡Mffff!» y cayó desmadejado en el sofá. María buscó su garganta y la apresó con fuerza.

—¿Por qué el mar de Tamul es el más aburrido, POR QUÉ? ¡Responde, viejo hijo de la chingada!

Por un momento quiso ahogarlo, separar su cabeza del cuerpo. Lo habría hecho si su teléfono no hubiera timbrado. Servando se quedó inmóvil, como sorprendido por una siesta repentina. En la frente empezaba a resbalar un hilillo de sangre.

—¡Mierda!

Contestó la llamada. Con una servilleta limpió la sangre, que no dejaba de manar.

—Todo muy bien. Te tengo que dejar —dijo María, y colgó. Servando respiraba a duras penas. Buscó en su mochila y sacó una «curita» que le había dado Yogurt. Le adhirió la bandita a la herida y le acomodó una especie de gorro en la cabeza.

Diez minutos después tocaron el timbre. Abrió la puerta y ahí estaba Joel. Lo acompañaba un hombre rubio y con el pelo a rape. Los tres se miraron por un momento sin saber qué hacer. Una ráfaga de viento se coló y cimbró las ventanas, como un aviso de que el tiempo corría.

—Mi, mi abuelo… está en el sofá. Se quedó dormido, aunque traté de entretenerlo. Tendrán que cargarlo, porque no habrá modo de despertarlo.

—Sin problema. David nos echa la mano.

David miraba la casa, sin atreverse a mover. Al final asintió y entraron, titubeantes. Tardaron menos de dos minutos en acomodarlo en el auto, que Galleta reconoció como el Jetta de Rufo. Había sido una temeridad llevarlo ahí, pero sabía que no había más qué hacer. Las calles aledañas estaban ya oscuras y el viento había crecido a una especie de vendaval que nunca había visto. Las nubes arriba se desplazaban rojas, veloces y a despecho de aquellas ráfagas. María se dio cuenta de que Joel evitaba mirarla a toda costa. Quería agradecerle, quería…

—Joel.

El muchacho no se volvió.

—Joel, gra…

Se miraron. La palabra quedó en el aire, sin terminar. Había una mezcla incomprensible de miedo y furia en su rostro. Fue solo un instante, pero María se sobresaltó al descubrir en Joel una gran soledad, un abismo que se ensanchaba con las sombras de la noche. Sin más dilación, el muchacho entró con David en el auto, que arrancó y se perdió en las calles de aquel lujoso barrio residencial.

Cerró la puerta y se sentó de nuevo en el sillón. Sintió un poco de mareo, seguro por el sorbo que le había dado al refresco, pero estaba bien. Solo tenía que esperar, esperar y rezar para que nadie más tocara el timbre de Servando hasta que su madre llegara a buscarla.

37

Bajo la noche ventosa, Alec Anaya esperaba. Desde su coche miraba aquella mole blanca, edificios de viviendas pobretonas, enjambres de repeticiones, de vidas inútiles, de esclavos actuales que ni el capitalismo ni el comunismo entendían del todo. En el bolsillo llevaba el papel membretado de «Clínica Madrid».

Pensó en el chavo portero.

¿Qué diablos había pasado? ¿Por qué «levantarlo»? ¿A quién le convenía? Exprimiendo su mente prodigiosa no conseguía llegar a una respuesta. A través de su red de contactos había llegado hasta las lindes del cártel de Cotoche. Resultó que ellos mismos querían saber quién diablos los estaba chingando. Y Rogelio había movido cielo y tierra, y seguramente también había llegado hasta el mismísimo infierno a preguntar por su hijo, pero no había conseguido nada. Solo contaban con la llamada telefónica de un viejo indescifrable, de alguien que pedía mucho dinero por Abel. Una única llamada indicando coordenadas de entrega, y fue todo. Rogelio entregó la cantidad, una suma importante, pero que esperaba recuperar ese mismo día, una vez que sus contactos en la policía actuaran hasta encontrar a esas sabandijas. No dejaría a ninguna con vida, según sus palabras.

Las Fuerzas Especiales cerraron salidas, instalaron cámaras alrededor de la zona de la entrega, todos vestidos de paisano. Dejaron el dinero en una mochila, en el punto indicado. Los francotiradores esperaron pacientes. Pero nadie acudió a recoger el ranzón.

Y esa tarde habían telefoneado a Rogelio para retrasar la entrega al viernes, mañana. Y nada más. Era para volverse loco. El dinero regresó a Rogelio; lo aventó al piso, pateó la mochila con furia. «¿De qué sirve el puto dinero, Alec, de qué?».

Alec miró una de aquellas ventanas iluminadas en aquel enjambre. Ahí se encontraba su hermano mayor, el Iluminado, el Juicioso, el Moralista. ¿Por qué no bajaba ya del auto y tocaba a su puerta? El papel le quemaba el bolsillo. Volvía a sentir sus pliegues entre la tela y su piel.

«¿Serviría de algo?».

Arrancó el coche. Mientras recorría la ciudad y sus barriadas, sin decidirse a dónde ir, descubría que ese ventarrón le resultaba familiar. El cielo rojo, las nubes pasando como borrones veloces. A Tamul le pasaba algo.

—Fantástico —dijo a la noche.

Paró un momento y consultó el celular. Lo que vio no le gustó nada.

Según la página de meteorología de Estados Unidos lo que venía no era un huracán sino la madre de todas las tormentas. *El* huracán.

El asunto del chavo portero no iba a resolverse pronto.

Quizá no se resolvería. Chasqueó la lengua y maldijo. Solo le quedaba una carta fuerte, el inútil de Servando. Llamó a su celular, pero el tono de llamada y el buzón de voz fuerón su única respuesta. Empezó a ponerse nervioso. Si Servando no sabía nada del huracán, tenía que verlo y saber cómo estaba. No quedaba mucho tiempo para la llegada del monstruo.

Sin pensarlo más, enfiló a la residencia del poeta.

38

A pesar del viento que empezaba a silbar por las ventanillas del viejo Jetta de Rufo, el silencio se hacía cada vez más insoportable. Joel tenía la boca seca y la palidez de su rostro apenas se podía disimular, aún con el color moreno de su piel. David ojeaba de hito en hito por el retrovisor, como para asegurarse de que el viejo respiraba. Al paso de los baches, el hombre saltaba desmadejado en el asiento trasero. Estaba completamente perdido. Joel tuvo que romper el silencio para indicarle a David dónde tenía que virar y en qué calles meterse. La lluvia caía en ráfagas intermitentes, emborronando el parabrisas. Las calles empeoraron; el auto empezó a sacudirse y David daba volantazos cada vez más pronunciados. Las casas también empezaron a cambiar. Los elegantes fraccionamientos pasaron a ser pegostes de concreto con tinglados metálicos y palapas y porches de todo tipo. A medida que se internaban en la zona baja de Tamul, David iba mutando el rostro a uno de franca crispación. La nomenclatura oxidada de una de las calles les indicó que ya estaban en Akumal. Entonces David detuvo el auto de golpe.

—¿Adónde vamos, Joel?

David no se volvió. Frente a ellos, una pronunciada pendiente descendía y se perdía en la oscuridad de la zona baja. Más allá de las últimas luces debía estar el mar, pero desde ahí solo se distinguía la silueta de una selva dentada y plagada de cocoteros.

—Ya te dije, el señor quiere ver a sus galli...

—¿Así de golpeado como va?

Joel dio un respingo. No quería ver a David y también mantuvo la mirada al frente. Estaban ya muy cerca de la casa de seguridad, y justo a las puertas su amigo ya se olía que algo andaba mal. Entonces miró por el retrovisor. El gorro que le había puesto Galleta a Servando se había movido y mostraba la bandita y un hilo de sangre que ya la había empapado.

«Puta madre».

—No sé...

—Si crees que puedes verme la cara de imbécil, te faltan muchos años. Y mucho barrio, Joel. Me decepcionas.

—Yo..., yo no sé.

—Me vas a explicar ahora o llevamos a este hombre al hospital.

—¡No, no, por favor!

—¿Entonces?

—Solo tenemos que llevarlo aquí adelantito, por favor...

—Nos vamos al hospital.

David metió reversa y cogió el volante.

—¡No!

Antes de que David se volviera, Joel sacó la pistola que llevaba en el bolsillo, «Si todo se sale control, úsala, y no tiembles, güey», y apuntó con ella a su amigo.

—Por favor, David, no quiero obligarte, por fa. Vamos a la casa y todo normal, como si nada.

David puso la marcha en punto muerto y tiró del freno de mano. Dejó las manos sobre el volante.

—Me estás apuntando con una pistola, Joel. Aquí se acaba el juego. O me matas o llevamos a este viejo al hospital. O más fácil, me cuentas todo este desmadre de cabo a rabo. Tú decides.

Joel estaba sorprendido. ¿Por qué actuaba así David? «Si se sale de control, usa la pistola. Te obedecerá a la primera», le había dicho Rufo. «La gente no está acostumbrada a las armas de fuego. Si le apuntas con aplomo, listo, cumplirá. Y nadie más sabrá nada». Pero aquí había un punto de inflexión, y el muchacho sintió vergüenza y un súbito terror. Al encañonarlo se acababa la amistad con David Muñoz. ¿Valía la pena todo eso a cambio de perder a un amigo como él? Le había enseñado a pescar, se había hecho cargo de él y de su madre en el mismo principio de los tiempos. Por otro lado, si llevaba a Servando al hospital todo se acababa, para María, principalmente.

No iba a dejar que pasara. Era hora de sacrificar piezas en el tablero.

Los segundos discurrían con las ráfagas de lluvia golpeteando los cristales.

—¿Vas a disparar, Joel?

El chico bajó el arma. Y con ella, la cabeza. Empezó a sollozar.

—¡Se suponía que no harías preguntas! ¡No quería involucrarte!

—¿En qué, Joel? ¡Háblame, coño!

—Este viejo..., este viejo es un abusador de niños. Un maldito enfermo. A la chava que viste en la casa..., ¡este hijo de puta la iba a violar! ¡No había salida! ¡Era él o nosotros!

El rostro de David dejó la crispación para pasar a uno de franca sorpresa. Miró otra vez por el retrovisor, como para asegurarse de que el hombre no se había movido.

—¿Y la policía?

Joel lo miró a los ojos.

—¿No sabes quién es? ¡Es Rafael Servando y Costilla! Es el Prócer poeta y no sé qué más. Dicen que va a ganar el Nobel este año. Y como si no supieras en qué podría terminar una denuncia contra alguien como él. Lo protege el Gobierno, la policía, todos. ¡No había salida! ¿Y sabes qué? Este cabrón ya abusó de Galleta. Abusó de ella a los diez años.

Joel sintió que había encendido una mecha dentro de David. Por toda respuesta, su amigo se lanzó al asiento trasero. Cogió de la solapa de la camisa al viejo y lo zarandeó. Servando empezó a murmurar algo. Volvía en sí a duras penas. Joel estaba pasmado.

—Despierta, hijo de tu puta madre. ¡Despierta!

Servando entreabrió los ojos. Iba a decir algo, pero un puño como un mazo se estrelló en su boca y nariz. El puño descendió una y otra vez. Joel lo vio todo sin pestañear, hasta que escuchó un crujido de huesos y un gañido del poeta.

—¡Ya, ya, David, por favor, ya! —Joel tuvo que sujetarle el brazo con las dos manos, un brazo que parecía estar hecho de acero.

David por fin lo soltó y el anciano cayó como un saco de piedras sobre el asiento. Joel lo miraba con los ojos muy abiertos. Con el puño derecho sangrante, David se dejó caer en su asiento. Sus manos temblorosas se aferraron de nuevo al volante.

—Necesito un cigarro. —David hurgó en los bolsillos y encontró una cajita de madera que le había regalado Dalia—. Dame fuego, por favor, que me tiemblan las manos —dijo extendiéndole el *zippo* a Joel.

—Eso es…

—Lo necesito. Lo siento, pero lo necesito.

—¿Qué vamos a hacer? —Joel accionó el *zippo*, y solo saltaron chispas.

—Primero lo primero.

Tras varios intentos, Joel logró encender el cigarrillo que bailaba tembloroso en los labios de David. Con ansia, su amigo dio una calada tan profunda que Joel creyó que el pitillo se consumiría de una sola vez. Ni siquiera abrió la ventanilla para sacar el humo. Los cristales del auto se habían empañado por completo y solo dejaban ver los chorros de agua que caían ahora sin pausa.

—¿Seguro que es un puto violador de niños? —La voz de David sonó más tranquila. Joel vio que había recuperado el dominio de sí mismo.

—No estaríamos en esto si no lo fuera, David. Lo juro por Dios.

—¿Qué harán con él cuando lleguemos a donde tenemos que llegar?

—Nosotros, pues..., en la casa...

—¿Lo van a matar?

—El novio de María quiere hablar con él antes.

David sonrió. El brillo de un relámpago lejano se reflejó en sus pupilas, y cuando las sombras regresaron a él, al muchacho le pareció que contemplaba algo terrible, algo que no quería comprobar. Algo que vivía en esa oscuridad y que no convenía sacar a la luz.

—Entonces vamos a esa casa que dices. Yo también quiero hablar.

39

Rogelio Marín terminó la videoconferencia desde Madrid con Florencio Perera, el dueño del Real Madrid. Estaba «muy cabreado» y así lo demostraba con su cara de bulldog mal encarado sobre el costoso traje y corbata. Decía que no le cabreaba perder una Champions ni quedar segundo en la Liga. Le cabreaba perder dinero e inversiones. Y la que había hecho con él estaba resultando un engorro y una absoluta pérdida de tiempo. El asunto del cadáver hallado en sus predios había destapado los acuerdos, evidenciando el asunto de oscuras transacciones por los jugosos terrenos. Y el diario sensacionalista y enemigo acérrimo de Florencio, *El Blaugrana*, había sacado en su segunda página el titular: «¿Negocios debajo del agua y de la tierra? Florencio y el turbio fichaje de un desconocido joven mejicano».

Trató de decirle a Florencio que no era su culpa, que era cosa del crimen organizado. Y él era el principal interesado para que se siguiera manteniendo un bajo perfil para su muchacho. A Rogelio ni se le pasó mencionar que su hijo estaba desaparecido desde hacía más de sesenta horas. La nota de *El Blaugrana* evidenciaba el trueque de terrenos junto al Caribe por el fichaje de un portero «promedio» de apenas dieciséis años que no prometía nada para el club. Rogelio Marín coincidía que el enemigo se había informado bien y que solo querían joder al Madrid. Florencio sentenció: «O lo solucionas en menos de cuarenta y ocho horas o aquí se acaba todo». Quería a la policía fuera de los predios y que se reanudaran los trabajos. Rogelio dijo que había intentado mover influencias, pero la intervención de la Guardia Nacional y el Ejército lo complicaba todo. Y como él era del partido opositor, tenía que aguantar. El partido oficial lo apreciaba como enemigo, pero no por eso le iba a facilitar las cosas. «No me interesa», dijo Florencio en tono amenazante. «Tienes cuarenta y ocho horas, u olvídate de todo». Se despidió y finalizó la videollamada.

Cuando pasó lo del cadáver creyó que con su condición de poderoso fundador podría hacer algo, sin contar con su situación partidista. Pero se equivocó. Ni el alcalde ni el gobernador aceptaron su petición de desocupar los terrenos. Al contrario, querían demostrar presencia a la población y cero tolerancia a los narcos, e incluso se abrió la mencionada investigación sobre la legalidad de la construcción. Había otra cosa, que esperaba con todo su corazón que Florencio no tuviera conocimiento: de la nada, el cronista de los panfletos empezó con tibias e ingenuas protestas que, contra todo pronóstico, fueron ganando adeptos. «Se estaba cometiendo un ecocidio en Tamul y el viejo PRI estaba embarrado». Esta precisa selección de palabras no caló bien en los tamulenses —y en el partido oficial seguro que respingaron— y con el espíritu viral de las redes sociales empezaron a alzar la voz a través de asociaciones civiles, exigiendo cada vez con más fuerza que se pararan las obras por completo y que se investigara a fondo. Sí, con esto se acercaban mucho a ese fondo y llegarían a él y a Alec sin remedio. Tenía que llamar a Alec ya, para que moviera lo que pudiera mover para salir lo mejor parados de aquella situación. Le dolía en el orgullo, pero una vez más el *coach* pintor era su salvavidas, su última opción. Furibundo, miró la mochila que contenía el dinero del rescate de su hijo, que por el momento no servía de nada.

Marcó al número de Alec Anaya. Los tonos de línea ocupada fueron su única respuesta al terrible embrollo que se avecinaba si no ponían freno a las investigaciones lo antes posible. Masculló un juramento.

Momentos después llegó una llamada. Para su desilusión, no era Alec Anaya. En su móvil aparecía: «SR. GOBERNADOR».

Rogelio Marín tembló por dentro.

40

El celular timbró, pero lo ignoró de momento. Alec se estacionaba justo fuera de la residencia de Rafael Servando. Para su sorpresa, las luces de la entrada estaban encendidas. Bajó del auto. Le pareció que el viento decrecía hasta hacerse una leve brisa, pero Alec sabía que aquello era solo una de tantas ilusiones que ofrecía la tormenta antes de su llegada. Escuchó el mar y sus olas estrellándose con fuerza en la playa. Tocó el timbre y esperó.

Galleta sintió el corazón detenerse cuando vio el auto y la sombra de un hombre tras la reja principal. Sonó el timbre. Su reloj de pulsera marcaba las ocho cincuenta; en diez minutos su madre vendría a recogerla. ¿Y si ese tipo se topaba con su madre? Esperó unos momentos agazapada tras el mismo sofá donde había leído poesía con Servando. Por fortuna las cortinas estaban corridas y el hombre no podía ver gran cosa, solo las luces encendidas. ¿Y si el hombre era un familiar? ¿Y si llamaba a la policía? ¿Y si venía más gente? O peor aún, ¿y si tenía llave de la casa? Galleta empezó a sentir vértigo, pero recordó a Rufo. «Siempre tranquila, María, siempre». Respiró hondo.

Nadie respondía. Ni una sombra tras las cortinas. Pensó que quizá serían luces automáticas antirrobo y no había nadie. Igual se había ido a Chetumal y no le había avisado. O a Mérida, un lugar seguro cuando llegaban huracanes tan fuertes como el que se avecinaba. «Quizá Servy estaba al tanto y tuvo ganas de protegerse, y dejó el sistema de luces activado para esos casos». Todo empezó a encajar. El viejo no quería arriesgarse, y como Alec, sabía que las cosas se pondrían feas en Tamul. Se alejó de la reja y subió a su coche. Vio la llamada perdida de Rogelio Marín, «¡Una cosa a la vez, carajo!», y la quitó de la pantalla. Volvió a llamar al móvil de Servando y el buzón de voz saltó de nuevo. ¿Empezaba a fallar la red de telefonía? Lo dudaba. Miró el mapa de satélite que ofrecía el sitio web de meteorología y vio que lo más fuerte del huracán apenas estaba por llegar. «Servando me está evitando. ¿Por qué? Hijo de su chingada madre». Entonces hizo lo que no tenía ninguna gana de hacer, llamar a Rogelio Marín. Arrancó el auto y desapareció en la oscuridad de las calles.

Galleta escuchó el motor alejarse. Se dejó caer en el sofá. Las lágrimas empezaron a resbalar de sus mejillas y rebotaron en su falda. Las manos le temblaban, pero se dijo que por ahora estaba bien. Aún tenía unos minutos para reponerse.

Su madre llegó a las nueve en punto. María no le dio oportunidad siquiera de acercarse a la reja y tocar el timbre. Cerró la puerta principal con cuidado y corrió hacia ella. El viento volvía a alzarse con buena potencia y casi le vuela la mochila. La falda parecía una bandera alocada; sentía que echaría a volar de un momento a otro. Abrió la reja y, para su alivio, vio que su madre apenas se apeaba del auto.

—¡Quería despedirme de don Servando! —dijo la señora. Tenía que alzar la voz para hacerse oír en medio de las rachas ventosas.

—¡Mamá, ya se iba a dormir!

Su madre hizo una mueca de contrariedad.

—Ya lo verás a la próxima, habrá más sesiones.

Subió al auto. Ya dentro, descubrió que su madre le sonreía.

—¿En serio tendrás más clases con él?

—Sí, mamá. Le gusta mi poesía.

—¡Qué bueno! La próxima vez le traeré un regalito…

María suspiró aliviada mientras se alisaba la campana de la falda. Descubrió que en uno de sus pliegues asomaba una tenue mancha roja. Terminó de alisársela sin darle mayor importancia.

Solo quedaba esperar la llamada de Rufo.

41

Carlo llevaba un buen rato pensando. ¿Joel al fin había cumplido la amenaza de irse para siempre? ¿Adónde iría entonces? Recordó la dirección anotada en la libreta. Era la única pista que tenía el flamante inspector Anaya.

El aeropuerto estaba parcialmente cerrado, y dadas las circunstancias, le importaba una mierda. El puesto de director de tráfico se había adjudicado a alguien que llamaron ex profeso de Ciudad de México, un completo desconocido. No hubo más. Los ramperos y demás agentes asintieron en silencio, algunos otros se burlaron a sus espaldas. Gattás seguro que lo disfrutaba desde su jubilación en alguna parte del mundo, quizá Hawái o las islas Fiyi.

Entonces vino lo del huracán Emily. Se había formado con rapidez en el Caribe y adquirió una potencia sin precedentes en cuestión de horas. Carlo sabía de esos fenómenos y no le sorprendía este hecho. Le sorprendía que esa tormenta enfilara directamente a Tamul justo ahora, tras muchos años de no venir nada. Solo recordaba haber vivido uno en toda su vida, cuando era pequeño. Había sido fuerte, pero la ciudad se restableció en pocos días y todo cayó en el olvido, como solía suceder en Tamul. Pero esta Emily no era una broma. Los vientos empezaban a dar cuenta de su poder, ráfagas que alcanzarían en unas horas los trescientos kilómetros por hora, con rachas quizá más fuertes. Servicios Terrestres le entregó una carta responsiva para quedarse de guardia en el aeropuerto durante el temporal. Ahí, la empresa se deslindaba de todo lo que le ocurriera, pero le pagarían horas extras. Carlo entonces no pudo más y se rio en la cara del nuevo director —que no tenía idea de lo que era un huracán:

—Los muertos no cobran horas extras.

Dejó la carta sin firmar sobre el escritorio y salió de ahí. En un arrebato de furia tomó un taxi esta vez, viendo la cola interminable de turistas y trabajadores que ya empezaban a evacuar. Por primera vez en mucho tiempo, en el cómodo asiento trasero de un taxi turístico, se sintió liberado. Quizá era su final en Servicios Terrestres tras unos veinte años de servicio. «A la porra con ellos, pues». A final de cuentas, él no era propiedad de nadie. Pasaría el huracán lo mejor posible con su hijo y le hablaría de ellos, de cómo funcionan, sus categorías y cómo se mide la presión barométrica en sus ojos rodeados de nubes furiosas.

Pero su hijo no aparecía. No contestaba el celular. Y Carlo ya se estaba desesperando.

El reloj de pared marcó las nueve. El último reporte en la radio confirmaba que la ciudad pasaba a Alerta Roja, es decir, peligro inminente. De regreso en el taxi había visto gente haciendo vida normal: restaurantes llenos, turistas riendo bajo la lluvia en el bulevar y surfistas en las playas del malecón. No era raro. El gobierno municipal solía hacer caso omiso de las advertencias que llegaban desde Estados Unidos y dejaban la alarma hasta el final. El Ayuntamiento tenía que asegurarse de que la tormenta pasaría encima, solo así se atrevía a cerrar hoteles, calles y activaba los refugios antihuracán. En una ciudad turística como Tamul estaba prohibido el alarmismo, el miedo a los fenómenos… hasta que pasaba. Por eso, debido a la ubicación geográfica de Tamul, habían surgido importantes iniciativas de instalar un centro climático en condiciones, con todos los aparatos necesarios y manejado por verdaderos especialistas, pues la ciudad solo tenía simples repetidores de información que llegaba de la Comisión de Aguas y Vientos del centro del país. Pero ninguna iniciativa prosperó. Tamul permanecía así en una especie de medievo meteorológico.

Estaba divagando, y el reloj no se detenía. No había señales de Joel por ninguna parte. Y la dirección de la libreta tomaba fuerza a cada envión del viento en su ventana. Los cristales con las cintas pegadas en forma de «X» vibraban tras el tapiado de madera que había improvisado.

«Calle Akumal número 98».

Quizá Joel no sabía que esa zona baja era peligrosa con una tormenta como Emily aproximándose. Consultó en la aplicación si todavía estaba disponible algún Uber o taxi en la ciudad. Resultó que, a pesar de la Alerta Roja, había taxis disponibles.

42

—Es aquí —dijo Joel. A duras penas podía articular las palabras. Sentía la boca llena de tierra. Dio una llamada de dos timbrazos a Rufo y guardó el celular en el bolsillo.

David frenó, pero no apagó el motor y mantuvo las luces apagadas. Miró la miserable fachada de concreto despintado y la reja donde debía meter el coche, un pastiche de metales retorcidos y plásticos que daban cuenta de la miseria de aquel barrio de zona baja. En eso, un chico gordo de pelo cortado como cepillo abrió la valla de par en par, no sin esfuerzo. El gordo les hizo una señal. Tras un tenue titubeo, metió el auto por aquel porche, parte del inmenso patio de la casa. Apagó el motor. Joel echó un vistazo al saco sangrante que llevaban detrás, y al fin abrió la puerta para saludar a Yogurt.

—¿Todo bien?

Joel apenas escuchó lo que le decía. El viento los golpeaba y atizaba el tinglado que daba al patio trasero con un ruido intermitente.

—Sí, lo vamos a meter.

David sujetó a Servando de las axilas y Joel de las piernas. De esta manera lo llevaron dentro de la casa. Yogurt venía a la zaga.

—En ese sofá, ahí acuéstenlo —ordenó el gordo, y así lo hicieron. Cuando lo acostaron y la luz amarillenta de la sala los iluminó, Yogurt frunció el ceño—. Pero... ¿qué pasó? ¿Por qué está así?

Yogurt se había dado cuenta del lastimoso aspecto de Servando.

—Yo..., nosotros... —Joel sentía la boca seca como un desierto.

—¿Quién es el encargado aquí?

Yogurt se quedó inmóvil mirando al hombre rubio. Joel se percató de que por primera vez hablaba con un acento autoritario, lejos de aquel David que había conocido en el cementerio y con el que había pasado un gran día aprendiendo los secretos de la pesca. David se dirigió a Yogurt.

—¿Quién manda en esto, chavo?

Yogurt taladró con la mirada a Joel. Se volvió a David.

—¿Eso qué te importa a ti? —El tono de Yogurt era de franco reto.

—Mucho. Como que si no me dan una explicación ahora, llamo a la policía.

Yogurt palideció. Miró de nuevo a Joel.

—¿Qué pasó, Joel? ¿Qué diablos está diciendo este pinche güerito?

—Él..., él sabe quién es Servando... y lo que ha hecho.

Una puerta se abrió. Rufo apareció con el pelo revuelto sobre los ojos rasgados. Joel lo miró y se le erizó la piel. Pensó en lo que había dicho Yogurt el otro día, «la ira de Aquiles». Rufo tenía ese semblante ahora. Con mudo terror vio que Rufo llevaba otra pistola en la mano izquierda. Miraba a Servando con el rostro sangrante en el sofá y a ellos tres, alternadamente.

—¿Qué sabes de Servando, David? —dijo Rufo con una tranquilidad pasmosa.

David dio dos pasos al frente. Sin apuntarle, Rufo puso la pistola en un ángulo más visible. Su dedo permanecía sobre el gatillo.

—Rufo, él nos quiere ayudar...

—Le estoy hablando a él.

David sonrió.

—¿Tú eres el que dirige todo esto? ¿Es en serio?

Rufo no respondió. David lanzó una risa nasal, se cubrió la cara, y enfrentó al muchacho de ojos rasgados con un claro tono de burla.

—Estas generaciones. Puta madre.

—Te pregunté qué sabes de Servando.

—Sé que eso que está ahí —señaló a Servando con el pulgar— es un saco de mierda humana y que se quieren deshacer de él. Yo también quiero deshacerme de él. Y creo que estoy en igualdad de condiciones con ustedes. Le di unos putazos porque se estaba despertando.

—¿Y quién te dijo que podías pegarle, cabrón?

—No había de otra, Rufo.

El mencionar su nombre pareció tener un efecto inmediato en el muchacho, pues bajó el arma, apuntando al suelo cuarteado.

—Yo no voy a compartir ese gusto con nadie.

—Podemos echarlo a suertes. Un volado.

Rufo rio.

—Esto no es un puto juego de azar. Lo que vas a hacer ahora es regresar a tu casa y olvidarte de todo, ¿va?

David rio a carcajadas, una risa estentórea que puso los pelos de punta a Joel, que no comprendía qué diablos le estaba pasando al David que conocía. David prolongó su risa un poco más y se acercó a Rufo, que no atinaba a apuntarle con la pistola. Estaba igual de desconcertado. El viento golpeteando algo metálico a lo lejos era lo único que se escuchaba.

—Ya estoy en casa, Rufo.

43

«De nuevo ahí. Como un imbécil, acechando entre las sombras y el viento». En eso se había convertido Alec Anaya, en un ser agazapado que se esconde entre sombras y viento.

«Todo el trabajo se va a ir con este huracán».

Se asustó al pensarlo. Iba a convertirse en lo que más temía, un fracasado como su hermano. Un fracasado al que ahora acudía como única alternativa al abismo, una única mano que podía asirlo para evitar la locura. En cuestión de horas, el futuro se había convertido en una ficha tambaleante que amenazaba con derrumbar toda una fila inmensa. La fila iba así: el porterito secuestrado, los terrenos de Florencio Perera investigados, y ahora Servando. Nadie sabía de él, ni su familia más allegada en Chetumal. Había comprobado todos los números disponibles. Estaba fuera del radar por completo y esto lo ponía de los nervios. Había sido muy claro con él: tenía que contestarle siempre. *Siempre.*

Regresó a Carlo. Ahora que lo pensaba, su hermano vivía en el abismo desde hacía muchos años y por eso quizá los problemas de Alec Anaya le parecerían ridículos, incluyendo lo que ponía la hoja membretada de «Clínica Madrid».

Le asombraba que, a pesar de todos sus esfuerzos, Carlo siguiera sin acudir a él. «No dijo nada, se puso rojo y salió encabronado de mi despacho», le había dicho

Rogelio Marín cuando este le preguntó por qué no iba a ver a Alec, después de ofrecerle el talonario de una rifa absurda. Y ahora, ¿qué le diría Carlo? Tenía todo el derecho a burlarse, aunque sabía que muy probablemente no lo haría. Él no era así. ¿Y por qué seguía esperando? ¿En qué se diferenciaba un minuto de otro siguiente, si confluían hacia un mismo resultado?

Un «libre» se acercó al estacionamiento de los edificios blancos y se detuvo justo frente a Alec. Un hombre con una chamarra de capucha y pantalón de mezclilla salió del vestíbulo de uno de los edificios. Era Carlo. Subió al taxi, que arrancó y dobló en la primera esquina.

Sin pensarlo, puso primera y aceleró para seguir al taxi. La lluvia y las ráfagas le cubrían la visibilidad tras cada vaivén de las gomas limpiaparabrisas, pero las luces del taxi refulgían inconfundibles. Alec frunció el ceño cuando vio que salían de las barriadas para ir a la zona baja, a las ejidales. ¿A qué iba Carlo a ese lugar, con esta tormenta? Estaba seguro de que Carlo sabía de Emily, pues en su adolescencia siempre se interesó por el tema gracias a un huracán que habían vivido juntos. Debía saber que la zona baja era peligrosa en esos momentos.

El taxi se detuvo al borde de una pendiente que empezaba a discurrir hacia una oscuridad total. Alec lo imitó a unos metros y apagó las luces. Tras unos momentos, Carlo bajó del auto, se ajustó la capucha de su chamarra sobre la cabeza y se apresuró a bajar la pendiente. El taxi dio media vuelta con rapidez y pasó a su lado, esquivando por muy poco un enorme bache. Carlo se perdió en la oscuridad, con las manos metidas en los bolsillos de la chaqueta.

¿Qué podía hacer? ¿Alcanzarlo y preguntarle a dónde iba? Pensó en su BMW; si llegaba al fondo de aquella pendiente de terracería y topaba con uno de esos bachecitos, adiós al coche. Si lo sumergía en una charca de esas temibles y que abarcaban toda la calle, adiós al coche. Tendría que bajar y estropear también sus mocasines Gucci y su pantalón Gucci y su saquito Gucci. Pero ¿qué más importaba? Había cosas peores tras él esperándole allá arriba, en Tamul.

Avanzó lentamente, con las luces apagadas. La figura de Carlo volvió a delinearse con los destellos silenciosos de los relámpagos reflejándose en las gotas de lluvia. Entonces se detuvo, como comprobando algo. Miraba el celular y la entrada de una finca miserable, con puertas hechas de algo que parecía chatarra y que ocultaban un patio enorme. A Alec le parecía que el tiempo se detenía mientras Carlo extendía la mano y llamaba a la puerta de aquella casa.

44

Los tres muchachos se habían quedado envarados. Tras decirles que «se encontraba en casa», David suspiró y se sentó en una desvencijada silla de madera. Sacó otro cigarro loco y lo encendió con habilidad. Fumó, y sin dejar de sonreír miró alternadamente a los tres chicos, que no atinaban a mover ficha. Seguía preguntándose cómo es que un grupo de adolescentes tenía los arrestos de secuestrar a un viejo violador como ese y hacer lo que pensaban hacer.

Al final concedió un súbito respeto a aquellos chicos.

Y a la niña.

La niña que les había entregado a Servando.

A ella se iba a cenar aquella escoria.

A esa pobre niña.

De no ser por ellos.

Si al menos a su edad hubiera tenido los huevos de hacer esto.

De imponerte a tu madre en el mismo momento en que te amenazó.

Y ahora estaba de nuevo ahí, en casa. Joel lo había traído de vuelta. ¿Para qué?

No valía la pena pensar más en eso.

*

Pensaba en Luis y en la final del mundialito de Ucrania cuando escuchó unas risas del otro lado de la pared. Le pareció que las había alucinado entre los silbidos del viento, pero las risas se afianzaron a su cabeza y se dio cuenta de que aquello pertenecía al mundo real. La risa se acalló y regresó el viento golpeteando las ventanas.

Se obligó a zambullirse de nuevo en el recuerdo. Volvió a aparecer Kiev y sus calles y monumentos. El equipo, sus compañeros de otras ciudades, radiantes y más felices que él, chicos pobres de barrio que habían logrado ir por mil milagros de la Virgen de Guadalupe y becas sorteadas del Gobierno. Ahí conoció a Luis.

Abel se deleitaba una y otra vez con la mejor atajada de su carrera. Contra quién si no, el sueño de todo adversario en una final: Brasil. Era un tiro libre perfecto, cuya curvatura ya se adivinaba en el ángulo, donde los porteros usualmente no llegan. Pero él sí llegó y dio un manotazo al balón, mandándolo arriba del larguero. Ese manotazo les valió, a la larga, el título. El delantero brasileño no daba crédito a tal hazaña.

El destino quiso que compartiera habitación de hotel con Luis. Con él podía escaparse por ratos sin que nadie sospechara nada. Luis, el goleador de Querétaro, una ciudad «muy bonita y que nunca olvidaba». ¡Cómo lo había pasado con él en la habitación! Con aquella melena y su piel tostada evocaba al futbolista de los vestidores, al fin había encontrado libertad en sus besos y en su cuerpo bien formado para el deporte. Sus piernas llevaban la proporción áurea consigo, y por ellas valía jugarse el físico manteniendo su portería en cero.

Al final, entre broma y broma sellaron un pacto: por cada parada de gol clara Luis tenía que meter un gol. Y viceversa. Luis le correspondió cuando ese partido final contra Brasil había acabado en ceros, lo hizo en el agónico tiempo extra, con un golazo que respondió al sacrificio de aquella atajada en el ángulo. Él corrió como loco a abrazarlo, como todos, pero sabía que ese gol que les daba el título era para él, por él y su paradón imposible. Era la fuerza de su pacto.

Tras el campeonato y los premios siguieron manteniendo el contacto en las redes sociales, pero la relación se fue diluyendo con el paso de los meses. Cuando fue la noticia de su fichaje, Luis no se había molestado en hablarle, y comprendió con tristeza que aquello había acabado. Solo había durado un idílico torneo. Incontables veces le dijo a su padre que fueran a Querétaro de vacaciones, pero entre su madre que vivía en un mundo aparte y el líder trabajando sin descanso, jamás hubo oportunidad de ir. En vacaciones, campamentos de fútbol en Tamul y nada más. Extenuantes entrenamientos disfrazados de vacaciones y que solo le hacían extrañar a Luis. No tenía otra opción que hacerse fuerte, darlo todo para un día librarse de aquello, ser libre lejos de Tamul.

«¿Me matarán?».

Se odiaba por pensar en el presente. No debía hacerlo, pero la mente lo traicionaba con mayor frecuencia mientras el tiempo ahí encerrado aumentaba. Trataba de llevar la cuenta de los días, pero decidió que ya no importaba si al final le iban a meter un tiro en la cabeza. Si habían pedido dinero por él y su padre podía darlo, ¿por qué no lo regresaban ya, sano y salvo? Otra idea le aterraba: su padre no había negociado, quizá pedían demasiado por él. El viejo maya, el único ser que había visto en aquella casa, no decía nada. Insinuaba las preguntas, pero el anciano solo respondía con monosílabos y se ocupaba de darle de comer y de que hiciera sus necesidades en una botella o en una bacinica de peltre cuando requería.

Escuchó otro ruido, y voces que se alzaban por momentos. El ruido, increíblemente nítido, era de alguien que tocaba una puerta. Desde que estaba ahí confinado jamás había escuchado que en esa casa se tocara una puerta.

Hubo movimiento y más voces. Algo había pasado en la otra habitación. Aunque le parecía ridículo, alguien más, alguien que no era de ahí, se había presentado en esa casa en medio de una tormenta.

45

Carlo sintió que su corazón saltaba mientras tocaba aquella puerta. Se dijo que era una locura, pero ya estaba ahí y no había marcha atrás. Si Joel lo iba a odiar por intentar preocuparse, pues adelante, ya no tenía nada que perder. Quizá buscaría a Alec para hablar cuando el huracán pasara. Hablar, aunque fuera del tiempo. Así quizá terminaran las burlas, la presión de quién era mejor o peor en la vida, quién era un esclavo pobretón y quién ganaba carretillas de dinero.

Nadie abría. Volvió a golpear, esta vez con más fuerza. Había luz dentro. Iba a tocar por tercera vez cuando vio que unas figuras eclipsaban las rendijas de luz que llegaban de las ventanas. Se dio cuenta de que lo estaban observando.

*

Joel trataba de entender cómo Carlo estaba ahí, en el umbral de aquella casa, bajo una capucha y cubriéndose de la lluvia y el viento. Rufo no se había movido, pero la pistola seguía entre sus dedos. Yogurt se unió a Joel para atisbar por la ventana. Estaba tan sorprendido como él.

—Es Carlo. Puta madre, ¿cómo sabe dónde estoy?

—¿Carlo?, ¿con el que vives, Joel? —Por primera vez, la voz de Rufo tenía un verdadero aire de preocupación.

Para sorpresa de todos, David volvió a reír, tan fuerte como la primera vez. Tenía los ojos enrojecidos y la sonrisa había adquirido la forma de una mueca lobuna. Rufo había cambiado el semblante y apenas quedaban rastros de la furia inicial que lo envolvía y le daba cierta autoridad.

—Venga, Joel, abre. Ábrele a tu papá.

Joel palidecía al comprobar que todo resultaba verdad: Carlo era jefe de David en el aeropuerto y se conocían. Seguro le había hablado de él. ¿Desde cuándo se conocían? ¿Desde el cementerio? ¿Desde el día de pesca? Un súbito coraje le invadió y empezó a latir en sus sienes.

—Eres un puto mentiroso, David.

—¡Mira quién habla de mentiras! Estamos a mano, mi chavo.

—¿De qué chingados me he perdido? —Rufo dio dos pasos al centro de la sala—. ¿Por qué está tu papá allá afuera? ¿Le diste la dirección?

—¡No es mi papá, y yo no le di nada! ¡Algo sabe este que no nos dice! —Señaló a David, que no dejaba de mostrar aquella sonrisa de viejo lobo. La voz de Yogurt se alzó con una fuerza lógica que arrebató la sonrisa al hombre rubio:

—¿Por qué dijiste que estabas en *tu* casa, David?

—Yo no dije eso.

—Sí que lo dijiste.

—Fue una forma de hablar.

—No te creo.

—Cree lo que te dé la gana, gordo. ¡Venga, ábrele a Carlo, Joel! Así estaremos como en familia, ¿no?

Joel miró a Rufo, como esperando su aprobación. Por tercera vez, tocaron la puerta.

—Si le abres sabes lo que puede pasar, Joel.

—A mí me vale madres lo que le ocurra a ese. Él vino porque quiso.

—No te debería valer madres lo que ocurra con tu papá, Joel. Es un hombre bueno. Un poco pendejo, pero bueno —dijo David en una voz tan baja que apenas se oía con el coro de viento golpeando afuera.

—¿Tú qué sabes?

—Si no le abres tú, lo hago yo.

David se paró y se dirigió a la puerta principal con el cigarro en la boca. Rufo le apuntó con la pistola, pero David lo ignoró. Corrió el cerrojo y detuvo apenas la puerta al paso de las rachas galvánicas y la lluvia que golpeaba como pequeños alfileres sobre su cara. Bajo la capucha, Carlo parecía el monje que Joel veía deambular por la casa. Miraba dentro, sin atinar a dar un paso al frente.

—Venga, compa, entra. ¡Te estábamos esperando!

—¿David?

Carlo estaba inmóvil, y eso que el viento huracanado parecía algo corpóreo: puñetazos de fuerza bruta, de manos gigantescas zarandeando los árboles, las palmeras y las casas.

—Sí, sí, aquí estamos todos. Pásale, mano, que me mojo, ¡venga!

Carlo obedeció. David cerró la puerta tras él y el viento por fin pareció quedarse fuera, aunque no del todo.

—¿Qué haces con él? —Carlo recorría con la mirada a Joel y a David.

—Sí, Joel, dile. Dile qué haces con este cabrón —dijo David palmeándose el pecho, sin dejar de sonreír.

Joel contestó:

—David no tiene nada que ver en esto.

Carlo miró la habitación, y el tic en el ojo que lo atormentaba las últimas horas cesó al momento. A Joel lo acompañaban dos chicos de su edad, uno sosteniendo lo que parecía una pistola de mentira. Un viejo yacía inconsciente en un sofá, con la cara bañada en sangre. Ese anciano le sonaba de algo. El flamante inspector Anaya se encontraba en una escena de crimen por fin, pero no tenía ni idea de cómo comenzar a armar todo. Lo más lógico era que David estuviese involucrado, con sus antecedentes...

—Viene un huracán. No podemos quedarnos aquí.

—Claro que viene un huracán. Pero no podemos irnos de esta casa. Nadie, hasta que yo diga. —El chico llamado Rufo alzó la pistola, sin apuntar a nadie en especial. A Carlo le costaba digerir lo que veía. «¡Pero si es..., son unos chamacos!».

—Ay, Carlito, no sabes dónde te metiste —dijo David sin dejar aquella mueca torcida—. Yo tampoco lo sabía, pero qué chingados, me gusta. Estos niños están cabrones. El futuro del país está tomando cartas en el asunto.

—Deja de burlarte, drogadicto. —Yogurt le lanzó una mirada turbia. Tenía los regordetes puños cerrados.

David se acercó a Yogurt. Rufo tensó los brazos y le apuntó con el arma. Entonces David puso las manos sobre los anchos hombros del muchacho. El gordo le mantuvo la mirada, y sus puños temblaron un instante.

—No me burlo. Lo digo de verdad. ¿Sabes a cuántos niños van a salvar cuando esa basura deje de existir? Yo lo haría. Yo oprimiría el gatillo, estoy con ustedes. Ahora bien, si no quieren, déjenmelo. Yo lo hago de una vez y les evito cargar con la muerte de este viejo mierda.

—¡No somos unos niños! —El gordito dio dos pasos atrás, quitándose las manos de David de sus hombros. Su mirada turbia inquietaba a Carlo. Parecía que se le iba a lanzar al cuello.

—¡Ya! ¡Ya basta, coño! —La voz de Rufo se difuminaba de inmediato, sin fuerza. A Carlo le parecía que la casa estaba rodeada de turbinas de avión a punto de despegar.

El sonido se le metía hasta el cerebro y no lo dejaba pensar con claridad. Se estaba bloqueando.

Un fuerte golpe en el techo de concreto sonó como una bala de cañón disparándose, estremeciendo la casa.

—¡El tinaco! Es de concreto, de los viejos... —Yogurt parecía hablar desde muy lejos, pues el viento ya había acaparado la mayoría del espectro auditivo—. Rufo, ese tinaco no pudimos moverlo ni con ayuda de Tiburcio, ¿te acuerdas? Los tres a la vez, y no cedió más que unos centímetros.

—El viento... ¿lo tiró? —Rufo se quedó mirando al techo, como hipnotizado.

—Les dije que tenemos que irnos. Emily es un «categoría cinco» y trae vientos de trescientos kilómetros por hora y rachas de mucho más —dijo Carlo.

—¡Trescientos! —dijo Yogurt con verdadero asombro. Parecía ser el único en entender aquellos trabalenguas científicos que decía Carlo—. ¿Sabes si el ojo pasará por Tamul?

—Los pronósticos decían que era muy probable.

—Tendríamos que irnos —dijo Yogurt a Rufo. Este, por toda respuesta, rio sin mucho humor.

—No podemos. Solo es viento fuerte.

—El papá de Joel tiene razón. Esto se va a inundar, es zona baja.

—¿De qué vergas estás hablando?

—Que el puto de don Tiburcio tenía razón. Estamos ligeramente debajo del nivel del mar. Si el ojo del huracán pasa por aquí, empujará la marea tierra adentro. Y estamos muy cerca del mar, Rufo. Uno, dos kilómetros de la playa a lo mucho. ¿Entiendes?

—¡A mí no me vengas con esas mierdas de ñoños cerebritos! Sabes que no podemos irnos, ¿verdad?

Yogurt bajó la cabeza.

—No sé cómo podríamos. Estamos acorralados.

—Esto se acaba rápido. Un disparo a la cabeza a este pendejo de Servando, y nos vamos en chinga —dijo David—. Tendrán suerte si lo encuentran en mil años cuando el mar se lo lleve.

—¡Cállate! —gritó Rufo—. ¡Tú ni deberías estar aquí!

A Carlo le zumbaba la cabeza y por un momento todo le dio vueltas. Se dijo que era por el viento atronador y la presión barométrica que bajaba de forma alarmante mientras seguían hablando de cosas increíbles. Matar a ese viejo. David y Joel involucrados con esos chicos... ¿Por qué? Se acercó a su hijo.

—Joel. ¿Qué haces con David?

Joel lo miró con odio renovado, como si al instante hubiera reconectado la última escena donde se habían insultado y gritado.

—¿Eso es lo que quieres saber? Pues nada, que David me ha ayudado mucho más que tú desde que nací. Mientras tú no sabías qué hacer, como siempre, él sí que supo. ¿Ya? ¿Eso es lo que querías oír, güey?

Carlo negó con la cabeza.

—David Muñoz es un asesino. Un parricida. Así es como aprendes de él, a matar, a «levantar» gente, ¿verdad?

El viento pareció acallarse de momento. David miraba al suelo. Había encendido otro cigarro. Joel mostró los dientes y dijo:

—Eres un puto envidioso. Un cabrón que siempre tiene miedo. Miedo de hacerse cargo de algo. Miedo de tomar decisiones...

David alzó la frente y Carlo descubrió que sus ojos estaban más enrojecidos que nunca alrededor de sus pupilas claras. Parecía un espectro traído por la tormenta.

—Carlo está diciendo la verdad. Y todo sucedió en esta casa. En esta misma maldita casa.

46

Haciendo preguntas y rebotando entre intermediarios fue como Rufo se enteró de la existencia de Akumal 98. El dueño, un ejidatario que a duras penas sabía leer y escribir, no le importaba más que vender la casa sin hacer muchas preguntas. Juntando los ahorros de Yogurt, Galleta y él mismo, alcanzó para el pago inicial. Con una identificación «prestada» formalizaron los papeles sin mucha dificultad, firmando un contrato que tenía de validez lo mismo que los créditos de los videojuegos. Pero estaban ilusionados, tenían algo que era suyo y que difícilmente podrían quitarles, dada la irregularidad de la zona. Se rumoreaba que ese terreno había servido en años pasados para albergar cubanos indocumentados. Hombres, mujeres y niños que escapaban de la dictadura de diferentes formas, pero bajo la supervisión de una misma lucrativa empresa que se llevaba enormes beneficios por patera o balsa recogida con éxito en las costas cercanas a Tamul. El rumor resultó ser cierto, y Rufo se enteró con detalles de cómo funcionaba gracias a don Tiburcio, un viejo que se acercó cuando los vio acondicionando la casa. Fue el mismo día que no pudieron mover el tinaco de concreto de la azotea. Les confió que había ayudado a los *coyotes* y con eso se había hecho de un terrenito cercano, gracias a los cubanos.

Descubrieron pronto con decepción que la casa estaba hecha una ruina. Pero el viejo Tiburcio, un descendiente de los mayas que sabía trabajar duro incluso a sus años, los ayudó a dejarla más o menos habitable.

Una tarde, Rufo se quedó solo con el anciano mientras terminaban de reforzar la reja donde entrarían con el auto.

—¿Cómo es eso de que sabe la hora exacta del día?

Tiburcio lo miró con esos ojillos de ídolo que parecían estudiarlo con atención.

—Lo sé por cómo cantan los zanates, la posición del sol. Varias cosas.

—Ah, *chingá*, a ver, dígame qué hora es.

Se lo dijo en seguida. Con asombro, Rufo comprobó su reloj.

—Buen truco, don, me cae.

—Que no es truco. Te hace falta barrio, chavo, es lo que pasa.

Rieron de buena gana. Rufo estaba encantado con el viejo, que se autonombraba uno de los primeros pobladores de Tamul. Era un pescador cuando empezaron las expediciones de los hoteleros y banqueros donde no había ni una palapa, solo arena y playas vírgenes. Rufo lo consideraba un Tarzán jubilado, y con cada anécdota aumentaba su simpatía por aquel hombre que sacaba langostas y tortugas con las manos desnudas en tiempos remotos. Terminó por respetarlo cuando le dijo que hasta la fecha ayudaba a cruzar a los cangrejos azules.

—Yo también los ayudo a cruzar, don. Galleta dice que son espíritus.

El viejo sonrió, y con un tono de melancolía, dijo:

—Tu novia tiene razón. Cuando esos bichitos dejen de existir, Tamul también desaparecerá. Y cada vez hay menos. Se van para no volver.

Rufo guardó silencio y asintió. Una ráfaga de viento meció los cocoteros en forma de equis. La brisa subió hacia la ciudad y dejó el regusto a sal en el ambiente.

—Oiga, he visto algo como fosos cubiertos con tierra en el fondo del patio, junto a los cocoteros. ¿Es que aquí también enterraban a los cubanos?

El viejo lo miró de arriba abajo, y quizá comprendió que Rufo era lo suficientemente mayor para saber ciertas cosas. Entonces le confió aquella terrorífica historia aderezada con el acento yucateco que a Rufo le divertía. Resultó que un muchacho drogadicto había matado a su madre y al amante en esa misma casa mucho antes de los cubanos.

—¿La reina de Tamul?

—Esa misma. Viendo que no tenía salida, el cabronazo enterró los cuerpos ahí, junto a los cocoteros en forma de cruz. Fue la droga, la sangre fría... Escapó de Tamul, pero lo agarraron. Terminó confesando. Yo vi a lo lejos cuando sacaron los cadáveres podridos, llenos de verdín y gusanos. ¡El olor, chavo!, madre santa... El asesino estuvo en el tambo muchos años, o quizá sigue dentro. Le habrán dado la pena máxima. Ya nadie se acuerda de eso.

Así, Rufo le tomó afecto al viejo. Esa tarde le contó la idea que tenía con Yogurt sobre el uso que le darían a esa casa. Los ojillos de ídolo brillaron a la luz de las primeras estrellas.

—¿Sabías que viví mucho tiempo en la zona de hoteles, justo frente al farallón?

—No. ¿En un hotel?

El viejo rio.

—No seas pendejo, Rufín, antes de que llegaran los banqueros, cuando no había nada. Luego construyeron los hoteles y le tocó a mi parcela, entonces me desalojaron, el Gobierno me dio dos pesos y me sacó de ahí después de haberlos ayudado en todo lo que podía: guie muchas veces a las comitivas de banqueros, pescaba su comida, el presidente me dio una medalla y lo saludé, pero fue todo. Todo se olvidó. Tuve que buscarme algo en la zona baja.

—¿Y eso qué tiene que ver con lo que le propongo?

—Que sí, coño, que acepto. Que se jodan los riquillos, los hoteleros, el Gobierno y la policía. A la chingada con ellos. ¿Cuándo empezamos?

Así, el negocio empezó a funcionar.

*

—Salí por buen comportamiento y aportaciones al centro penitenciario hace unos meses. Eso es todo lo que necesitas saber, Joel. Sí, soy culpable, su Señoría, así como tú eres culpable de lo que va a pasar hoy con Servando. Y yo que tenía pena de que lo supieras...

Con su silencio, David daba por terminada su breve confesión.

—Yo no me meto drogas —dijo Joel en una precaria defensa.

—Sí, me las metía hasta poco antes de llegar a Tamul. Aún sigo desintoxicándome, y estos cigarros ayudan, es todo. Prácticamente las he dejado.

—¿Por qué involucraste a Joel en esto? —preguntó Carlo.

—A mí no me veas. No soy el único criminal en esta sala, su Señoría. La pregunta correcta sería «por qué Joel me involucró a mí».

Carlo regresó la mirada a Joel y a los dos chicos. Y a Servando, que parecía seguir en un sueño profundo sobre el sofá roto y descolorido.

El viento revivió con fuerza, y a pesar de aquella renovada potencia que empezaba a cimbrar las paredes de concreto, Rufo escuchó ruidos que venían de la habitación de Abel. Se escuchó un estallido afuera, y la oscuridad los alcanzó sin más. Rufo masculló algo y encendió la linterna de su celular. Le echó una mirada rápida a Yogurt y salió cerrando la puerta tras él.

47

Ya no estaba seguro de su realidad. ¿Es que acaso la locura se había apoderado de él? El encierro le pasaba factura al fin, empezando con las alucinaciones. Quería seguir pensando en Luis, pero cada vez que apretaba los párpados las líneas del balón se precipitaban sobre él una tras otra, amenazadoras, como láseres multicolores, figuras infinitas de geometría indefinida.

Recordaba el acceso de estupidez al dejarse meter siete goles en el último partido y el zafarrancho que había provocado. Pero no se arrepentía, aquello le seguía causando una risa interna que se traducía en cosquilleos en su estómago. Tal era la locura que tampoco se arrepentía de haber seguido al grupo de chicos tan amables, vehículo de su situación actual. Quería liberarse, y curiosamente en ese encierro estaba encontrando una libertad que no conocía, ¿era eso posible?

«Eso es que estás perdiendo el juicio», decía una voz parecida a la de su padre. Trataba de patearla de su cabeza, pero resultaba inútil. Seguía ahí, una rémora mental que lo ataba a objetivos, grandezas y absurdeces como ir al Real Madrid. Descubrió que su mayor arrepentimiento era no haber tenido el valor de ir con Luis a Querétaro, de viajar al fin del mundo con él.

Entre las ráfagas de viento, oyó abrirse una de las puertas que daba al patio trasero. Pero si estaba loco, ¿por qué ahora sentía ese vendaval en su cara, en sus brazos? La temperatura había bajado de súbito, de eso no había duda, pero solo por un momento. La puerta se cerró otra vez. Escuchó un susurro repetitivo que se fue acercando a él.

—Puta madre, si eres tú…

La venda se descorrió y cayó. Al principio lo vio todo borroso, pero descubrió a alguien frente a él. Era un hombre de unos treinta años, vistiendo de saco y pantalón de marca. Las formas y colores se hicieron más nítidos, y reconoció una mueca de alivio. Le quitó el trapo de la boca.

—¿Abel? ¿Abel Marín?

—Sí.

—No mames. No mames…

Sin decir más, el hombre empezó a manipular sus manos atadas a la cama. Para su sorpresa pudo moverlas y poner los brazos hacia delante. Pero no los sentía. Estaban completamente atrofiados. Tras una breve pausa, el hombre deshizo el nudo que aprisionaba sus pies.

—¿Te puedes mover?

—Sí…, sí. Pero tengo los brazos dormidos.

—Despiértalos, sacúdelos, venga.

Un estallido fuera, un chasquido de la bombilla, y las luces se apagaron. Instantes después, la puerta del pasillo se abrió y entró uno de los chicos, con la linterna del celular en una mano y una pistola en la otra. Lo seguía un gordo rubio.

Se vio como en la final del mundial. Solo que ahora su vida estaba en juego, no un campeonato. Se lanzó como un felino sobre el primero, con toda la envergadura de sus uno noventa. Sonó el primer disparo acallado por el viento. La pistola salió rodando por el piso cuarteado y el forcejeo se prolongó unos instantes. El tipo elegante encendió su móvil y buscó la pistola, pero en aquel muladar no era cosa fácil. Al fin vio brillar la culata plateada. La tomó y gritó:

—¡Ya basta! ¡Que disparo!

Abel se hizo a un lado y entonces lo reconoció.

—Eres tú... el de las gradas, Rufo...

Entre aquel descontrol lumínico de linternas de celular, reconoció al gordito. «Yogurt».

—¡Quietos! —gritó su rescatador.

Yogurt mostró instintivamente las palmas de sus manos. Rufo, con el pelo sobre los ojos, se mantenía inmóvil, mientras Abel intentaba incorporarse, sujetándose a la cama. Las piernas le hormigueaban. Más ruido. Tres sombras más aparecieron tras Yogurt.

—¿Alec? —El nombre brotó de los labios de uno de ellos. Su rescatador, el hombre de saco y pantalón de marca palideció.

48

Llevaba unos instantes bordeando la consciencia, esperando. Aunque al principio se dijo que soñaba y no tardaría en despertar, el sueño no acababa y empezaba a sentir la cara húmeda y dolorida. La nariz era un latido constante con pinchazos que penetraban hasta el cerebro.

«Me golpearon. ¡Me golpearon! Se atrevieron a tocarme la cara».

El dolor aumentaba y confirmaba que aquello estaba lejos de ser una pesadilla. ¿Quién querría golpearlo, a él, al Prócer?

«¿Por qué el mar de Tamul es el más aburrido, por qué, por qué?».

«El mar de Tamul... María. La chiquilla...».

Entonces entreabrió los ojos y distinguió a varias personas, una con una pistola en la mano. Un muchacho. Sintió miedo. Discutían acaloradamente. Había oído hablar de los niños sicarios reclutados por los cárteles. Entonces pensó que lo habían «levantado» para pedir dinero. Pero ¿cómo? A él, a Servando, que hacía trabajos para la comunidad ayudando a las pobres almas a entender un poco la belleza encerrada en la literatura. Seres brutos, pueblerinos y toscos que a duras penas sabían enlazar palabras. Servando el Magnánimo, su Ilustrísima, el que bajaba del Olimpo a compartirles algo de su sabiduría. Y lo estaba haciendo muy bien con la asesoría de Alec...

«¿Dónde estoy?».

Las luces se extinguieron en un chasquido, pero casi al instante fueron reemplazadas por linternas y pantallas luminosas de celular. Los vio mejor: eran dos chicos y dos adultos. Entonces pasó algo. Salió el de la pistola, y momentos después lo siguieron los demás. Se había quedado solo en aquella estancia. Sabía que la Providencia tenía que concederle una oportunidad. Y ahí estaba, no lo podía desamparar, no al gran prócer entre los próceres. Vio la puerta principal muy cerca. Era el momento.

Fue más fácil pensarlo que hacerlo. Al incorporarse, la cabeza le dio vueltas y sintió ganas de vomitar. «¡Vomitarás luego, viejo estúpido, hay que moverse, hay que moverse!». El primer paso requirió un esfuerzo tremendo; casi se cae del sofá. Al segundo, el valor le calentó la sangre y tuvo ya la fuerza para dar el tercero y acercarse a la puerta. «Si está cerrada, me lanzo por la ventana». Pero el pomo giró y la puerta se liberó. El impulso casi lo avienta hacia dentro. Parecía que había diez hombres empujándola. Sujetó la puerta con todo el peso de su cuerpo, tratando de no hacer más ruido del necesario, pero se dio cuenta de que no importaba: el vendaval, la madre de las tormentas, lo empujaba con sus gigantescos brazos ventosos. No pudo cerrarla por más que quiso, pero ya no le importó. Salió corriendo hacia la calle. Era libre, por Dios misericordioso que era libre. Había una oportunidad, solo pediría ayuda al primer samaritano que pasara y lo reconociera como el Prócer. Miró el cielo rojo, con racimos de nubes y relámpagos iluminando la calle de azul eléctrico en destellos continuos. ¿Qué era aquello, un maldito *huracán*? ¿Cuánto tiempo llevaba inconsciente? Recordaba a la niña. Estaba en su casa con María, cómodos, leyendo poesía y tomando refresco.

«El mar de Tamul, el mar de…».

¿Ella le había golpeado?

«No, ahora no puedo detenerme a pensar en eso, no en medio de una tormenta de mil demonios. Eolo, Kukulcán, Tláloc, todos ellos han coincidido en Tamul para descargar su ira en una amenísima reunión». Sintió algo como agujas clavándose en su piel y descubrió con torpeza que era una lluvia finísima, simples gotas de agua que lo acribillaban, impulsadas por las violentas rachas. A pesar de la oscuridad, el cielo rojo y los relámpagos lo ubicaban a través de la calzada terrosa y llena de hoyos.

Avanzó tanteando la calle. A duras penas podía abrir los ojos haciendo visera con la mano. Entonces ocurrió el milagro. El viento cesó casi de súbito, como una respuesta divina. Fue tan repentino que se sobresaltó, mientras los chillidos de las ráfagas ciclónicas se iban acallando, como voces que se alejaban dando la vuelta a la esquina. Miró al cielo y se maravilló: las estrellas habían salido de entre las nubes. Todo se hundía en un silencio inquietante. Servando sintió un escalofrío que le recorrió la espina.

«¿Por qué? Esto...».

Entonces el terror le empapó el corazón. Aquello era el centro mismo de la tormenta, el ojo que todo lo ve desde tiempos mitológicos, y ahora lo veía directamente a él. Era como estar parado en el fondo de un enorme pozo. De repente fue consciente de todo lo que había hecho, sus pecados jamás confesados y que no confesaría jamás. Dios, Tepeu y Gucumatz lo veían a través de la tormenta. Intentó correr y solo pudo moverse como un sonámbulo. Las piernas se le habían agarrotado. Empezó a coger el trote y al fin corría despavorido. Tenía que huir de ahí, lejos de aquel ojo encarnado en las nubes rojas. Entonces el silencio se evaporó y escuchó el silbido de un viento diferente acercándose a lo lejos, algo que venía detrás de él y rugía, poco, más, hasta explotar en sus oídos. Miró arriba y sus suposiciones se hicieron ciertas. El muro gigantesco de nubes apiladas que delimitaba el ojo caía sobre él. Las estrellas desaparecieron. La parte más peligrosa del huracán iba a alcanzarlo.

No hubo más tregua. El cielo rojo se desplomó sobre las casas, coches y árboles, aplastando, removiendo, triturando. Sintió sus pies mojados y descubrió con horror que el agua iba subiendo de nivel a cada paso, como si se metiera en una playa. En segundos, una marejada le envió agua hasta la cintura. Servando gritó. Un penetrante olor a sal le indicó que el mar había entrado a llevárselo.

Gritó una vez más, y al hacerlo fue como si atrajera toda la gravedad del mundo sobre él. El agua parecía succionarle los pies. La calle era ahora un río caudaloso que había transformado el huracán. Vio escombros volar sobre su cabeza y rozarle por muy poco: piedras, cristales, tanques de gas doméstico. Incluso le pareció ver una estufa con el horno desdentado flotar a unos metros a su derecha. Ese río lo arrastraba, y por más que nadaba y pataleaba siempre se estrellaba contra el cielo iluminado por relámpagos sin truenos.

Alcanzó a distinguir su forma antes de encontrarse de frente con aquello. Era una cabeza de transformador eléctrico de por lo menos una tonelada, aún asida a un trozo de poste de concreto del que sobresalían varillas retorcidas. Servando miró aquella monstruosidad, maravillado de la fuerza bruta de la tormenta. Ese asombro se quedó atrapado en él como una fotografía antigua no alcanzada a revelar. El brutal golpe sobre su cabeza apenas se escuchó entre el viento y el agua.

«El mar de Tamul es aburrido y monótono y no sirve para la poesía», le había dicho Servando a María cuando tenía diez años. Ese mar ahora se llevaba al Prócer para darle cobijo en sus aguas, para siempre.

49

—¿Que qué hago yo? ¿Tú qué haces aquí, Carlo?

—Vine a buscar a Joel.

Alec rio.

—No me digas. Lo que veo aquí es que han secuestrado a este chavo. Me lo voy a llevar.

—Aquí nadie se va a llevar a nadie.

David dio dos pasos al frente. Esta vez su mirada enrojecida y su cuerpo tenso le dieron un escalofrío a Carlo. Recordó aquella vez que le gritó a la mujer y aporreó la mesa en el restaurante. Era el David que aparecía de vez en cuando, escondido en aquel hombre afable. En un acto reflejo, Alec apuntó la pistola al pecho de David.

—Estás mal, *brother*. Este chico es demasiado importante. Quítate de mi camino.

David pareció no escucharle. Se volvió a Carlo, que palideció ante aquella mirada de muerte.

—Seguro te sonará esta habitación, Carlo. Eso fue lo que te dijo el viejo Gattás, ¿no? ¿El periódico que te mostró traía fotos de este cuarto?

El viento aullaba y el tinaco no dejaba de rodar arriba como un fantasma inquieto. Carlo sintió que el horror encerrado en aquella pregunta le estrujaba el corazón.

—Justo donde estás parado, *brother*. —David se dirigió a Alec en tono de burla—. Ahí cayó mi mamá. Unos metros a tu derecha, su amante.

Rufo palideció. Seguía tirado en el suelo, tratando de encontrar una salida. Al escuchar a David terminó por entender la historia que le había contado el viejo Tiburcio. David era el «cabronazo» que había matado a su madre la reina, y al policía.

«¡Por todos los diablos, es *él*!».

—Y los enterré a los dos en el fondo del patio. Allá donde están los cocoteros. Estaba asustado, no sabía qué más hacer.

Rufo descubrió entre las luces y sombras que las facciones de David eran cada vez más cadavéricas, como si la misma Muerte se hubiera apoderado de él y lo consumiera a cada segundo. «Quizá nos mate a todos, por eso regresó *a casa*», pensó con ironía.

Alec dio un paso hacia atrás, como si quisiera sacudirse un bicho prendido al pantalón. Rufo supo que se desmarcaba por instinto del lugar donde alguna vez reposó un muerto. Entonces, el viento fue acallándose fuera.

David no sabía en qué momento el monstruo había tomado el control de las cosas.

Plas-plas.

Todo estaba ahí: su madre, el amante y la misma pistola humeando, los cráneos destrozados, el televisor muerto reflejando el humillo, la sangre.

Clic, clic, clic, clic.

Sabes que tengo que tomar el control, imbécil.

David se lanzó por la pistola en la mano de Alec y lo derribó al suelo. Rufo le atizó a Abel un puñetazo en el cuello. El cuarto se convirtió en un remolino de golpes y jadeos. Carlo y Joel miraban todo sin atrever a moverse. La pistola rodó por el suelo, pero Alec y David seguían revolviéndose a golpes.

—¡Cuidado! —Carlo jaló de la playera a Joel para tumbarlo al suelo.

Se escuchó un disparo. Y otro. Seguían los forcejeos. Boca abajo en el suelo, Carlo se atrevió a levantar la vista. Rufo había reducido a Abel Marín. Se había llevado lo suyo con sendos moretones en la cara, pero aprovechó que el portero estaba débil y desorientado. Lo aventó de nuevo en la cama. Más allá, Alec y David se debatían en forcejeos que más bien parecían espasmos. El hilillo de humo desapareció en un tenue vaho, y el olor a pólvora mezclado con la humedad le dio ganas de vomitar.

Yogurt era quien sostenía la pistola, con mano firme. Él había disparado.

Con horror, Joel comprobó que David dejaba de moverse, manoteando en el rostro de Alec como pez fuera del agua. Rufo se acercó a Alec y le dio una patada que le volteó el rostro. Dejó de moverse junto a David.

—Te lo cargaste… —dijo Rufo, dando vuelta al cuerpo de David, cuyo pecho se inundaba de sangre—. Ahora tenemos que encargarnos del fresón este del saquito.

Carlo se hincó.

—¡No le hagas nada a mi hermano!

—¿Qué?

—¡Es mi hermano! El tío de Joel.

Rufo abrió los ojos y se apartó el pelo de la frente. Taladró a Joel con la mirada.

—No mames. Joel, ¿qué onda con esta reunión familiar?

Joel se incorporó, pero no respondió. Casi a rastras, llegó hasta David. La bala había penetrado por el lado izquierdo, cerca del corazón. Respiraba débilmente. Joel sacó del bolsillo la calibre veintidós, un arma que parecía de juguete. Apuntó a Yogurt con mano temblorosa. Yogurt permanecía impasible.

—Maldito enfermo. ¡Asesino de mierda! Lo mataste como a Roger, ¡lo mataste como a un perro!

Rufo miró a Yogurt, buscando una respuesta.

—¿Qué diablos, gordo?

Yogurt se encogió de hombros y se enfrentó a Joel. De nuevo mostró aquella mirada fría que vio en la plaza del Ayuntamiento.

—Quedamos en que no dirías nada, Joel. Somos amigos.

—¡Amigos, los huevos! Rufo, tu amigo no te dijo que lo de Roger estaba planeado. Iba a matarlo desde el principio, y te engañó como a un pendejo.

Joel le dio la espalda a Carlo, sin dejar de mostrar el cañón de la veintidós a Yogurt. Este ni siquiera lo miró. Rufo estaba paralizado.

—Lo suponía. Pero no quería creerlo. Yogurt, creí que éramos amigos. Si me lo hubieras dicho... Se supone que estamos juntos en esto, pinche gordo.

—Sí, pero era problema mío, Rufo. Mejor que se quedaran fuera...

La frase se le quedó a Yogurt entre el paladar y la lengua. La habitación se anegaba de agua con rapidez. Repentinamente parecían estar en un barco hundiéndose a la deriva.

—Puta madre —dijo Yogurt.

—¿Qué coño...?

—Es la marejada que trae la tormenta —explicó en un tono esta vez desprovisto de frialdad—. Te lo dije, estamos en la zona baja. Y esto puede subir varios metros. Luego lo regresará todo al océano, como una maldita cloaca inmensa.

—¡No mames! ¡El varo! ¡El Cofre del muerto!

—Exacto. Hay que sacarlo o puede irse todo a chingar a su madre.

Sin decir más, Rufo salió por la puerta trasera hacia el patio, chapoteando a cada zancada.

—¡Ayúdame, pendejo!

Yogurt se guardó la pistola en el bolsillo y siguió a Rufo. Joel bajó el arma. Estaba aturdido. David no se movía.

Fuera, la noche se abría esplendorosa. El cúmulo de estrellas, la quietud, todo parecía una ensoñación, pero Yogurt sabía que aquello era como el canto de la sirena. De un momento a otro se desatarían los mil infiernos. Iban a toda prisa a desenterrar el tesoro. Por alguna razón pensó en Galleta. Debía de estar durmiendo, calientita en su cama.

Llegaron al pie de los cocoteros inclinados que formaban una gigantesca equis, y que por auténtico milagro seguían en pie. El agua en el patio ya había subido unos cuantos centímetros.

—¡Mierda! Esto debe de ser lodo puro.

—¡Venga, con la mano! —Rufo tenía los pelos del cuerpo erizados al máximo.

Yogurt obedeció. Sentía una especie de electricidad recorriendo su espina. Estuvo tentado en decirle a Rufo que una presión barométrica tan baja causaba esos efectos eléctricos, que aquello inflamaba cristales y los rompía. Y que sentirla en la espina era una de las pocas cosas que aún nos conectaban con los animales desde los tiempos anteriores a las cavernas. Removieron agua, tierra, lodo, como unos poseídos.

«Dos hombres con el cofre del muerto, yo, jo, jo, y una botella de ron…».

Cuando escuchaban un tenue silbido parecido al de una tetera a lo lejos, acercándose, Yogurt topó con algo. Había arañado algo con las uñas.

—¡Aquí! ¡Ayúdame!

El silbido estaba ya muy cerca. Semejaba al reclamo de los muertos que salen de sus tumbas, donde Rufo había tenido la tenebrosa idea de sepultar el dinero de los secuestros. «Osado, pero efectivo», le había dicho Yogurt, y había alabado su idea, pero justo ahora temblaba de miedo. Por un momento pensó que una mano con jirones de carne podrida lo jalaría y arrastraría hasta el fondo. Al fin, una caja de madera salió de entre el lodazal. El gordito destapó la caja y metió la mano. Sacó un portafolios metálico. Los cierres estaban intactos a primera vista. Era suyo, era...

El silbido atronó en sus oídos. Sintieron que el cielo los aprisionaba. El agua dio un subidón que les llegó a las rodillas. Aventó el maletín a Rufo.

—¡Vámonos!

La casa se veía muy lejos desde ahí. Rufo alcanzó a escuchar algo rompiéndose detrás, un desgarre como el rugido de una bestia, y por un momento se convenció de que era el reclamo legítimo de algo que venía a llevárselos. De refilón alcanzó a ver el inmenso tronco de uno de los cocoteros cayendo sobre Yogurt. Rufo gritó, pero las turbinas del viento a toda potencia no dejaban cabida para escuchar nada más. Yogurt desapareció bajo la maraña de palmas y racimos de cocos que se estrellaron con furia sobre el agua encharcada. Con el maletín en una mano, pensó en ir a buscarlo, incluso perdió segundos valiosos en el amago de regresar. Entonces recordó su traición. Yogurt estaba enfermo de verdad y lo había demostrado matando fríamente a su primo Roger. Podría matarlo incluso a él cuando todo esto acabara.

«Pero estamos juntos en esto».

Se detuvo al pie de los inmensos ramajes caídos. El cuerpo de Yogurt reposaba en un ángulo imposible, semienterrado boca abajo en el fango. El pesado tronco le había enterrado la cabeza, pero esta parecía casi separada del cuerpo, como si el cocotero le hubiese alargado el cuello sin tomar en cuenta sus cervicales. Alcanzó a ver violentos espasmos en el rechoncho cuerpo, y luego nada.

«El diablo y el alcohol se llevaron al resto, yo, jo, jo, y una botella de ron».

Rufo se quedó ahí, sin atrever a moverse, mientras la tormenta le rugía su victoria al oído. El agua iba a alcanzar su entrepierna. Miró las palmeras, el portafolio metálico en sus manos. Avanzó hacia la casa, dejando todo atrás.

50

Cuando Rufo entró en la casa, cayó en la cuenta de que se había quedado solo. La banda estaba rota. Y la otra pistola ya estaba sumergida con Yogurt en el fango. David yacía sobre la cama y Joel lo miraba en silencio. Carlo intentaba reanimar a Alec, y Abel lo miraba sentado en la cama. El agua estaba a punto de cubrir el colchón. Rufo entendió que, de momento, no había lugar a donde ir.

—¿Y Yogurt? —preguntó Joel.

—Se lo llevó el huracán.

Joel palideció.

—Lo mataste.

—Que no lo maté. Las palmeras... —La voz se le cortó.

—¿Por qué hiciste eso? —Carlo miraba a Rufo con lástima.

—¿Hice qué?

—Todo esto. La casa, los secuestros. Las muertes.

—Ellos no tienen la culpa, Carlo —contestó Joel—. Es esta ciudad. Maldita ciudad de mierda.

Rufo bajó la mirada y sonrió. Se enfrentó a Carlo.

—La ciudad, una mierda. Fui yo. Yo y el gordo Yogurt, con Tiburcio. Lo ideamos todo para ganar dinero, para salir de la normalidad. Y para hacer el bien. Galleta no tuvo reparos en ayudar, nos dio ideas..., a ella también le gustaba y quería hacer algo bueno con el dinero. Nadie tenía que salir herido, pero las cosas salieron mal. Y lo siento. Lo de Servando... —Rufo hizo una mueca de sorpresa—. ¡Servando...! De cualquier forma, nadie tiene adónde ir. Decía que lo de Servando sí que es personal. El mierda ese merece morir, lo admito. Y lo de Abel..., vaya, eso sí que está grueso.

—¿Qué está «grueso»? —Abel pareció recobrar la vida en sus facciones.

—Tú, al Real Madrid. Y los terrenos donde encontraron el cadáver de Roger Morales. Todo se complicó, pregúntale a tu papi. Tu ida al Madrid, por lo que sé, dependía de un trueque. Salió en el periódico. Y con lo de Roger se acabó.

—Aún no está perdido —dijo Alec, que parecía regresar de un sueño profundo—. No todo está perdido...

—Dame la pistola, Joel. Dámela. —Rufo extendió la mano.

—No. Ya murieron bastantes.

Rufo sonrió, mostrando los dientes. Dejó el portafolios en lo alto de uno de los estantes y enfrentó al chico moreno.

—Nadie más va a morir esta noche. Dame la puta pistola.

El tinaco rodaba con más ímpetu que antes.

Abel saltó de la cama y se acercó a Rufo, sin importarle que el agua le llegara a la entrepierna. Con su estatura, Rufo lo vio como una torre que se levantaba ante él. No movió un músculo.

—¿Qué es eso del trueque?

—Ya te dije, pregúntale a tu papá. Por mi parte, te puedes ir si quieres. Pero lo más probable es que te caiga encima un árbol o lo que sea que traiga el huracán.

Abel se volvió a Alec, que no perdía detalle de los dos jóvenes.

—¿Y tú no me vas a...?

El techo se abrió sobre ellos. Fue como un crujido de los huesos de un gigante, e increíblemente rápido. El cilindro de concreto cayó como un meteoro sobre Rufo y Abel, y su caída fue la de una bomba explotando en la superficie del agua. Carlo alcanzó a ver incontables salpicaduras saladas que terminó tragando. El agua espumeante lo cubrió por un momento. Ahora, el huracán metía sus tentáculos ventosos en la habitación. Carlo consiguió salir a flote y gritó el nombre de su hijo y el de su hermano. Joel también gritó y manoteó en el aire. Carlo lo abrazó por la espalda.

—¡Estoy atorado!

—¿De dónde?

—¡De la pierna, no puedo mover la pierna!

La oscuridad y el viento estaban por volverle loco. Algo grande había caído sobre la pierna de Joel y por un momento temió que se tratara del maldito tinaco. Para su sorpresa, se encontró con otra mano: la de Alec. Gritaba algo que apenas alcanzaba a descifrar. Descubrió que lo estaba ayudando a destrabar la pierna de Joel. Tras unos instantes sumergiéndose y empujando aquello que parecía la base de la cama, lograron liberarlo. Cuando Carlo se incorporó, descubrió con horror que el agua ya le cubría el torso. Alec gritó algo y se sumergió. Carlo descubrió que estaba buscando a Abel. No esperó más y tiró del brazo a su hijo. Alcanzaron el pasillo con pataleos y brazadas desarticuladas. Por fortuna la sala aún tenía las paredes intactas. Carlo comprobaba con pesar que el agua seguía subiendo y nada la detenía. Si la marejada cubría la casa, sería todo para ellos. Emily se los tragaría sin piedad.

—¿Estás bien?

—Sí..., solo la pierna me duele un poco.

—Espérame aquí.

—¿Qué vas a...?

—Voy a ayudar a Alec.

A la luz de los relámpagos que penetraban por el agujero en el techo, Carlo alcanzó a distinguir la boca inclinada del enorme tinaco de concreto en medio de la habitación. Alec salió a tomar aire justo a su lado.

—¡Está atorado! ¡Ayúdame, por favor, Carlo, ayúdame!

—¡Va, empuja!

Intentaron mover el tinaco, pero era como mover una casa. No cedía ni un milímetro. Una mano se asió a su brazo. Carlo sintió que le daban una descarga eléctrica y tiró de aquello que se aferraba a él. David salió a la superficie tosiendo agua y diciendo algo que no lograba entender por el viento atronador. Carlo lo había dado por muerto, pero las luces del cielo le indicaron que, aunque se veía como un cadáver, quería ayudarlo.

—¡Todos a la vez! —Alec gritó detrás de ellos. «Con tres quizá se pueda», pensó Carlo. El agua debió de brindarles alguna ayuda, porque lograron que el armatoste rodara desde la base. Un pedazo de concreto del techo, del tamaño de un melón, cayó a su costado y por un momento creyó que le había golpeado. Tenían que salir de ahí ya.

—¡Aquí está!

Abel tosía agua mientras emergía a la superficie, aullando de dolor. Sin perder más tiempo, Alec lo abrazó por la espalda y lo arrastró hacia el pasillo. Carlo tiró a David del brazo.

Mientras llegaban a la sala, Carlo sintió un cansancio terrible. El frío empezó a recorrerle el cuerpo. Se concentró en llevar a David consigo. Al haz de luz de un celular, descubrió que iba dejando una estela de sangre tras él. El celular pertenecía a Joel, que los esperaba flotando en el mar contenido en aquella casa. Abel gritaba «¡Mi pierna!» en chillidos estremecedores. También dejaba un rastro de sangre a su paso.

—Ya déjame, Carlo —dijo David, cuya voz se había enronquecido. Los gritos de Abel competían con los silbidos del viento.

—No te voy a dejar.

—¡David! —Joel nadó hasta ellos. La luz temblorosa del móvil reveló los ojos nebulosos de David y el agua roja burbujeando.

—Qué bueno que estás bien, chavo.

—Tenemos que llevarte al hospital.

David rio por lo bajo.

—No podemos salir de aquí. Aunque tuviéramos una lancha, no se puede.

—¡Te estás desangrando!

—Me he estado desangrando desde mucho antes de que nacieras.

—¡Carlo, vámonos, vamos al hospital, por favor!

El viento se estrellaba y el concreto de la sala parecía vibrar como gelatina. Los gemidos de Abel se iban apagando entre bocanadas de aire. Algo le murmuraba Alec, que seguía a su lado.

—¡Deja eso, Joel! ¡*Amachínate* ya, sé un hombre y enfrenta tu realidad! Este es tu papá. Y aunque te desespere, es un buen tipo. Vino por ti hasta este lugar.

—Yo quería irme contigo.

—Va a ser que no. Yo también tomé mis decisiones hace muchos años.

—Aguanta, David. Apenas amaine un poco nos vamos.

David rio de nuevo, esta vez tosiendo.

—Gracias por lo del aeropuerto, Carlo. Hubiera estado genial ser tu amigo.

—Lo eras. Lo eres.

David sonrió, y cerró los ojos. El agua no dejaba de arremolinarse y tintarse de un rojo oscuro. Tras unos minutos en los que nadie se atrevió a decir más, su cuerpo terminó aflojándose en los brazos de Carlo.

—¿Murió?

La voz de Alec hizo eco en las paredes junto a los gemidos de Abel. Carlo le tocó la carótida al hombre rubio.

—Sí.

Joel golpeó el agua, insultando al aire.

—Lo siento, Joel.

—¿Qué vas a sentir, cabrón? ¡Seguro que te alegras!

—No le hables así a Carlo —dijo Alec. Carlo lo miró, sorprendido. Se acercó a su hermano.

—¿Está bien ese chavo?

—Se lastimó un hombro, pero lo peor es la pierna. Y de milagro no se partió la columna.

—Qué dolor, mierda —confirmó Abel, haciendo visibles esfuerzos por mantenerse a flote—. Creo que me rompí la pierna.

—¿Qué hora es?

—Las tres y media. Aún falta para que amanezca.

Alec pareció sorprendido.

—¿Por qué lo sigues sujetando?

Joel seguía aferrado al cadáver de David, que flotaba apacible a su lado. La sangre parecía haberse quedado encapsulada en una nube oscura, protegiéndolo.

—No voy a dejar que se lo lleve el huracán.

—A muchos se los va a llevar hoy.

—Pues a David no.

Alec se encogió de hombros. Carlo se acercó a su hijo.

—¿Estás bien?

—¿Eso qué importa? David está muerto.

—A mí me importa. Quiero que vivamos juntos y en paz.

—¿Y si no quiero? ¿Y si mejor me voy con mi tía?

Ante la sorpresa de Joel, Carlo ahogó una risotada; se pasó la mano por los ojos y la frente, hasta mesar sus cabellos.

—La puta de tu tía se fue con tu dinero.

—¿Qué?

—Las cuentas bancarias de tu mamá. Mayo las vació y se llevó todo. No le importas nada.

Joel pareció despertar de un largo sueño.

—Mentira.

—¿Has podido contactarla? Cuando esto pase, vamos al banco para que lo compruebes. Tu tía te dejó sin un quinto.

Joel calló y negó con la cabeza. Recordó el cartel de SE VENDE en el portón.

—Cuando cumplas dieciocho podrás ir a donde quieras, te lo prometo.

—No lo sé. —Joel le dio la espalda. Carlo se dio cuenta de que intentaba alcanzar algo que venía flotando por el pasillo. Era el portafolios metálico que traía Rufo en un brazo. Joel lo asió con una mano, y con la misma empujó el maletín a Carlo.

—¿Qué es esto?

—Lo que habían reunido. No sé ni cuánto hay.

Carlo miró la maleta sin saber qué decir.

—Con el dinero de mi liquidación podremos sobrevivir un tiempo. Esto es dinero manchado de sangre, de crímenes que no quiero ni saber.

Para sorpresa de todos, Alec empezó a reír tan fuerte que el eco hizo competencia con el viento que azotaba allá afuera. Miró a Carlo.

—Lo que no quiero ni saber es cuánto te dieron de liquidación, Carlito.

Carlo se quedó de piedra.

—Pues es dinero ganado con el sudor de mi frente.

Alec endureció la sonrisa hasta que desapareció de su rostro.

—Mi dinero también me lo he ganado. Trabajando duro, y con este portero y Servando me iba a retirar un tiempo, a pintar, a viajar. Eso sí que es una liquidación como Dios manda.

—¿Tú tuviste algo que ver conmigo y el Real Madrid?

Abel rompió aquella cuerda que empezaba a tensarse. Alec cambió el semblante, que se ensombrecía entre la luz del celular de Joel.

—Yo hice la asesoría. Enlacé contactos. Aunque todo se estaba torciendo. No sé qué nos espera al salir.

—¿Por qué me seguías, Alec? ¿Para restregarme tu dinero? ¿Para terminar de humillarme? —Carlo retomó la discusión mientras salpicaba el agua con las manos.

—No.

—¿Entonces?

—Quería hablar contigo.

—Pues aquí me tienes.

Alec negó con la cabeza y miró a su hermano.

—Quiero darte un dinero, te pertenece. Te debo mucho de lo que soy y lo que he hecho con esas asesorías, Carlo.

—¡Deja de burlarte, cabrón!

Carlo había gritado, y hasta le reventó un gallo en la garganta. Hubiera sido cómico en otra ocasión, pero Joel jamás lo había visto así.

—Así me gusta, el Carlo que tiene vida, no el monigote de aeropuertos. No me estoy burlando, hermano. Ese dinero te corresponde, ya lo había decidido, así que te lo quedas. De alguna forma todo mi trabajo está inspirado en ti.

—¿De qué coño hablas?

—¿Puedes ayudarme? —Alec dejó que Abel se apoyara en el hombro de Joel, y se acercó a Carlo dando brazadas.

—Ya no espero que trabajes conmigo ni que te sientas presionado por mí y por algo que no te gusta. —Alec metió la mano bajo el agua y sacó un papel chorreante. Lo alzó y lo desdobló mientras el agua goteaba de sus bordes. A la luz de los celulares, Carlo alcanzó a ver un logotipo en el papel, y unas palabras: «Clínica Madrid».

—¿Qué es eso?

—Mi reloj de arena, Carlito. El tiempo que me queda en este mundo. Toma, lee.

Alec le alcanzó el papel mojado a su hermano. Este lo desdobló con cuidado, y leyó. Frunció el ceño, y le regresó la hoja.

—Es otro de tus trucos. Me quieres seguir viendo la cara de pendejo.

Alec rio.

—Te estoy dando el dinero. No quiero que trabajes conmigo. ¿De qué truco hablas?

—Mientes. Siempre has sido un taimado y aventajado, Alec. Un hipócrita doble cara. Siempre quieres sacar algo de todo, así sea de tu propia vida.

—Ya no tengo para qué mentir, Carlito. Por lo que sé, todo acabó —le dijo al oído, casi en un susurro—. Y tendremos suerte si salimos bien librados de aquí.

Carlo analizó la cara de Alec. El papel. El tiempo restante, un reloj de arena.

Su voz quebradiza.

Decía la verdad.

Su hermano estaba ahí, con él. Solo su hermano. No había ahí ningún personaje, ningún *influencer*, ningún *coach*.

Por un momento, Carlo sintió que entraban en un nuevo lugar, donde los muertos y los vivos pugnaban por sus almas, en el ojo mismo de un dios que en los primeros tiempos había creado el mundo en una noche, valiéndose de la oscuridad y los vientos, vientos tan potentes como los que tenían sobre sus cabezas. Abrazó a su hermano, entre el agua turbia y los escombros que flotaban por toda la casa.

Epílogo(s)

La tormenta acabó cediendo tan rápido como había llegado.

Con las primeras luces, el agua empezó a bajar su nivel y se retiró en una corriente gris y fangosa, cargando con lo que encontraba a su paso. Como bien había anticipado Yogurt, resultó una inmensa cloaca que se tragaba todo, llevándose su botín a las profundidades.

Una parte de su mente le decía a Abel que todo había sido irreal, un producto de su imaginación alborotada por la fama y el encierro. Era tal el cansancio que no sabía ya si estaba muerto o vivo. La pierna le latía en un dolor constante. Era un amasijo de músculos aplastados por un tinaco, un tinaco que también parecía irreal.

Justo antes del amanecer, el padre de Joel les advirtió que el agua empezaba a regresar. Joel hizo grandes esfuerzos para arrebatarle al agua el cadáver de David, y al final lo consiguió. Cuando el agua les bajó a los tobillos decidieron probar suerte para salir de aquella casa en ruinas.

Carlo se acercó y le puso la mano en el hombro.

—Tienes que dejarlo aquí, Joel.

—No.

Alec sentenció:

—Tu papá tiene razón. Tiene un balazo en el pecho. No podemos cargar con el muerto, nunca mejor dicho.

—¡No lo voy a dejar aquí para que se lo coman las ratas!

—Hey, Joel, tranquilo. Hay otras formas. —Alec le sonrió al muchacho. Carlo descubrió en esa sonrisa que ya tenía resuelto aquel dilema.

—¿Qué formas?

—Llamen y hagan la denuncia anónima. Así vendrán por él y luego podrán reclamarlo ustedes.

Carlo asintió. El silencio prevaleció unos instantes hasta que el ruido de algo cayéndose de las estanterías les hizo reaccionar. Joel soltó el cadáver y les dio la espalda. El chapoteo que hizo el cuerpo al quedar de espaldas al lodo le provocó un escalofrío a Abel. Joel abrió la puerta del frente y salieron hacia lo que quedaba del mundo exterior.

En efecto, comprobaron que la marejada había vuelto a su propia inmensidad y los vientos solo eran una burda imitación de su fuerza de la noche anterior. El sol ya hacía intentos de colarse entre pedazos de nubes rezagadas de Emily. El huracán había dejado aquella zona baja como un chiquero gigantesco, una región bombardeada por fuerzas incomprensibles. Autos enterrados en el lodo, volteados panza arriba, como el Jetta de Rufo y el BMW de Alec; troncos de todos los tamaños, muros rotos, cables de alta tensión y pedazos de concreto esparcidos por doquier. Cuando subían la pendiente de la calle Akumal se toparon con un velero partido en dos por la quilla y que se había ensartado en una tienda de abarrotes. Más allá había dos motos acuáticas descansando sobre un trozo de tejado. Mientras salían de la zona baja acordaron todo sin apenas decirse nada. Carlo y Joel se iban por su lado. Antes de separarse, Joel se acercó a Abel y le puso una mano en el hombro.

—Discúlpame por todo.

Abel asintió y dio media vuelta, aferrado a Alec.

*

Rogelio Marín se presentó en el hospital, solo. Llegó al pie de su cama, y miró con angustia aquella pierna enyesada hasta la rodilla. Se le veía pálido y con grandes ojeras, como si llevara un mes sin dormir.

«Pregúntale a tu papá». «Tu ida al Madrid dependía de un trueque». Lo único que retumbó en su cabeza fueron aquellas palabras de Rufo, sus ojos rasgados bajo la cortina de pelo diciendo la verdad, una verdad que le quemaba las manos.

—¿Qué negocios hiciste para que fuera al Madrid?

Rogelio no movió un músculo. Su rostro de adivinador profesional resurgió de inmediato, una cara de póquer que Abel ya se sabía de memoria.

—¿Te lo dijo Alec?

—Papá, salió en los periódicos. ¿Qué trueque fue ese? Unos terrenos, un cadáver. ¿De qué se trata?

Rogelio lo miró a los ojos.

—Lo único que te debe importar es que jugarás con leyendas, lejos de aquí, en Europa. Y tú serás una leyenda para todos.

—¡No me interesa ser una puta leyenda!

Gritó tan fuerte que las enfermeras volvieron la cara hacia ellos. Uno de los heridos lo señaló, como si lo reconociera. Rogelio abrió los ojos y la cara de póquer se disolvió en una mueca desencajada que no recordaba haber visto antes. Rodeó la cama y corrió las cortinas para estar a salvo de aquellas miradas y señalamientos.

—Así que muy hombrecito para gritarme. Bien, Abel. Pues sí. Con ayuda de un *coach* hice un trato con el Madrid para que te fichara. Nada es gratis en esta vida, creo que lo sabes. Tuve que mover mis piezas para que se afianzara todo y tuviéramos una garantía. Arriesgué el pellejo con unos terrenos protegidos y puede haber consecuencias. Pero lo arreglaré.

—Entonces no fue todo por mí, por mi esfuerzo, ¿verdad?

Esta vez Rogelio Marín calló. Por primera vez, le apartó la mirada que todo lo adivinaba.

—Saldrás a dar una conferencia de prensa. Serás un mártir y héroe para esta ciudad. Es parte de mi estrategia para que dejen esa investigación y se solucione. Irás al Madrid y resolveremos esto juntos.

—¡Responde, papá! ¡Respóndeme! ¿Soy tan buen portero como para ir al Madrid, o no?

—Conmigo lo serás. Seremos siempre un equipo.

Abel rio. Se sujetó las sienes con las manos.

—Déjame en paz. Vete, papá. Vete, por favor.

—Ya lo entenderás, Abel, por Dios que lo entenderás algún día...

—Papá.

—... cuando ganes la Champions y seas el capitán de la Selección mexicana...

—Papá, soy gay.

Jamás esperó tal efecto sobre su padre, que calló de golpe la perorata e instintivamente dio dos pasos atrás. Por un momento, a Abel le hizo gracia, parecía que podía contagiarlo de una enfermedad mortal.

—Deja de decir pendejadas, Abel.

—No es ninguna pendejada. Es la verdad.

Rogelio entornó las cejas, y una mueca de asco le ensombreció el rostro. Iba a decir algo más, pero corrió la cortina con furia, y tras ella, su sombra se difuminó y empequeñeció hasta desaparecer en aquella blancura.

«Eso no lo viste venir, *líder,* tu mente prodigiosa no daba para esto».

Abel respiró, y las lágrimas le escocieron los ojos. Se miró su pierna deshecha. «Pronóstico reservado», decían los médicos. No amputaron, pero estuvo cerca. Y ese «cerca» aún estaba por verse. Apretó los puños.

Una hora después de aquella discusión, una multitud de sombras apareció tras las cortinas. Creyó que soñaba o alucinaba por los medicamentos, hasta que una de esas figuras emborronadas corrió el cortinaje. Era una enfermera y su madre, escoltadas por un comando de agentes de la Guardia Nacional. Al verlo, su madre se mesó los cabellos, negó frenética con la cabeza y empezó a gritar «¡Miren, miren lo que le ha hecho ese cabrón, LO QUE LE HA HECHO A MI HIJO, ESE HIJO DE PUTA!».

Uno de los agentes ordenó sacar a la mujer, que no cejaba en sus gritos que retumbaban incluso desde el pasillo mientras forcejeaba con los gendarmes.

Cuando se hizo el silencio, empezó el interrogatorio.

*

La sala de conferencias del hotel, el mismo donde habían anunciado su fichaje al Real Madrid, estaba llena de periodistas esperando por sus palabras. Abel, apoyado en las muletas, avanzó hasta el micrófono. El silencio era absoluto.

—Gracias. Quiero hablar de las mentiras que han circulado en todo lo que concierne a mi nombre. No firmaré para el Real Madrid, y mi decisión es terminante. La forma en que se llevó mi contratación se hizo amparada en la oscuridad y en asuntos turbios que no conciernen a mi persona. No voy a ser parte de algo así y no me importa si se investigará, y quién es culpable. Es por eso que hoy rescindo el contrato que me vinculaba al Real Madrid, si es que existía ese contrato.

Abel mostró a las cámaras una hoja sellada por el Registro Civil. Hubo otra andanada de flashes.

—Aquí presento una orden de emancipación de mis padres, validada en este documento oficial. A partir de hoy decido para quién y dónde jugar.

Los periodistas preguntaron, encimando sus gritos unos sobre otros. Abel sujetó sus muletas y bajó del estrado hacia la salida. Hubo más flashes, sonidos de obturador y una marejada de micrófonos y cámaras mientras se abría paso por la nube de periodistas.

Se dirigió a su casa. Ignoró a su madre, que le balbuceó cosas inconexas, y subió a su cuarto. Entonces descubrió una maleta negra junto a su cama. Abrió el cierre, y saltaron a la vista los billetes. Fajos de altas denominaciones. Era muchísimo dinero.

«Esto era... ¿mi rescate?».

Hizo a un lado la maleta, tragó unas pastillas en seco y se tiró cuan largo era en la cama. Se miró la pierna enyesada. Cerró los ojos. Pensó en su padre, fugado y sumando crímenes a su lista de estupideces. Pensó en que quizá su pierna jamás sería la misma. Se cubrió con la almohada y lloró en silencio.

Su teléfono celular sonó. Debía de ser algún periódico o televisión queriendo más sangre, más historia absurda. Más tragedias para vender.

El número aparecía como desconocido en la pantalla, pero de una clave lada que le era familiar. La curiosidad terminó venciéndolo y contestó. Si algún medio quería contactarlo, colgaría sin más.

—¿Bueno?

—¿Abel?

Aquella voz. La reconoció al instante, aunque parecía un poco cambiada. Se dijo que era lo más normal dado el tiempo transcurrido.

—Sí.

—Soy yo..., Luis. Vi tu conferencia en la tele.

*

—Así que tienes que desaparecer.

Alec asintió.

—Un tiempo. Hasta que se calmen las aguas. Aquí todo se olvida. Así es esta ciudad y este país, pero tampoco hay que confiarse.

—Un juego muy arriesgado.

—Me ha funcionado hasta ahora. Pero será lo último, mientras llega el final. Y con Servando dado por muerto no hay mucho más que hacer.

—No tienes por qué cambiar si no quieres. Creo que nunca te he obligado a nada.

—Quiero recuperar el tiempo.

Carlo lo miró a los ojos. Alec supo con un cosquilleo en el estómago que esa era la pose que ponía su hermano cada vez que decía una de sus cosas sensatas. El tipo de cosas que catapultaba su pensamiento y que Alec había conseguido deformar para sus propios fines, en otras épocas.

—El tiempo no se puede recuperar, Alec. El tiempo es el que es. Y si nos permitió reanudar, solo podemos agradecer a Dios por no haber muerto en esa casa.

Alec asintió.

—Siempre encuentras las palabras, hermano. Pero además, «Alec Anaya» se acabó. Por suerte, a quien buscan hasta por debajo de las piedras es al viejo Marín. Antes de que decidan voltear hacia mí, ya habré desaparecido.

Carlo guardó silencio. Miró el departamento. Las tablas de madera con las que había tapiado las ventanas de los cuartos resistieron el embate del viento, pero las de la sala no impidieron que los ventanales se hicieran añicos. La sala era un revoltijo de vidrios, enseres, libros y muebles.

—¿Nos alcanzarás?

—Sí. Apenas arregle todo, los seguiré. ¿Sabes adónde irás?

Carlo se lo dijo.

—No está mal para un comienzo.

—Tú lo has dicho, será un comienzo. Recuperar el tiempo es una quimera, una falacia. Lo válido es comenzar.

—¿A Joel le parece bien? ¿Dónde está?

—Hablaré con él. Tenemos una charla inconclusa. Fue a llevar un regalo a una amiga. Y a despedirse. Hoy enterrarán a David.

—No hubo más problemas, ¿verdad?

—Tú sabes muy bien cómo funciona esta ciudad. Hasta se aliviaron de que alguien lo reclamara. Y como era mi subordinado en el aeropuerto, no hubo más preguntas en la Fiscalía, caso cerrado. Comprobaron sus antecedentes y les pareció lo más normal encontrarlo así. Además, tienen mucho trabajo.

Alec asintió.

—¿Es cierto lo de Mayo? ¿En serio la muy perra se llevó el dinero de su hermana y de su sobrino?

—Tan cierto como que el mismo banco me lo confirmó. Mayo se aseguró de que lo supiera, dio mi número al ejecutivo para que me llamara. Fue su última burla.

Alec le dedicó un insulto terrible. Se incorporó.

—Te llamaré a tu celular cuando esto progrese. Hasta entonces.

Avanzaron a la puerta. Alec lo miró y Carlo recordó por un instante a aquel niño de la melena con los mapas de colores salpicando sus brazos, el niño con chanclas desgastadas que quería reproducir ola por ola, tonalidad por tonalidad, el mar de Tamul. Le pareció que volvía a ver en él esa ilusión por completar aquel sueño infantil.

—Creo que ahora ya tengo todas las tonalidades del Caribe de Tamul —dijo Alec, como si le adivinara el pensamiento.

—¿Y eso?

—Me faltaba el tono oscuro de aquella noche. El mar manchado de sangre y lodo, de las cosas que se lleva para siempre y que no regresan. Cuando los alcance, voy a pintarlo.

Carlo sonrió con un dejo de amargura. Se abrazaron.

—Prométeme que lucharás. No nos dejarás tan pronto, Alec, ¿verdad?

Alec le dirigió una última mirada.

—Haremos el intento.

*

Dalia había mirado con insistencia el papelito desde que los vientos huracanados amainaron. Pero no se animaba a actuar.

¿Se había ido sin decirle nada?

¿Estaba acostumbrado a vivir así?

Al menos con ella, lo dudaba. Habían tenido confianza. Sabía cosas de David que quizá muy pocos conocían. Cuando supo del rescate de Abel se alivió, pero de un día para otro Rogelio era buscado por todas las fuerzas del orden público. Y el papelito seguía ahí, con el número irregular que le había escrito David. Tras dar incontables vueltas por la casa, agarró el trozo de papel.

«Si ves que no regreso, marca aquí. Te contestará un chavo. Dile que eres una gran amiga y de confianza».

Marcó el número, con el corazón encogido. Enlazó la llamada.

Y sí, contestó un muchacho. Le dijo que era una amiga de confianza, que David vivía en su casa y no sabía nada de él desde hacía varios días. Entonces aquella voz apagada le sonó increíblemente familiar. Solía escucharla de vez en cuando, en un tiempo ya perdido.

—¿Eres el hijo de Joana, Joana Méndez?

El muchacho, tras una vacilación, dijo que sí. Entre monosílabos de asombro, Joel la reconoció como su vecina. Entonces no hubo más titubeos, y vino el alud de realidad que le cayó encima. A David lo enterrarían esa tarde en el Panteón de los Olivos. El mismo donde habían enterrado a su madre. El joven dijo esto último con una frialdad que le heló las venas.

Cuando se despidió de Joel y colgó, la diva descubrió sin sorpresa que su visión se había empañado y la humedad corría libre por sus mejillas.

*

María dejó la cubeta a un lado. No tenía más que mirar aquel mar para comprender que seguiría siendo aburrido. El mar de Tamul jamás sabría de poesía verdadera. El farallón del Corsario había perdido trozos de piedra como parte de los estragos del huracán, y la luna, a punto de alcanzar el plenilunio, recortaba su figura pétrea. Ahora se convencía de que el farallón jamás tendría ningún tesoro escondido, ninguna historia, como la propia Tamul. La mansedumbre de las olas llegaba en intervalos, y cuando alcanzaba y cubría sus pies, el agua permanecía ahí amoldada como un segundo calzado cristalino. Al alejarse dejaba una tenue espuma sobre la arena. El sol daba los últimos toques de luz a la playa. La cubeta se agitó. La miró y no pudo evitar que las lágrimas fluyeran.

Vio a Joel caminando hacia ella. Le pareció más delgado que antes. Llevaba las manos en los bolsillos, como siempre, y una mochila de mezclilla a cuestas. El aire cargado de sal jugó con su falda de algodón y la reanimó.

—Hola.

Joel vio que la muchacha llevaba una cubeta. Dentro, una sombra se movía y arañaba las paredes del cubo. Era un pequeño cangrejo, y en su caparazón azul cobalto se reflejaban los primeros destellos lunares.

—Solo encontré uno.

Hablaron de la noche donde todo terminó. María por fin se enteraba de los detalles. Habían conseguido llevar a Servando a la casa, pero el huracán dijo que sería a su manera y no a la de ellos. María cerró los ojos con fuerza cuando Joel le dijo lo que había pasado con Rufo y Yogurt.

Tras unos minutos de solo escuchar a las olas recalar a sus pies, María le confesó que había tenido pesadillas. En ellas, Servando sabía que María era parte del plan y regresaba por ella, salía de debajo de su cama a bajarle los calzones, a tocarla con sus dedos fríos y venosos. Allí no estaba Rufo para defenderla. Entonces el viejo se transformaba en un pulpo gigante que la seducía con sus tentáculos viscosos y negros. Joel no dejó de ver el horizonte mientras Galleta terminaba de contarle aquellos sueños terribles donde paría una abominación, fruto de los versos de Servando.

—Pero él no volverá, María.

Ella asintió. Se acuclilló y descubrió que en esa parte la arena había desaparecido y la playa lucía pedregosa y llena de conchas de todas las formas y tamaños. Recogió una de textura rugosa. Sus colores iridiscentes reflejaron la luna. La regresó al mar. El cangrejo arañó la cubeta, como si diera a entender que todavía estaba ahí.

—El huracán se llevó la playa. Y a todos los cangrejos, menos a este.

Por toda respuesta, Joel abrió su mochila. Sacó una bolsa de plástico y se la ofreció.

—Es tuyo.

María se le quedó viendo, sin comprender. Desató el nudo de la bolsa y vio dentro fajos de billetes de diferente denominación armados con cuidado. Era una pequeña fortuna.

—¿Qué es esto?

—Tu parte.

La muchacha le regresó la bolsa.

—Como si esto pudiera regresarme a Rufo.

—Él habría querido que te lo quedaras.

—¿Y tú?

—Agarré la mitad.

—No lo quiero.

—No seas tonta. Úsalo para algo bueno.

María rio.

—¿Para «hacer el bien», como decía Rufo?

—Para lo que quieras. Tómalo.

María sostuvo la bolsa. Sintió el impulso de tirarla al agua para que el océano se la tragase, pero se contuvo. La apretó con furia entre las manos.

—Rufo quería poner un negocio. De maquinitas y tragamonedas. Me lo dijo el último día que nos vimos. Sonaba muy ilusionado. Igual lo hago.

—Me parece bien, María.

—¿Qué harás?

—Me voy mañana.

—¿Adónde?

—No lo tengo claro. Y quizá sea mejor que no lo sepas.

—Mientras sea lejos de Tamul, es lo que importa. Vete lejos, Joel. Todos deberíamos irnos de esta ciudad.

Se despidió de él con un beso en la mejilla. Joel le señaló la cubeta.

—Tu cangrejo.

María volteó la cubeta con el pie, y dejó que el cangrejo, al principio titubeante, corriera y se sumergiera en el mar.

—Una vez dijiste que eran espíritus.

—Espíritus que nos recuerdan lo que ya no puede ser.

Joel vio a María alejarse por la orilla, dando pataditas al agua, mientras la brisa jugueteaba con su falda de algodón. El cangrejo terminó por perderse, solitario, en la inmensidad del mar.

*

«De nuevo aquí». Descubría que, a pesar de todos los años de servidumbre, de vagar, de saberse de memoria cada terminal, pasillo y pista, el aeropuerto era un lugar donde podía converger no solo la gente sino las casualidades, las intenciones y las vidas a punto de cambiar para siempre. Se convencía de esto mientras miraba la silueta alta e inconfundible del portero dirigiéndose a una sala de espera, solo, sin cámaras ni micrófonos a su alrededor. Abel Marín iba apoyado en una muleta, con la pierna enyesada, y cargaba una simple maleta Adidas. Su cojera contundente también daba la impresión de ser la última vez que pisaría Tamul. Su vuelo era para Querétaro y saldría un poco antes que el suyo. Tuvo la certeza de que, al cruzarse las miradas, hubo un mutuo asentimiento. Pero el momento no fue más largo que el latir de un corazón y ambos terminaron perdiéndose de vista entre el gentío.

En su propia sala de espera, Carlo esperaba el aviso de embarque. Joel, sentado a su lado, miraba como hipnotizado al avión que los sacaría de la ciudad. Carlo le daba uno que otro dato que consideraba interesante sobre el abordaje y los protocolos de la tripulación, y Joel asentía.

—Quizá estudie para piloto.

Carlo reconoció a alguien a lo lejos. Sonrió.

—Mira. Ven.

Joel vio a la tripulación elegante, impecable. Todos tiraban de sus maletines de ruedas como algo coordinado a propósito. Las azafatas platicaban entre ellas con amplias sonrisas. El capitán y el copiloto venían detrás, estudiando unos papeles.

—Hola, Mr. Robson.

El piloto frunció el ceño, y acto seguido sonrió y saludó efusivamente a Carlo.

—¡Señor Carlo! ¿Se va usted con nosotros? —El piloto contestó en un español con marcado acento extranjero.

—Así es, capitán. Este es mi hijo, Joel.

El piloto miró con interés al muchacho. Soltó el maletín y le tendió la mano. Visiblemente arrebolado, el chico le devolvió el saludo con una media sonrisa.

—Quiere ser piloto como tú.

Mr. Robson sonrió, halagado.

—*Really? Fantastic!* ¿Quieres acompañarnos a la cabina de mandos? Me ayudarás a despegar.

Joel estaba anonadado. Carlo sintió un sobresalto de orgullo, y le dio una palmada en el hombro a su hijo.

—Sí..., sí. ¡Claro!

—Pues te vienes con nosotros. *Give me...*, dame tu pase de abordar y *passport*. Carlo, tu papá, ¡el mejor de este aeropuerto, para que sepas! ¡Como dicen ustedes, «chingón»! —El capitán palmeó el hombro a Carlo—. Sin él, esto no funciona.

Carlo vio entrar a Joel junto a los pilotos en el *jetway* que iba hacia la aeronave, antes que todos los pasajeros. Algunos se volvieron a la tripulación, seguro preguntándose por qué aquel muchacho esmirriado subía primero con ellos. Carlo sonrió, quizá como se suponía debía sonreír un padre orgulloso. Aquel cosquilleo de orgullo se quedó con él, en su pecho, mientras dejaban Tamul atrás.

AGRADECIMIENTOS

A mi querido hermano David Anuar González por sus atinadas apreciaciones y comentarios en partes trascendentales del texto, hechas —como casi siempre— en momentos sensibles del proceso de reescritura.

A Mercedes Castro, quien desde el mero principio creyó en mis aprendices y los defendió a capa y espada. Y por supuesto, a todo el equipo de Alrevés, que hizo un trabajo impecable con mi obra y que ha estado a mi lado en todo momento: Gregori Dolz, Jennifer González, Roger Clanchet y a mi tocayo Mauro Bianco por la portada tan soberbia.

A Daniel Heredia por sus anotaciones, sus charlas, consejos y asesoría en las primeras versiones del manuscrito.

INFORMACIÓN PARA CLUBS DE LECTURA

Querido lector, nos tomamos la libertad de tutearte porque tienes entre tus manos uno de nuestros libros y, por tanto, ahora tú también eres ya miembro de Alrevés.

Y, como tal, queremos comentarte que, pensando en el placer que supone la lectura compartida, hemos añadido una pestaña en nuestra web (https://alreveseditorial.com/) donde encontrarás la ficha de lectura de este libro, por si sintieras el irrefrenable deseo de intercambiar tus impresiones sobre él en un club de lectura. Allí encontrarás también nuestros contactos para facilitar la participación de nuestros autores en las charlas, recibir información, organizar actividades, etcétera.

Te estaremos muy agradecidos si difundes esta iniciativa porque, como dijo un gran sabio a quien conocimos bien, leer nos salva del olvido.

> «Sobre este escritorio y sobre la mesilla de noche había siempre novelas baratas de misterio (...) Yo las devoraba por las noches, cuando los rostros de los muertos se me aparecían para ahuyentar el sueño y las preguntas se encadenaban unas con otras para tramar una red en la que me quedaba atrapado. Entonces, aquellas noveluchas me ayudaban a no pensar. Si algo echo de menos es precisamente eso: poder comprar cien páginas de olvido por solo un duro».

ALEXIS RAVELO,
Los días de mercurio